W0216872

FREYA MILES

EVAN KNIGHT

Dieses Buch

Auf einer Party abstürzen – okay. Von einem Fremden nach Hause gebracht werden – auch okay.

Am nächsten Morgen aufwachen, und von Fotografen belagert werden, weil der Typ, an den man sich nicht erinnern kann, Evan Knight war – absolut nicht okay ...

Wenn die Zahnarzthelferin Kathy Monroe ihr Leben mit einem Wort beschrieben hätte, dann wäre es mit Sicherheit langweilig gewesen.

Bis zu dem Tag, an dem dieser Mann in ihr Leben getreten war, um alles auf den Kopf zu stellen!

Sie ist sich sicher, ihn niemals wiederzusehen, bis er eines Abends unangemeldet vor ihrer Tür steht.

In der Hand einen Strauß Rosen und ein verdammt unmoralisches Angebot.

Er braucht eine Frau, die Paparazzi belagern sie sowieso schon, also wäre das doch eine perfekte Lösung für beide.

Ihr Deal: drei Firmenfeiern an seiner Seite, für 10.000 Dollar pro Abend.

Wäre da nicht dieses Prickeln, das sie seit dem ersten Blick in seine Augen verspürt hatte ...

EVAN

»Evan, der Boss möchte dich in seinem Büro sehen.« Ich blickte auf, als meine Kollegin Beatrice den Kopf in mein Büro steckte, den Satz schmetterte und sofort wieder verschwand. Vermutlich weil sie wusste, wie allergisch ich darauf reagierte.

Der Boss – oder sollte ich besser sagen: mein Bruder – wollte also mal wieder mit mir reden. Wie gefühlt jeden Tag. Wahrscheinlich um mir erneut irgendwelche Vorträge zu halten.

Mürrisch erhob ich mich von meinem Bürostuhl, allerdings nicht ohne vorher noch die Werbegrafik abzuspeichern, die ich in den letzten drei Stunden in mühevoller Kleinarbeit erstellt hatte.

Allein der Gedanke daran, dieses Meisterwerk zu verlieren, war scheiße. Manches war halt Chefsache.

Meine Mitarbeiter in der Grafik- und Werbeabteilung von Knight Industries waren Gott sei Dank schlau genug, mir aus dem Weg zu gehen. Dabei war ich eigentlich ein sehr lockerer Boss – außer wenn der oberste Chef mal wieder rief.

Was sich in den letzten Wochen häufte.

Ich leitete meine Abteilung in der Firma seit zehn Jahren, ohne je einen einzigen Tag bereut zu haben. Die Mitarbeiter waren klasse, die Arbeitszeiten konnte ich mir einteilen, wie ich wollte, und wenn mir der Kopf nach einem Tag weit weg vom Büro stand, arbeitete ich von zu Hause aus. Es gab so viele Freiheiten. Hauptsache, alles war vor der Deadline zu meiner einhundertprozentigen Zufriedenheit fertig. So handhabte ich das auch mit meinen Mitarbeitern – und bisher hatte mich nicht ein einziger von ihnen jemals enttäuscht.

Unsere Werbekampagnen hatten schon mehr als einen Preis abgeräumt und Knight Industries galt unter anderem in diesem Segment – in meinem Segment – als absoluter Überflieger. Und doch fand Liam, der Boss, immer etwas, das er kritisieren konnte. Nicht an der Arbeit, aber an mir. Genau darauf würde es wahrscheinlich auch wieder hinauslaufen. Es wäre ja nicht so, als würde ich meinen eigenen Bruder nicht kennen.

Ich hob kurz die Augenbrauen, als mich die hübsche Blondine vor Liams Tür angrinste und mir mitteilte, dass mein Bruder bereits auf mich wartete.

»Sag mal, ist das schon wieder eine Neue?«, hakte ich nach und schmiss die Tür hinter mir zu. Natürlich entging mir nicht der missbilligende Blick meines Bruders, der wie immer in seinem maßgeschneiderten Designeranzug dort saß. Er konnte meinen Kleidungsstil aus zerrissenen Jeans und T-Shirt nie gutheißen, aber Gott sei Dank hatte er mir einen Scheiß zu sagen. Zumindest in diesem Bereich.

»Wer ist neu?«, fragte er genervt und warf den Kugelschreiber vor sich auf den Schreibtisch.

»Blondie vor deiner Tür.«

»Frag deinen Bruder. Er besorgt mir immer diese nichtskönnenden Assistentinnen.«

Christian, das Nesthäkchen unserer Familie, war für das Personalmanagement bei Knight Industries zuständig, was schon oft zu jeder Menge Gespött in Liams Richtung geführt hatte bei unseren monatlichen Treffen.

Liam war nämlich definitiv kein Kind von Traurigkeit, obwohl er sich gern unschuldig gab.

»Es soll CEOs auf dieser Welt geben, die ein Leben lang die gleiche Assistentin behalten. Stell dir das mal vor.«

»Ja, witzig. Hast du heute schon Zeitung gelesen?«

»Was ist das denn für eine Frage? Als ob du nicht besser wüsstest, dass ich nie Zeitung lese. Außer natürlich, wenn du mich wegen irgendwelcher Artikel in irgendwelchen Wirtschaftsmagazinen wieder dazu zwingst.«

»Was man positive Presse nennt. Aber davon verstehst du ja einfach nichts.« Er warf eine Zeitung vor mir auf den Schreibtisch, die ich nur kurz mit einem abschätzigen Blick würdigte. Natürlich zeigte sie mich in einer verfänglichen Situation mit einer Frau. Ich hatte mitbekommen, dass die Fotos vorgestern Nacht im Klub geschossen worden waren – es war mir nur mal wieder scheißegal gewesen. Anscheinend ganz im Gegenteil zu meinem Bruder, der einen roten Kopf bekam.

»Ist doch ’ne recht gute Aufnahme«, sagte ich, was ihn schnauben ließ.

»Recht gute Aufnahme? Scheiße Evan, du fingerst sie mitten in einem Klub und lässt dich auch noch dabei fotografieren. Was ist denn daran bitte eine gute Aufnahme? Mal ganz davon abgesehen, dass es mir um den Text geht! Da steht in großen, fetten Buchstaben der Name Knight und ich habe es so verdammt satt, ihn dank dir immer in Bezug mit irgendwelchen Eskapaden, dreckigen Geschäften oder sonst was zu lesen.«

»Woah hey, dreckige Geschäfte? Ernsthaft? Ich glaube, da ist immer noch jemand anderes in unserer Familie für zuständig.« Ich war kein Kind von Traurigkeit und hatte schon Erfahrungen mit Drogen, Alkohol und den Gesetzeshütern dieser Stadt gesammelt, aber dreckige Geschäfte ließ ich mir nicht anhängen. Nicht von ihm, denn was Liam so zwischendurch trieb oder wie er manche Sachen hinbog, wollte ich wahrscheinlich auch gar nicht wissen.

Jedenfalls war ich mir sicher, dass er in diesem Punkt nicht in der Lage war, mit dem Finger auf mich zu zeigen und seine Hände anschließend in Unschuld zu baden.

»Lenk nicht vom Thema ab, Mann. Ich predige dir seit Wochen und Monaten, dass sich endlich mal etwas bei dir ändern muss, und was ist? Du scheinst immer noch einen draufzusetzen. Es geht hier nicht um mich, falls es ein persönlicher Akt ist, um mich auf die Palme bringen zu wollen. Im Endeffekt wäre es mir scheißegal, was du treibst, aber du ziehst den Namen Knight da rein. Immer und immer und immer wieder und das kann ich nicht länger einfach so durchgehen lassen.«

»Spricht der große Patriarch.« Liam funkelte mich wütend an, was mich abwehrend die Hände heben ließ. Dieser Spruch war nicht fair und wirklich vollkommen daneben gewesen. Ich kannte Liams Einstellung zu seiner Rolle innerhalb der Familie ganz genau. Jetzt war er wütend. Keine Ahnung, warum ich es unbedingt darauf anlegen wollte.

»Ich werde nicht mehr länger zusehen, ich werde es nicht mehr länger dulden, hast du mich verstanden?«

»Was sonst? Schimpfst du dann ganz doll mit mir, wenn ich noch mal negativ auffalle, oder was ist dann, Liam?« Es war nicht fair, dass ich ihn derart provozierte, aber ich wollte, dass er sich aus meinem Scheiß raushielt. Es war mein Leben. Meine Art, mit dem umzugehen, was der Name Knight mir geschenkt hatte ... was meine ganze beschissene Kindheit mir mit auf den Weg gegeben hatte, wenn man es einmal so betrachten wollte.

Liam ging es kein bisschen besser – das war die Krux an der ganzen Sache. Was nie jemand ansprach, was vielleicht auch kaum jemand wahrhaben wollte.

Er war mindestens genauso kaputt wie ich. Wenn nicht noch kaputter, aber er war einfach besser darin, seine Rolle zu spielen. Die perfekte Rolle des großen CEOs, des unantastbaren Nachfolgers von Richard Knight.

Liam war nie gefragt worden, ob er in diese Fußstapfen treten wollte.

Er war gefangen in dieser Rolle, nur dass er sie perfekt ausübte. So gut, dass selbst ich manchmal nicht wusste, wie es ihm eigentlich ging. Aber ich ahnte es. Ich kannte den Mann hinter der unantastbaren Fassade. Den wahren Liam Knight.

Genauso sehr, wie er mich kannte.

Und das war das verdammte Problem.

»Ich schmeiße dich raus, wenn du nicht aufhörst, den

Namen in den Dreck zu ziehen. Und du weißt, dass ich das verdammt ernst meine.«

Ich lachte gehässig auf und schüttelte den Kopf. Flog ich aus der Firma oder stieg ich aus, so waren all meine Privilegien mit einem Schlag vorbei. Dafür hatte unser Vater gefühlt schon gesorgt, bevor er uns alle adoptiert hatte. Vielleicht tat ich ihm unrecht, aber konnte man einem Mann wie ihm wirklich unrecht tun? Eine Frage, auf die ich wohl nie eine Antwort finden würde, so gern ich es auch wollte.

Wie schnell es gehen konnte, vom wohlhabenden Mitglied der Dynastie zu einem absoluten Niemand zu werden, hatte mein Bruder James erst vor ein paar Monaten unter Beweis gestellt. Er war das Mahnmal, das Exempel was passierte, wenn man sich nicht an die Regeln hielt, die Richard Knight aufgestellt hatte und die Liam mit harter Hand weiterführte.

Ich sah das Unbehagen in den Augen meines Bruders, auch wenn er eisern versuchte, es sich nicht anmerken zu lassen. Ich kannte ihn – ich kannte ihn viel zu gut. Wahrscheinlich dachte auch er in diesem Moment an James, doch natürlich würde er das niemals zugeben. Selbst dann nicht, wenn ich ihn direkt darauf ansprach.

Liam war die arme Sau, die im Gegensatz zu uns nie eine Wahl gehabt hatte. Ich konnte wenigstens noch eine Position in meinem Job bekleiden, die mir nicht nur lag, sondern die mir auch noch verdammt großen Spaß bereitete. Was man von ihm nicht sagen konnte.

Jedenfalls glaubte ich nicht, dass er Spaß daran hatte, der Kopf dieser Familie zu sein und sie mit dieser Härte zu regieren, die ihm von unserem Vater jahrelang im wahrsten Sinne des Wortes eingebläut worden war.

Ich schob die Gedanken beiseite und mit ihnen vor allem dieses elendig schlechte Gewissen, das immer versuchte, Besitz von mir zu ergreifen, was mich verdammt noch mal ankotzte.

Die Frage danach, wo ich gelandet wäre, wenn Richard Knight mich nicht aufgenommen hätte, war mindestens genauso präsent wie die Frage, ob ich vielleicht ohne das alles glücklicher geworden wäre.

Was für ein Schwachsinn. Dumme Gedanken, während mir der goldene Löffel im Hals steckte und ich mir alles leisten konnte, was ich wollte.

Ich führte ein so privilegiertes Leben, musste mir um nichts Sorgen machen – eigentlich. Wäre da nicht das Leben ... wäre da nicht Erin und die Suche nach Antworten.

»Ja, wir wissen ja alle, dass du das gut kannst.«

»Bullshit«, spie er mir entgegen. »Du weißt, wie es gelaufen ist, also stell mich nicht als verdammten Sündenbock hin. Nicht dafür.«

Ich schwieg – manchmal wusste selbst ich, wann es besser war, einfach mal die Klappe zu halten.

»War es das jetzt?«, fragte ich stattdessen, bevor wir uns noch derartig in die Haare bekamen, dass wir es hinterher bereuen mussten. Es wäre nicht das erste Mal gewesen.

»Keine Ahnung, ob es das war. Das liegt wohl ganz an dir und was du aus den Dingen machst, die ich dir gerade mit auf den Weg gegeben habe.«

»Mhm.«

»Scheiße, Evan, mhm nicht hier rum, verdammt noch mal. Sorg für positive Publicity. Und wenn du das schon nicht auf die Kette kriegst, dann verursache wenigstens nicht noch mehr Scheiße. Das kann doch nun wirklich nicht so schwierig sein, Herrgott noch mal. Deine Brüder kriegen es auch hin. Ich kriege es auch hin – egal, ob wir Kinder von Traurigkeit sind oder nicht.«

»Die scheiß Presse hat sich einfach auf mich eingeschossen. Ihr werdet ja auch nicht mal ansatzweise so dermaßen von ihnen verfolgt wie ich!«

»Weil wir ihnen keinen Grund geben. Du bist ja nicht nur ein gefundenes Fressen für sie, sondern du lieferst ja auch noch immer genau das ab, warum sie dir an den Fersen kleben. Du bist so intelligent, aber in diesem Punkt ...«

Ich erhob mich von dem Stuhl, auf den ich mich zwischenzeitlich fallen lassen hatte, und nickte einfach nur. Was sollte ich darauf auch entgegnen. Es war ein verdammtes Hamsterrad. Sie waren mir auf den Fersen, weil sie sich von mir eine Story erhofften. Gleichzeitig waren sie deshalb aber auch immer da, wenn ich mir mal einen Fehltritt leistete.

Es war schließlich nicht so, als würde ich mir jeden Abend die Lichter in irgendeinem Klub ausknipsen oder irgendwelche Chics vögeln ... aber öfter mal ...

Ohne ein weiteres Wort oder irgendwelche Abschiedsfloskeln in Liams Richtung zu sagen, warf ich die Tür hinter mir ins Schloss, nur um direkt in die Augen von Logan zu blicken, der sofort die Augenbrauen hob.

Er war der Zweitälteste nach Liam und in der Firma für alles zuständig, was mit Geld zu tun hatte.

»Na, wieder mal 'ne Arschtritt-Audienz beim großen Bruder gehabt?«, fragte er mit einem süffisanten Grinsen auf den Lippen.

»Freiwillig komme ich bestimmt nicht aus dem Büro vom Master und Commander. Was mich zu der Frage führt, ob heute vielleicht Tag der Arschtritt-Audienzen ist, schließlich stehst du auch vor der Bürotür.«

»Ob du es glaubst oder nicht, ich muss in meiner Position wirklich mal was mit Liam besprechen.«

»Arme Sau. Das muss ich Gott sei Dank nie.«

»Dann könntest du auch gleich bei ihm einziehen.«

Logans Blick fiel auf die Blondine im knappen schwarzen Kleid, die in Liams Büro verschwand.

»Sieht mir ganz danach aus, als könnte Christian sich schon mal auf die Suche nach einer neuen persönlichen Assistentin machen. Weißt du, dass mir erst neulich der Gedanke kam, dass es bestimmt auch Männer für diesen Posten gibt? Das wäre doch vielleicht eine hervorragende Lösung.«

»Mit der Mister Big Boss garantiert niemals einverstanden wäre. Lass dir noch Zeit, falls er mit ihrem kleinen Arsch gerade Abdrücke auf dem Glastisch produziert.« Die Tür öffnete sich erneut und die Blondine kam wieder heraus, was Logan nur mit den Schultern zucken ließ.

»Schade, hätte die Laune vielleicht ein bisschen angehoben, wenn du ihn schon so auf die Palme gebracht hast.«

»Das hat er mal wieder ganz allein hinbekommen. Er sollte einfach mal aufhören, Zeitung zu lesen, dann müssten wir viel seltener diese stumpfsinnigen Diskussionen führen.«

»Guter Ratschlag. Musst du aber vermutlich eher der Presseabteilung mitteilen.«

Ich zuckte mit den Schultern und deutete in Richtung Aufzüge. Diese ganze Scheiße mit Liam hatte mich schon genug Zeit gekostet, dabei musste ich noch einige Sachen dringend fertigstellen.

An meiner Arbeit hatte der Big Boss nichts auszusetzen und ich würde ihm garantiert auch keine Gründe dazu liefern.

Ich musste nur noch einen Weg finden, um mich zu beruhigen und nicht mit all der Wut, die gerade in mir brodelte, in meine Abteilung zurückzukehren. Die Leute, die dort arbeiteten, konnten nichts dafür und rissen sich wirklich den Arsch auf. Sie hatten nicht verdient, dass ich ihnen jetzt scheiße kam, nur weil es wieder einmal Ärger im privaten Bereich gab.

Etwas, woran ich nach den letzten Monaten eigentlich gewohnt sein sollte, aber das würde wohl nicht passieren.

So ein abgebrühtes Arschloch war ich nicht. Diese Familie, meine Brüder, unser Zusammenhalt, das alles bedeutete mir etwas. Diese Einheit zerfallen zu sehen war nichts, was spurlos an mir vorbeiging. Vielleicht hatte ich mich auch gerade deshalb in den letzten Monaten so gehen lassen.

Weil es mich mindestens genauso sehr belastete wie die ganze Sache mit Erin. Die fehlenden Antworten auf die bohrenden Fragen, die mir den Verstand zu rauben drohten.

Wenn ich zur Ruhe kam, hatte ich Zeit nachzudenken – und genau das wollte ich um jeden Preis verhindern.

Je mehr ich nachdachte, desto schlimmer wurden die Fragen und desto weiter rückten die Antworten in die Ferne.

Erin ...

Verdammte Scheiße, warum musste es in meinem Leben

gerade eigentlich so laufen? Vielleicht hatte ich doch viel zu lange alles ignoriert, einfach verdrängt, nach hinten geschoben und mich in der Hoffnung gesudelt, dass ich mich niemals damit beschäftigen müsste.

Die Quittung folgte.

Wie bei allem im Leben.

KATHY

Ich atmete tief durch, als der letzte Patient des Tages das Behandlungszimmer verließ und ich endlich Feierabend machen konnte.

Heute war ein verdammt langer Tag gewesen. Auch wenn ich meinen Job wirklich liebte, aber an manchen Tagen war einfach der Wurm drin. Zu viele Leute mit zu vielen akuten Anliegen, sodass der gesamte Tagesplan zunichtegemacht wurde.

Ein Blick auf die Uhr bestätigte mir, dass es bereits kurz nach sieben war. Feierabend und Freizeit wurden eh komplett überschätzt. Aber wenigstens war den armen Seelen mit schlimmen Zahnschmerzen geholfen.

»Danke Kathy, gute Arbeit heute.« Die Stimme des Seniorchefs riss mich aus meinen Gedanken und ließ mich aufblicken. Doktor Fuller war ein guter Kerl und ein begnadeter Zahnarzt, weshalb ich traurig war, wenn ich an seinen Abschied zum Jahresende dachte. Er war mittlerweile über siebzig, natürlich hatte er sich sein Rentendasein mehr als verdient, aber sein Nachfolger war halt ... gewöhnungsbedürftig.

Doktor Fuller junior war leider nicht das Ebenbild seines Vaters, sondern ein kleiner Widerling, der mit seinen dummen Scherzen immer in irgendwelche Fettnäpfchen trat und den keiner leiden mochte. Was er selbst komplett anders sah. Eigen- und Fremdwahrnehmung halt. Er selbst hielt sich für das Zentrum des Universums. Für einen unwiderstehlichen Kerl mit jeder Menge Charme. Vielleicht war das bei irgendeiner Frauengruppe so, mich konnte er jedenfalls nicht beeindrucken. Nicht einmal ansatzweise.

Beim Gedanken an ihn schüttelte es mich bereits wieder. Vermutlich weil ausgerechnet ich diejenige war, die er am meisten mit seinem Möchtegern-Charme bezirzen wollte.

Wahrscheinlich weil er wusste, dass ich im Gegensatz zu meinen Kolleginnen weder verheiratet noch in festen Händen war. Ich genoss mein Singleleben, denn verdammt, ich hatte mir meine Freiheit so was von verdient!

Drei Jahre lang hatte ich es mit dem Vollidioten namens Trevor ausgehalten. Mich von ihm verarschen und hintergehen lassen, ohne es zu merken. Ich war viel zu gutgläubig gewesen mit meiner rosaroten Brille auf der Nase. Doch Trevor war Geschichte und ich konnte endlich tun und lassen, was ich wollte. Eine Freiheit, die ich so schnell garantiert nicht aufgeben würde. Erst recht nicht für einen Typen wie Fuller junior.

Never.

Eher würde ich als alte Jungfer sterben. Okay, das war überdramatisiert. Ich war alles, außer eine Jungfer.

Sex war ein fester Bestandteil meines Lebens und ich hasste es, wie viele Frauen glaubten, dass One-Night-Stands eine Ausgeburt der Hölle waren. Ich war ein großer Fan von belanglosem Sex. Punkt, aus, Ende. Wenn sich beide darüber einig waren, wo lag dann das Problem?

Dafür, dass ich Sex so gern mochte, war das letzte Mal eindeutig viel zu lange her. Ich musste dringend mit Sue sprechen, meine beste Freundin, meine Mitbewohnerin, meine Schwester von anderen Eltern. Was auch immer man über uns sagen wollte, es traf definitiv zu. Wir waren wie Pech und Schwefel. Eine Einheit, die nichts und niemand jemals durchtrennen konnte.

Seit wir uns vor fünf Jahren auf der Suche nach einer Wohnung kennengelernt hatten, war klar gewesen, dass wir nur zusammen irgendwo enden konnten. Und genau so war es geschehen. Wir teilten uns die viel zu kleine Wohnung in Queens seit der ersten Stunde und ich würde nichts an dieser

Wohnsituation ändern wollen, selbst wenn ich es könnte. Doch mit unseren mickrigen Gehältern war auch einfach nichts Größeres drin.

Sue arbeitete als Erzieherin, ich als Zahnarzthelferin. Normal verdienende, Vollzeit arbeitende Frauen, aber halt in New York. Man musste einen hohen Preis zahlen, um sich das Leben in dieser verrückten Stadt leisten zu können, doch das war okay. Für uns beide.

Im Gegensatz zu mir hatte Sue schon vorab in einer Stadt gewohnt. Allerdings in San Francisco. Ich war direkt vom Land nach New York gezogen, ohne vorher auch nur einmal dort gewesen zu sein. Ein absoluter Kulturschock, das war wahrscheinlich selbsterklärend. Doch es war genau das, was ich immer wollte. Das, wonach ich mich in jeder freien Minute in der Einsamkeit der Farm meiner Eltern gesehnt hatte.

Auf dem Land wäre ich sicherlich längst verheiratet, hätte zwei süße Kinder und einen Mann, der die Farm schmiss, während ich als Hausfrau und Mutter fungierte. Ein Leben, das ich mir nie hatte vorstellen können und das ich mir auch jetzt mit meinen achtundzwanzig Jahren nicht vorstellen konnte. Dafür war ich einfach viel zu freiheitsliebend.

Ich verließ die Praxis und nahm wie immer die U-Bahn nach Hause, wobei ich auch heute wieder einen Dollar in den Hut von Jeffrey schmiss, der die Tunnel der Untergrundstation mit seinen Bluesklängen beschallte. Er war ein alter Musiker, der sich mit seinen Untergrundgigs die schmale Rente aufbesserte – und nicht nur mir, sondern auch vielen anderen Reisenden tagtäglich den Nachhauseweg versüßte.

»Spät dran heute, Kleines. Ich hab dich schon vermisst«, sagte er und zwinkerte mir zu. Er war mit Sicherheit schon weit über achtzig, doch das hielt ihn nicht davon ab, jeden Tag an derselben Stelle zu stehen und seine Leidenschaft aufblühen zu lassen.

Ich würde ihn schrecklich vermissen, wenn er irgendwann nicht mehr dastand, um zu spielen.

Gott sei Dank musste ich nur kurz warten und die Bahn

war nicht ganz so überfüllt, sodass ich sogar einen Sitzplatz ergattern konnte. Mir taten die Füße weh, obwohl ich bequeme Schuhe trug. Aber nach zwölf Stunden ohne Pause auf den Beinen war das wohl selbstverständlich.

»Pizza?«

Sues Nachricht ließ mich grinsen. Sie wartete zu Hause bestimmt schon auf mich und hatte genau das richtige Gespür dafür, was ich gerade brauchte. Eine dicke, fette, ungesunde Pizza. Mit extra viel Käse und Salami. Von Luigi Igi – unserem Lieblingslieferservice. Okay, Lieblingsitaliener hätte sich deutlich besser und feudaler angehört, aber es war halt schlicht und ergreifend ein Lieferservice.

»Bin in fünfzehn Minuten da. Ich nehme die Extraportion der Extraportion«, antwortete ich ihr und wusste, dass Sue mir genau die richtige Pizza bestellen würde.

Als ich zu Hause ankam, seufzte ich beim Anblick des noch immer defekten Fahrstuhls und machte mich zu Fuß auf den Weg in die vierte Etage. Normalerweise ging ich immer zu Fuß, nur heute hätte ich mir diesen Transport wirklich gegönnt. Mein Tag war lang genug gewesen.

»Wow, wenn du nur halb so müde bist, wie du aussiehst, dann wird das kein Serienmarathonabend.«

Ich grinste und zog meine Schuhe aus, bevor ich mich neben Sue auf die kleine Couch warf, auf der wir viel zu viel Zeit verbrachten, wenn man sich einmal unser Alter betrachtete und die Tatsache, dass wir in die freie Wildbahn hinaussollten, um Spaß zu haben.

»Keine Müdigkeit dieser Welt wird mich davon abhalten, Sergeant Halstead weiter anzuhimmeln«, erwiderte ich grinsend, wobei es im selben Moment schon an der Tür läutete.

»Okay, ich hole die Pizza unten ab und du machst es dir gemütlich, damit wir direkt anfangen können. Sonst schaffen wir garantiert nicht mehr als zwei oder drei Folgen, bevor du einpennst. Und wir haben noch vier Staffeln vor uns, deshalb los geht's!«

»Aye, aye Sue.« Ich verschwand in meinem kleinen Zimmer, in dem Gott sei Dank genug Platz für alles war, was ich brauchte, und zog direkt meinen Schlafanzug an. Eine Dusche wäre himmlisch gewesen, doch die musste bis morgen früh warten. Die Pizza durfte auf keinen Fall kalt werden!

»Weißt du, dass wir mal wieder feiern gehen müssen?« Sue neben mir lachte auf und nahm sich ein weiteres Stück Pizza, obwohl sie schon seit zehn Minuten quengelte, dass sie unendlich satt war. So wie immer. Sie konnte nur nie aufhören.

»Genau das wollte ich auch ansprechen. Wir werden zu Couch-Potatoes, Kathy.«

»Ich weiß. Deshalb müssen wir mal wieder hier raus. Dringend. Ich kann mich nicht mal an das letzte Mal erinnern, als ein Mann meine Gelüste erfüllt hat.«

»Männer werden komplett überbewertet für diese Zwecke. Ich habe einen neuen Vibrator und ich kann dir sagen: kein Mann schafft das, was mein kleiner Will kann.«

»Du nennst deinen Vibrator kleiner Will?«

»Ich hätte ihn auch Big Daddy nennen können.« Prustend stellte ich mein Glas Wein zurück auf den Tisch, von dem ich Gott sei Dank gerade nichts getrunken hatte.

»Wir müssen definitiv hier raus! Und zwar schnell. Dieses Wochenende. Keine Ausflüchte.«

»Ich habe keine Ausflüchte. Es sei denn, der kleine Will ...«

»Halt die Klappe, Sue. Das sind viel zu viele Informationen. Ich werde nie wieder ins Bett gehen können, ohne darüber nachzudenken, was der kleine Will mit dir anstellt.«

»Du bist nur neidisch, weil du keinen kleinen Will hast, aber ich habe die Internetadresse des Shops.«

»Ich suche mir am Wochenende lieber einen echten Will. Einen großen Will.«

»Gut, klingt auch nach einem Plan.«

Mein Telefon vibrierte, was Sue laut aufstöhnen ließ. »Du musst deiner Mutter mal sagen, dass sie nicht immer während unseres Serienmarathons anrufen soll.«

Lachend blickte ich Sue an, die ebenfalls losprustete.

»Wann bitte machen wir denn keinen Serienmarathon? Ach ja, dann, wenn wir arbeiten sind.«

»Oder wenn der kleine Will ...«

»Bah, Sue!« Lachend nahm ich das Gespräch entgegen und schloss die Tür zu meinem Schlafzimmer. Nicht weil ich irgendwelche Geheimnisse vor Sue hatte, sondern weil ich gern ganz in Ruhe mit meiner Familie telefonierte. Ich hatte sie viel zu lange nicht gesehen und mittlerweile machte sich unendlich großes Heimweh in mir breit.

»Na, da scheint aber jemand Spaß zu haben«, sagte meine Mutter sofort und ich hörte das Lächeln in ihrer Stimme. Ich wusste, dass sie mich genauso sehr vermisste, aber verdammt stolz auf mich war, weil ich den Sprung in die große Stadt und damit ins Ungewisse nicht nur gewagt, sondern auch ganz wunderbar gemeistert hatte.

»Sue hat nur gerade einen Witz gerissen. Schön, dass du anrufst, Mom.« Ich ließ mich auf mein Bett sinken und starrte an die weiße Betondecke meines Zimmers, die den Raum dank ihrer Höhe etwas weniger beengt wirken ließ.

Mittlerweile telefonierten wir nicht mehr täglich, so wie sonst, aber mindestens zwei- bis dreimal in der Woche. Wobei, nein, momentan war es deutlich häufiger, was ich auf mein Heimweh schob, das ich schon wieder überdeutlich spüren konnte. Gut, dass mein Urlaub nicht mehr in weiter Ferne lag und ich bald zu meinen Eltern auf die Farm fahren konnte.

Wir redeten über Gott und die Welt, bevor ich nach einer halben Stunde zu Sue zurückkehrte, die auf dem Sofa eingeschlafen war. Mit einem Lächeln auf den Lippen warf ich eine Wolldecke über sie und ging zurück in mein Zimmer. So viel dann zum Serienmarathon. Vermutlich hatte sie ebenfalls einen langen Tag gehabt. Außerdem wurden wir wohl wirklich alt. Wie oft waren wir damals unterwegs gewesen, wie selten jetzt. Egal.

Hauptsache, es ging uns gut und wir fühlten uns wohl – und das war beides definitiv gegeben.

Ich überlegte, mir noch etwas auf dem Laptop reinzuziehen, doch ich war auch hundemüde. Gott, ich hasste es immer, wenn man seinen Feierabend nicht ausnutzen konnte, weil einen der Tag zu fertiggemacht hatte, aber heute war das nun mal so. Dafür dann am Wochenende.

Ich konnte es ehrlich gesagt kaum abwarten.

EVAN

Ich war unglaublich wütend. Auch wenn ich versuchte, diese Gefühle nicht zuzulassen – oder vielleicht gerade deshalb. Je mehr ich mich bemühte, nicht sauer zu sein, desto mehr eskalierte ich.

Liam hatte seine verdammte Aufgabe und musste sich so verhalten, deshalb hielt ich ihn trotzdem für ein riesiges Arschloch in diesem Moment. Obwohl ich wusste, dass ich ihm damit unrecht tat. Aber er nervte mich. Das alles nervte mich. Die Tatsache, dass ich nie tun oder lassen konnte, was ich wollte, weil ich ja auf den ach so wichtigen Namen aufpassen musste. Was für ein Bullshit.

Ich hatte diesem Namen viel zu verdanken ... wir alle hatten das. Eine Dankbarkeit, die sich unser Vater gut bezahlen ließ, anders konnte man diesen Punkt nicht betrachten.

Er hatte uns allen schnell deutlich gemacht, dass im Leben nichts ohne Gegenleistung geschah – so auch nicht unsere Adoption.

Sie kam mit der Aufgabe, die Firma weiterzuführen. Im Gegensatz zu Liam hatten meine Brüder und ich wenigstens noch die Möglichkeit gehabt, uns unsere Bereiche auszusuchen und das zu machen, was uns wenigstens einigermaßen – oder in meinem Fall vollkommen – Spaß machte. Liam dagegen ... Ich hatte mich schon oft gefragt, ob er eigentlich glücklich war, doch darauf würde ich wohl nie eine ehrliche Antwort von ihm erhalten.

Er erfüllte seine Aufgabe – und das mit harter Hand und

einer stoischen Einstellung, die seinesgleichen suchte.

Ich für meinen Teil musste definitiv dankbar dafür sein, dass mir diese Familie meine Richtung vorgegeben und mich in die richtigen Bahnen gelenkt hatte. Schon oft war mir die Frage durch den Kopf gegangen, was wohl sonst aus mir geworden wäre. Wahrscheinlich Automechaniker oder Tätowierer. Im schlimmsten Fall wahrscheinlich irgendein Asozialer, der im Leben nichts zustande brachte und nur auf Kosten anderer lebte.

Wenn man meine Brüder und mich so betrachtete, war ich auf jeden Fall mit Abstand derjenige, der am wenigsten in diese ganze Knight-Dynastie passte. Anzüge, Dinnerpartys, Wohltätigkeitsveranstaltungen. Das alles machte ich, weil ich es musste, aber garantiert nicht, weil es mich auch nur ansatzweise mit Freude erfüllte.

Dieser ganze steife Kram war nicht meine Welt. Deshalb Gott sei Dank die kreative Abteilung der Firma und die Freiheit, nicht immer Mister Perfekt sein zu müssen, so wie es von Liam verlangt wurde. Scheiße, manchmal dachte ich aus Spaß darüber nach, wie es wohl andersherum gelaufen wäre. Wenn ich derjenige gewesen wäre, der als Erster in diese Familie gekommen wäre. Als Sohn, als Nachfolger, als CEO und Patriarch. Wahrscheinlich wäre dann alles schon längst den Bach runtergegangen.

Ich fuhr den Computer runter, auch wenn ich eigentlich noch eine Menge zu tun hatte, und erhob mich von meinem Bürostuhl. Ich brauchte frischen Wind um meine Nase, wenn ich mit meiner Karre durch die Straßen New Yorks bretterte. Entgegen aller Verkehrsregeln selbstverständlich.

In Momenten wie diesen, in denen mir mein Leben so entsetzlich eng vorkam, half mir nur mein Motorrad. Gut, dass heute Morgen schon die Sonne geschienen hatte, sodass ich sofort mit dem Bike losgefahren war.

So konnte ich die Ausfahrt direkt genießen.

»Ich bin weg. Feierabend für heute«, rief ich in die Runde, wobei mich alle mit fragenden Blicken musterten. Normalerweise war ich immer der Letzte, der ging. Pflichtaufgabe Knight Industries hin oder her, ich nahm meinen Job wirklich ernst und gab immer einhundert Prozent. Weil mir etwas daran lag, wie wir uns nach außen präsentierten. Also grafisch gesehen. Alles andere setzte ich laut Liam genug in den Sand. »Und nein, ich nehme es niemandem übel, der jetzt auch Feierabend macht. Solange genug Überstunden dafür vorhanden sind. Genießt das Wetter. Wer weiß, wie lange die Sonne scheint.« Mit diesen Worten und dem Motorradhelm unter dem Arm stieg ich in den Aufzug, der mich direkt zur Tiefgarage brachte.

Mein Motorrad parkte neben den Luxuskarossen meiner Brüder. Ein wahres Schauspiel, denn dicke Autos waren für uns Knights anscheinend ein Pflichtprogramm. Neben dem Motorrad, einer Harley-Davidson-Sonderedition in absolut limitierter Stückzahl, besaß ich noch einen Lamborghini, einen Ferrari und einen Porsche. Wobei ich den Ferrari und den Porsche seit Ewigkeiten nicht mehr genutzt hatte. Sorgen eines Mannes, der im Luxus lebte, obwohl er eigentlich in die Gosse gehörte. Zumindest wenn das Leben dem für mich wohl vorgesehenen Plan gefolgt wäre.

War es aber nicht.

Ich setzte den Helm auf und ließ den Motor aufheulen, was in der Tiefgarage natürlich noch einmal bedrohlicher klang. Gott, wie sehr ich es liebte. Heute würde ich aus dem Stadtverkehr ausbrechen und in Richtung Hamptons knallen. Ein bisschen die Freiheit genießen. Scheiße, die Hamptons. Urlaub wäre auch nicht schlecht, doch daran war erst zu denken, wenn die nächste Kampagne abgeschlossen war. Dafür war es einfach zu wichtig und ich wusste auch ohne Liams Ansprache, was für uns und die Firma auf dem Spiel stand. Dinge, über die ich mir keine Gedanken machte. Selbst wenn mal ein Geschäft nicht so laufen sollte, hatten wir alle noch genug Millionen auf dem Konto, um uns ein absolut unbeschwertes Leben zu gönnen. Was ich nur so sehen konnte, weil ich nicht all die Verantwortung hatte, die auf Liams Schultern lastete. Gott sei Dank. Scheiße, ich wollte wirklich nicht mit ihm tauschen – aber ich würde es auch nicht zulassen, in irgendeiner Art und Weise Mitleid für meinen Bruder zu empfinden, auf den ich eigentlich so unglaublich wütend war.

Ich fädelte mich aus der Tiefgarage kommend in den dichten Verkehr ein und beschleunigte so gut es ging, was meinen Herzschlag in die Höhe trieb. Genau so musste es sich anfühlen. Genau so wollte ich mich fühlen. Frei. Gut. Mit einem klaren Kopf, in dem gerade nichts anderes eine Rolle spielte als mein Fokus auf die Straße.

***

ALS ICH IN mein Loft zurückkehrte, war es bereits dunkel draußen. Ich war tatsächlich bis in die Hamptons gefahren, hatte einen Kaffee am Meer getrunken und war dann zurückgebrettert.

Scheiße, so etwas sollte ich viel öfter machen. Vor allem in der Woche, wo es nicht den starken Verkehr gab, weil die Reichen und Schönen in der Stadt blieben, statt in ihre Villen am Meer zu fahren.

Ich legte den Helm auf den Küchentresen und hob die Augenbrauen, als ich das unglaubliche Chaos um mich herum bemerkte. Für den Bruchteil einer Sekunde schrillten in meinem Kopf alle Alarmglocken und ich dachte schon darüber nach, ob es sich um einen Einbruch handelte – bis ich realisierte, dass dieses Chaos einzig und allein von mir verschuldet worden war. Nur normalerweise beseitigte meine Hausdame all das hier, bevor ich von der Arbeit wieder nach Hause kam.

O fuck …

Natalie. Die Hausdame. Ich hatte sie gevögelt. Und das war wohl ihre Art und Weise, mich für meine rauen Worte und den Abgang zu bedanken. Auf dem Tisch lag ein Zettel, den ich zur Hand nahm.

»Keinen Finger werde ich mehr für dich krümmen, du mieses Arschloch«, hatte sie geschrieben, was mich kurz tief durchatmen ließ. Okay, dann brauchte ich wohl ein neues

Hausmädchen. Mal wieder.

Ich wählte die Nummer der Agentur, wo sich bereits nach kurzem Klingeln jemand meldete. Meine Ansprechpartnerin, das erkannte ich an der Stimme, obwohl ich ihren Namen schon wieder vergessen hatte.

»Es tut mir sehr leid, Mister Knight, aber momentan haben wir wirklich niemanden, den wir so schnell als Ersatz senden könnten. Wir werden noch einige Tage brauchen. Es ist ja nicht gerade einfach, jemanden zu finden, der gern in Ihrem Haushalt tätig werden möchte.«

Auch eine nette Umschreibung. Ich verkniff mir jeglichen Konter und teilte ihr nicht mit, dass sie mir gefälligst keine Betthäschen mehr schicken sollte. Es war definitiv nicht die Schuld der Agentur, dass ich meinen Schwanz so oft nicht unter Kontrolle hatte.

Na wunderbar, also musste ich wohl noch eine Weile mit dem Chaos zurechtkommen, das hier herrschte. Auch wenn ich es hasste.

Mit einem wütenden Schnauben schob ich mit dem Fuß mein Shirt zur Seite, das ich gerade auf den Boden geworfen hatte, bevor ich mich danach bückte, um es aufzuheben. Wenn keine neue Haushälterin kam, würde es sonst noch eine Weile hier liegen bleiben. Ach Scheiße, ich hatte seit meiner Adoption bei den Knights immer alles in den Arsch geschoben bekommen. Und so verhielt ich mich auch. Das war mir klar.

Ich war Gott sei Dank nicht so weltfremd oder abgehoben, um das nicht zu bemerken, aber definitiv abgehoben genug, um mich darüber aufzuregen, dass heute keiner meine Scheiße für mich weggeräumt hatte.

Ich war ein Arschloch – das musste mir kein Außenstehender mitteilen. Gut, dass wir uns alle morgen zum Dinner bei unseren Eltern trafen, vielleicht hatten meine Brüder noch irgendeine Agentur für mich, an die ich mich wenden konnte. Oder meine Eltern. Wobei, von der Agentur würde ich besser die Finger lassen.

Meine Mutter regte sich schon immer genug über meine

Eskapaden oder die Tatsache auf, dass ich keine Frau mit nach Hause brachte.

Wobei keiner meiner Brüder besser war. Sie konnten aber ihre Rollen authentischer spielen.

Allen voran der heilige Liam, auf den meine Eltern natürlich so oder so nie etwas kommen lassen würden.

Warum dachte ich schon wieder an meinen Bruder? Verdammt, ich war immer noch wütend. Das musste ich bis morgen unter Kontrolle kriegen.

Ich schaltete die Mikrowelle an, nur um festzustellen, dass nichts drinstand – weil natürlich auch niemand für mich gekocht hatte. Fuck, dann musste halt der Pizzadienst mein Essen kochen. Ich wusste jedenfalls nicht, wie das ging, und würde auch nicht damit anfangen. Keine Ahnung, ob ich überhaupt Lebensmittel im Haus hatte, um zu kochen. Es war nicht so, als hätte ich jemals ein Lebensmittelgeschäft selbst betreten.

Der goldene Löffel in meinem Mund schmeckte bei all meinen Gedanken heute bittersüß.

Mit einer Pizza, die Gott sei Dank nach nur einer halben Stunde bei mir ankam, warf ich mich auf die große schwarze Ledercouch und zappte durch das Fernsehprogramm, während ich ein Dosenbier öffnete. Ein schöner Junggesellenfeierabend, wie ich ihn mir gern gönnte, wenn ich nicht gerade um die Häuser zog.

Heute war ein guter Tag. Ein Tag, an dem ich die Stille aushielt. Auch wenn es nicht wirklich still war durch die Unterhaltung des TV Programms. Doch oft reichte auch das nicht aus.

Die Gedanken an Erin wollten einfach nie verstummen, ganz egal, wie sehr ich es auch versuchte.

Fuck, jetzt waren sie zurück. Ich schloss die Augen, atmete tief durch und versuchte, mich auf den wunderschönen Trip in die Hamptons zu konzentrieren.

Auf die Freiheit, die ich gespürt und genossen hatte.

Heute war ein guter Tag.

Daran würde sich jetzt auch nichts ändern!

Die Stille konnte mir heute meinen Verstand nicht rauben, genauso wenig wie diese ganzen bohrenden Fragen in mir. Ich würde jetzt nicht ins Fitnessstudio gehen und mich auspowern, bis ich kaum noch laufen konnte. Außerdem würde ich nicht mit irgendeiner Frau in der Kiste landen. Weil heute ein guter Tag war – und weil ich morgen fit und ausgeschlafen sein wollte für das Essen im Hause Knight.

Es gab genug Diskussionsmaterial, das ich der Familie dank der Zeitungsartikel wieder auf dem Silbertablett geliefert hatte – da musste ich wenigstens Herr meiner Sinne sein und nicht noch komplett mitgenommen vom Vorabend. Denn dann würde das alles nicht gut ausgehen. Außerdem durfte niemand wissen, was mich belastete oder wie sehr es mich belastete. Ich wollte keine Fragen, auf die ich keine Antworten geben konnte. Ich wollte meine Ruhe.

Die Ruhe, die ich brauchte, um Antworten zu finden, auch wenn ich mich damit in einen Bereich begab, den ich nie wieder betreten wollte. Eine Dunkelheit, die ständig nach mir zu greifen versuchte, wenn ich einmal nicht aufpasste und dagegen ankämpfte.

Ich konnte, wollte und würde es nicht zulassen.

Heute ging es mir gut und es war ein guter Tag. Daran würde nichts und niemand etwas ändern.

Auch nicht die Gedanken an Erin.

KATHY

»Wunderbare Arbeit. Ganz wunderbar, Kathy. Genau, wie ich es von Ihnen gewohnt bin.« Doktor Fuller junior strahlte mich mit seinen übertrieben weißen Zähnen an und wackelte dabei mit den Augenbrauen. Eine von vielen Angewohnheiten bei diesem Kerl, die mich wahnsinnig machten.

Okay, er musste nur anwesend sein und es störte mich schon. Ein klitzekleines Problem, wenn man dabei bedachte, dass er bald mein Chef sein würde. Eigentlich musste ich ihn jetzt schon ernst nehmen, aber verdammt, dieser Mann wackelte mit den Augenbrauen und grunzte oft, wenn er über seine eigenen, überhaupt nicht lustigen Witze lachte. Wie um alles in der Welt sollte ich ihn ernst nehmen?

»Danke«, erwiderte ich und schenkte ihm ein gequältes Lächeln, doch solche Feinheiten fielen ihm nicht auf. Er war viel zu sehr mit sich selbst beschäftigt, als dass er irgendwelche Dinge in seiner Umwelt wahrnehmen könnte.

»Gestern Abend ist es ganz schön spät geworden, habe ich gehört.«

»Ja, Gott sei Dank hatte mein Freund Verständnis für den Vorrang meiner beruflichen Tätigkeit.«

Zack. Das dämliche Grinsen fiel ihm aus seinem nicht allzu attraktiven Gesicht. O mein Gott. Also baggerte er mich wirklich immer an, so wie meine Arbeitskolleginnen es behaupteten.

Urgs. Gut, dass wir das jetzt hinter uns gebracht hatten.

»Ihr Freund?«, fragte er und klang dabei fast schon hysterisch.

»Ich rede nicht gern über mein Privatleben, weshalb ich es bevorzugen würde, mich wieder auf die beruflichen Aspekte zu konzentrieren.« In meinem Kopf hallte Sues Stimme, die mir immer vorhielt, dass ich unglaublich steif und förmlich sprechen konnte, wenn ich das wollte. Und gerade wollte ich das. Dieser Typ sollte nicht nur verstehen, dass er mit seiner ekelhaften Flirterei bei mir an der falschen Adresse war. Er sollte auch gleich verinnerlichen, dass ich keine gehirnamputierte Frau war, die sich in irgendeiner Art und Weise nach ihm verzehrte.

»Verstehe.« Mit diesen Worten drehte er sich um und verließ das Behandlungszimmer, in dem ich gerade alles für den nächsten Patienten vorbereitete. Die Stimmung würde dann heute wohl eisig sein zwischen uns, doch ich war mir sicher, dass Junior sich schnell von dieser Abfuhr erholen würde. Das Dämliche bei ihm war nämlich: Es war nicht das erste Mal, dass ich ihn abblitzen lassen hatte – er verstand es nur einfach nie. Sein Ego war einfach zu groß, um Abfuhren als solche zu verbuchen und sich dann zurückzunehmen.

***

AM ABEND ERZÄHLTE ich Sue von unserem Gespräch, was sie sofort auflachen ließ. Sie schüttelte sich und verzog das Gesicht, als hätte sie etwas Saures gegessen. Eine normale Reaktion, wenn sie an meinen Juniorchef dachte. Sie war ihm nur einmal begegnet bis jetzt. Als Patientin, da sie natürlich in die Praxis kam, in der ich arbeitete.

Auch sie war in den Genuss der hochgezogenen Augenbrauen und des Grunzens gekommen. Seitdem wollte sie ausdrücklich nur noch von Fuller senior behandelt werden. Wie ihr ging es vielen Patientinnen. Entweder wir hatten bald nur noch männliche Patienten oder die Praxis konnte gleich dichtmachen, wenn Fuller senior in Rente ging. Worüber ich gar nicht nachdenken wollte.

Also weder darüber, dass der beste Chef der Welt in

Rente ging, noch was das für die Praxis bedeutete.

»Dieser Kerl ist der Grund, warum ich wirklich nicht weiß, ob ich mich jemals fest mit einem Mann einlassen möchte. Stell dir mal vor, du lernst Prinz Charming kennen und im Laufe der Jahre entwickelt er sich zu so jemandem.«

»Ich glaube nicht, dass so jemand den Prinz Charming mimen kann«, sagte ich lachend, was Sue tief durchatmen ließ.

»Auch wieder wahr. Aber die Vorstellung ist einfach der Horror. Dieser Kerl. Gott, ich weiß gar nicht, wie du dem tagtäglich begegnen kannst. Ich meine ... bah, allein der Gedanke.«

»Ich weiß, aber ohne ihn würden wir unsere Miete nicht bezahlen können. Und auch nicht die Wochenendeskalation.«

»Oh, wir sprechen schon von einer Eskalation, ja?« Sue lachte und lehnte sich grinsend auf der Couch zurück. Wir hatten gerade das selbst gemachte Couscous verdrückt, das wir zusammen zubereitet hatten, und versuchten uns jetzt – noch erfolgreich – von den Süßigkeiten abzulenken, die sich ebenfalls in der Küche befanden.

Wir waren beide der Meinung, mal wieder eine Diät vertragen zu können. Was unglaublicher Bullshit war. Sue hatte ein paar Pfund mehr auf den Rippen, ja, okay, aber sie fühlte sich pudelwohl, war gesund und trieb regelmäßig Sport. Ich war von Natur aus schlank. Schon immer gewesen. Und doch brauchte es manchmal fürs Gewissen diese kleinen Diätphasen, die wir eh nie durchhielten, weil wir davon viel zu schlechte Laune bekamen.

Bis zum Wochenende gab es keine Süßigkeiten mehr in unserem Leben. Das war das einzige Gesetz, an das ich uns heute beide erinnern musste. Wir wollten am Samstag heiß aussehen, wenn wir auf die Männerwelt losgelassen wurden. Was es dann brachte, zwei volle Tage lang vorher keine Süßigkeiten zu essen, das war einmal dahingestellt.

»Lass uns weggehen. Also nicht in einen Klub oder so was, aber einfach mal einen Cocktail trinken. Wie wärs? Es ist noch so früh.« Ich blickte Sue überrascht an, bevor ich an die Wanduhr sah, die in der Küche hing. Es war wirklich noch früh und wir waren ewig nicht weg gewesen. »Dann könnten wir einen schönen, sahnigen Cocktail trinken und trotzdem voller Stolz behaupten, wir hätten uns ganz eisern an unsere Diät gehalten.«

»Weil wir die Sahne dann trinken, statt sie zu essen oder was? Weil unsere Diät nur daraus besteht, zwei Tage keine Süßigkeiten zu essen oder wie?.«

»Ja und? Das ist schlimm genug. Also ... ich habe jetzt wirklich Durst auf eine Piña colada.«

Ich verzog das Gesicht beim Gedanken daran. Ich hasste Piña colada – aber alles in mir schrie nach einem schönen Cosmopolitan.

»Ach was solls. Wir haben ja nun wirklich keinen einzigen Grund, nicht zu gehen, oder?«

»Yes Baby!« Sue sprang von der Couch auf und verschwand in ihrem Zimmer, während ich mich in meinem Kleiderschrank umsah. Ich besaß nicht viele Klamotten, was allerdings nicht meiner Abneigung gegen das Einkaufen, sondern meinem viel zu kleinen Kleiderschrank geschuldet war. Manchmal waren mein Portemonnaie und ich verdammt froh darüber, ihn zu haben. Manchmal verfluchte ich den wenigen und stark begrenzten Platz aber. So wie in diesem Moment.

Ich musste dringend meine alten Sachen weggeben und durch neue ersetzen. All diese Sachen in meinem Kleiderschrank waren weit von hypermodern und stylish entfernt. Aber natürlich war Shoppen auch eine Frage des Geldes, dank der horrenden Preise in dieser wunderbaren Stadt, die niemals schlief.

WIR LANDETEN in einer noblen Rooftop Bar in der Innenstadt. Das *fifthyfiveplaza*.

Oder zumindest wollten wir dort landen. Doch schon am Eingang mussten wir feststellen, dass wir nicht wohlhabend genug waren für dieses Etablissement, das wohl nur den Reichen und Schönen vorbehalten war. Jedenfalls würde ich garantiert keine vierzig Dollar für einen verdammten Cocktail ausgeben.

»Wir sind arme Schweine. Das untere Ende der Nahrungskette«, murmelte Sue kopfschüttelnd, als wir wieder im Erdgeschoss des Gebäudes angekommen waren.

»Ohne dich wären ganz viele Kinder der Reichen und Schönen verloren und ohne mich hätten sie keine Zähne mehr im Mund. Es kann ja nicht nur die Leute geben, die sich vierzig Dollar Cocktails leisten können, sondern sie brauchen auch die Personen, die dafür sorgen, dass sie es können – und das sind nun mal ... wir.«

»Die Location war eh zu langweilig. Das war doch nicht mal ansatzweise so wie im Internet, oder?«

Das war es definitiv nicht. Statt des spektakulären Blicks gab es nur eine Baustelle und die wunderschöne Beleuchtung hatte wohl ein Bildbearbeitungsprogramm nachträglich dazu gezaubert.

Wir landeten im *Stones*. Einem kleinen, aber gemütlichen Pub in der Nähe der U-Bahn, in dem wir schon den ein oder anderen Cocktail geschlürft hatten.

Es war bekannt für die fairen Preise, wobei ich immer noch stark bezweifelte, dass irgendein Preis in New York als fair gehandelt werden durfte. In jeder anderen Gegend dieses Landes würde man garantiert nicht die Hälfte dafür bezahlen.

Ich konnte leider keine Vergleiche anstellen, denn in dem gottverlassenen Kaff, aus dem ich stammte, gab es keine Cocktails. Und da ich kein Bier mochte, war ich nicht darüber informiert, was die alkoholischen Getränke in dem Pub meines Heimatdorfs kosteten. Allerdings sicherlich viel, viel weniger.

Meine Gedanken waren schon wieder bei meinen Eltern und der Farm, weshalb ich mich schnell auf das Hier und Jetzt konzentrierte. Auf die Leute, die ausgelassen miteinander sprachen und feierten.

Nicht ein einziger Kerl zog in diesem Wulst aus Menschen meine Aufmerksamkeit in seinen Bann. Dabei war ich, was ich mir zu meiner eigenen Schande eingestehen musste, mittlerweile in einem Bereich angekommen, in dem mir vieles egal war. Hauptsache, ich würde mal wieder einen Mann zwischen meinen Beinen spüren. Doch von denen hier qualifizierte sich kein Einziger.

»Empfinde ich das nur so oder gehen die Kerle hier gar nicht?«, fragte ich, während Sue mich nur überrascht ansah.

»Dein Ernst? Also das kann ich jetzt nicht behaupten.« Sie deutete auf zwei Kerle an der Bar, die uns beobachteten. Sie wirkten langweilig. Meine Güte, seit wann war ich denn bitte so? Normalerweise lernte ich die Leute erst mal kennen, bevor ich mir ein Urteil über sie erlaubte.

Natürlich dauerte es nicht lange, bevor sie sich zu uns gesellten. Ich hatte nichts gegen Gesellschaft einzuwenden, doch ich konnte wirklich nichts mit Kevin und Dave anfangen. Sie waren Studenten, wollten später die Welt mit einem Start-up erobern. Ich hatte irgendwann aufgehört, ihnen zuzuhören, und auch Sue wirkte nach ein paar Minuten bereits desinteressiert.

Schlussendlich waren wir beide froh, als wir gehen konnten, worüber wir uns noch den gesamten Heimweg amüsierten.

»Ich bleibe vielleicht doch lieber mit dir auf der Couch und krieche dann zu Little Will ins Bett.«

»O Gott, der kleine Will. Ich dachte schon, es vergeht ein Tag, an dem wir nicht über deinen Vibrator sprechen.«

»Bald können sich Will und Bob unterhalten.«

Fragend blickte ich meine Freundin an, die leise giggelte. »Ich habe Will einen kleinen Freund bestellt, damit meine beste Freundin nicht mehr von meinen Erzählungen leben muss.«

»Du hast ... du hast mir einen Vibrator bestellt und ihn Bob genannt? Sue!« Fassungslos schüttelte ich den Kopf, doch Sue brach bereits in schallendes Gelächter aus.

»Ach komm schon, du bist komplett untervögelt. Okay. Das passiert. Aber dann mach dir wenigstens selber ein bisschen Spaß. Deine Vagina erlebt gerade die wunderschöne Blütezeit, die schneller vorbei ist, als du glaubst.«

»Was zum Teufel war in deinem Cocktail?«

»Wahrheitsserum. Außerdem finde ich, dass Bob ein passender Name für deinen kleinen Freund ist.«

Ich schloss die Augen, weil ich versuchte, das Bild von einem Vibrator mit Cowboyhut zu verdrängen, das sich mir automatisch in den Sinn schob. Doch die Dunkelheit machte es nur noch schlimmer. »So als Mädchen vom Land. Die heißen doch alle Bob bei euch.«

»Er wird nicht Bob heißen.«

»Gut, wenn das der einzige Meckergrund ist, den du findest, dann gib ihm einen eigenen Namen. Für mich wird er für immer Bob bleiben. Und ich schwöre dir, du wirst sehen, Bob wird dir schlaflose Nächte und unendliche Höhepunkt bescheren. Du wirst im Schlaf seinen Namen flüstern.«

»Entschuldigung, aber darf ich fragen, was für einen Vibrator Sie benutzen?« Erschrocken drehten wir uns um und blickten die Frau an, die hinter uns in der Bahn saß. Wir waren wirklich angeschickert. Das war kein Gespräch für eine nächtliche U-Bahn-Fahrt. »Und ja, ich meine die Frage verdammt ernst, nach dem, was Sie gerade erzählt haben.«

Ich schätzte die Frau auf Mitte fünfzig. Auf ihrem Gesicht ein neugieriger Ausdruck.

»Das ist der neue von Puresatifac«, begann Sue neben mir und führte ein Werbegespräch mit der Dame, als würde es sich um ein neues Nudelrezept handeln. Ich wusste irgendwann kaum noch, wohin mit meinem Grinsen, während sie todernst berichtete. Dieser Abend würde mir garantiert noch für eine Ewigkeit im Gedächtnis bleiben.

Vielleicht sollte ich Sue einfach vorschlagen, als Werbebotschafterin oder Influencerin für diese Dildomarke zu werben. Sie würde mit allergrößter Sicherheit umsatzsteigernd für die Firma wirken.

Noch zu Hause lachten wir Tränen über das Gespräch in der Bahn und meinen Vorschlag, ihre berufliche Zukunft umzugestalten.

Ich konnte mich nicht daran erinnern, wann ich das letzte Mal so sehr gelacht hatte und genoss dieses Gefühl. Das Leben war oft viel zu ernst.

Außerdem tröstete es mich über die Erkenntnis hinweg, dass es nur noch langweilige Männer zu geben schien.

Ich war achtundzwanzig und nicht auf der Suche nach dem Mann fürs Leben ... eigentlich. Aber irgendwie machte sich in mir immer mal wieder das Gefühl breit, dass ich genau danach eben doch suchte.

Ich fühlte mich zwischenzeitlich so planlos. Bis jetzt hatte ich nämlich noch nicht entschieden, ob ich jemals Kinder haben wollte oder ob das Thema Ehe für mich infrage kam. Doch wie sollte ich so was auch entscheiden, wenn ich mir nicht mal sicher war, dass irgendwo Mister Right existierte. Ein Mann, der es schaffte, mich zu fesseln, mich in seinen Bann zu ziehen und mich wirklich zu interessieren.

Bis jetzt war meine Suche vergeblich gewesen und ich hatte mir felsenfest geschworen, auf eben diesen Mann zu warten, bevor ich mich jemals fest binden würde. Ein weiterer Ausfall wie meinen Ex konnte ich in meinem Leben definitiv nicht noch mal dulden oder gebrauchen.

Dafür war ich zu alt.

EVAN

Ich blickte in den Spiegel und zerrte an meiner Krawatte, bevor ich sie zurück auf den Bügel im Ankleidezimmer hing. Krawatten trug heutzutage keine Sau mehr – auch wenn mein Vater das noch immer glaubte.

Er bestand darauf, dass wir zum Essen gut gekleidet erschienen, doch für mich war alles, was über ein Heavy-Metal-T-Shirt und zerrissene Jeans hinausging, schon gut gekleidet.

Ich entschied mich für ein einfarbiges schwarzes Shirt und eine Jeans ohne Löcher, bevor ich mich auf mein Motorrad schwang. Meine Mutter würde zwar wieder die Krise kriegen, weil sie nicht verstehen konnte, warum ich überhaupt mit einer »Höllenmaschine« fahren musste, aber ich hatte wirklich keine Lust auf das Auto.

Der Stadtverkehr raus zu dem Anwesen meiner Eltern war so oder so ätzend genug.

Sie lebten vor den Toren New Yorks, wobei man das bei der geografischen Beschaffenheit nicht so nennen konnte. Aber ja, es hörte sich gut an und sie verwendeten diese Redewendung gern. Dabei lag das Familienanwesen nur ein Stück außerhalb des Stadttrubels an der Upper East Side.

Ich musste aufs Gas drücken, wenn ich noch pünktlich erscheinen wollte. Meine Eltern hassten nichts mehr, als wenn ich mich verspätete. Was öfter vorkam. Heute schaffte ich es allerdings pünktlich. Das Tor wurde bereits geöffnet, als ich die Auffahrt entlangrollte, sodass ich direkt durchfahren konnte.

Meine Brüder waren schon alle da, was mich nicht wunderte. Sie waren immer pünktlicher. Allen voran natürlich wer? Liam – wie sollte es auch anders sein.

Ich stellte meine Harley neben den Sportwagen, hing den Helm ans Lenkrad und lief die Treppen hinauf zum Haupteingang des herrschaftlichen Gebäudes. Von außen erinnerte es mich noch immer an ein Schloss.

Als ich zum ersten Mal vor dieser großen weißen Treppe gestanden hatte, war ich mir sicher gewesen, von einem König und einer Königin adoptiert worden zu sein. Eine Vorstellung, in der ich lange gelebt hatte.

Zumindest so lange, bis ich alt genug war, um zu realisieren, dass mein Vater alles war, außer ein ehrenhafter König.

Ich schüttelte die Gedanken ab, die mich so oft überkamen, wenn ich die Stufen zur Eingangstür empor schritt, und begrüßte den Butler meiner Eltern mit einem kurzen Nicken. Er hatte bereits auf mich gewartet und die Tür für mich offen gehalten. In diesem Haus musste man nichts allein machen, wenn man es nicht wollte – kein Wunder also, dass ich meiner Haushälterin hinterhertrauerte. Ich war verwöhnt. Nicht mehr und nicht weniger.

»Die Gesellschaft befindet sich im großen Wohnzimmer«, teilte der Butler mir mit, weshalb ich nicht in den Diningroom ging, so wie normalerweise üblich. Es war lange her, dass wir uns im Wohnzimmer getroffen hatten.

»Ah, Evan, da bist du ja. Wir dachten schon, du schaffst es nicht«, sagte meine Mutter sofort und kam auf mich zu, um mir einen Kuss auf die rechte und die linke Wange zu geben. Das tat sie immer. Seit ich das erste Mal nach Hause gekommen war.

»Ich bin nicht zu spät, der Rest war nur zu früh«, sagte ich zu meiner Verteidigung, bevor ich auch meine Brüder begrüßte. Logan und Christian mit einer Männerumarmung, Liam mit einem Nicken.

Wahrscheinlich würden wir auch heute wieder nicht ein Wort darüber verlieren, dass James fehlte. So lief es immer ab, seitdem er der Firma – und somit auch automatisch der Familie – den Rücken gekehrt hatte.

»Dein Vater sollte auch gleich fertig sein. Die Pflegerin kümmert sich gerade noch um ihn«, sagte meine Mutter kurz, was ich mit einem knappen Nicken abtat. Ich wollte nicht darüber nachdenken, wie krank er war, denn das Letzte, was ich für ihn empfinden wollte, war Mitleid.

»Hast dich aber wieder rausgeputzt, was?« Logan, der wie die anderen beiden auch im feinen Anzug hierhergekommen war, betrachtete mich mit einem Grinsen, während ich nur lässig mit den Schultern zuckte.

»Ich steh nicht so auf die Zwangsjacke«, erwiderte ich und wollte noch etwas ergänzen, doch durch die veränderte Stimmung und die Körperhaltung meiner Brüder, musste ich mich gar nicht erst umdrehen, um zu wissen, dass der große Patriarch – oder was noch von ihm übrig war – den Raum betreten hatte. Richard Knight war ein alter, von Krebs zerfressener Mann, der sich mittlerweile nur noch mithilfe eines Rollstuhls fortbewegen konnte.

Die körperlichen Gebrechen hatten seiner Autorität allerdings keinen Abbruch getan.

»Vater«, sagte Liam mit einem Nicken in seine Richtung, während ich den alten Mann nur ansah. Seine Augen waren hellwach, sein Geist vollkommen da. Man durfte ihn nicht unterschätzen. Niemals.

»Lasst uns zum Essen gehen«, sagte er, wobei wahrscheinlich niemandem im Raum der missbilligende Blick entging, den er mir zuwarf.

Er hatte noch nie laut ausgesprochen, was für eine Enttäuschung ich für ihn war, doch das musste er auch nicht. Man sah es ihm förmlich an – und er ließ es mich spüren, seitdem ich denken konnte.

Vermutlich hatte er die Worte nur deshalb noch nie laut ausgesprochen, weil ich noch immer in der Firma arbeitete und meine Aufgaben dort mehr als nur gut erledigte.

»Berichte von der Firma, Liam«, kam prompt die Aufforderung, nachdem wir die Suppe mehr oder weniger schweigend gegessen hatten. Diese Zusammentreffen mit meiner Familie liefen immer nach demselben Schema ab. Eigentlich waren Christian, Logan und ich nur schmückendes Beiwerk, falls es einmal irgendwelche Fragen bezüglich der Firma gab, die unsere Abteilungen betrafen. Normalerweise berichtete nur Liam.

Es gab an diesem Tisch keine persönlichen Gespräche. Keine Zeit für Herzlichkeiten oder Sonstiges. Um eine schöne Zeit mit meinen Brüdern zu verbringen, traf ich mich mit ihnen weit weg von diesem Haus.

Meist schlossen wir das direkt an das Essen bei meinen Eltern an. So war es auch heute wieder geplant.

Ich schaltete meinen Kopf aus und ließ mir das gute Essen schmecken, bis Logan mir recht unsanft unter dem Tisch vors Schienbein trat. Alle Augenpaare waren auf mich gerichtet, doch natürlich hatte ich nicht zugehört und wusste daher nicht, worum es ging.

»Unfassbar. Du tauchst hier auf, in diesem Aufzug, vermutlich wieder mit deinem Motorrad, und dann hörst du nicht einmal zu, um die geschäftlichen Dinge zu besprechen.« Der Zorn meines Vaters war spürbar, auch wenn er ihn mit seiner Stimme nicht mehr so gut rüberbringen konnte, wie es noch vor seiner Krankheit der Fall gewesen war.

»Entschuldigung. Aber ich bin mir sicher, dass ich die Frage beantworten kann«, sagte ich und legte mein Besteck zur Seite.

»Dad möchte wissen, was du für den Release des neuen Projekts geplant hast.« Liam half mir aus der Patsche. Nichts leichter als das, denn dabei handelte es sich gerade um das aktuelle Projekt. Ich war es nicht gewohnt, beim Essen überhaupt mal zu berichten.

Normalerweise waren meine Brüder eher gefragt, denn klar, Finanzen und Personal waren wichtiger als Werbung und Grafiken. Zumindest hatte ich immer das Gefühl gehabt. Dass meine Arbeit allerdings unausweichlich eng verknüpft war mit eben diesen Finanzen und den Verkäufen, das geriet dabei gern einmal in Vergessenheit.

Statt etwas zu entgegnen, als ich mit meinen Ausführungen fertig war, nickte mein Vater lediglich in meine Richtung. Thema durch, genauso wie meine fünf Minuten Gehör am Tisch der Knights. Also konnte ich mich auch wieder meinen eigenen Gedanken hingeben.

Ich war noch nicht einmal mit der Nachspeise fertig, als mein Vater sich von einem der Angestellten aus dem Raum schieben ließ. Vermutlich fühlte er sich nicht wohl, doch das würde er natürlich niemals zugeben. Über solche Dinge wurde im Hause Knight nicht geredet.

Es gab keine Schwächen.

»Dann haben wir aber auch wieder genug über die Firma gesprochen. Es scheint ja alles ganz wunderbar zu laufen«, sagte meine Mutter etwas unbeholfen, bevor sie die Stimme senkte.

»Habt ihr etwas von James gehört?«, fragte sie leise. Eine Frage, die sie niemals hätte stellen können, wenn mein Vater noch im Raum gewesen wäre. Für ihn existierte James nicht mehr. Es schien für ihn eine einfache Sache zu sein. Schließlich hatte er den Jungen auch nur angenommen. Was er gern betonte, wenn etwas nicht so lief, wie er es sich vorstellte.

Bei meiner Mutter war das anders. Sie hatte eine weiche, eine liebevolle Seite, die sie nur in seiner Gegenwart immer gut zu verstecken wusste. Mir war klar, dass ihr etwas an jedem Einzelnen von uns lag, auf ihre eigene herzliche, aber distanzierte Art und Weise.

»Es geht ihm gut. So viel kann ich sagen«, erwiderte Christian ganz diplomatisch, während ich zustimmend nickte. Keiner von uns – Liam ausgenommen – hatte den Kontakt zu unserem Bruder verloren. Wir hielten zusammen. Natürlich kannten wir die Einzelheiten darüber, wie er jetzt lebte, was er machte oder wie es ihm ging, nur waren sie vertraulich.

Sie blieben unter uns. Wie so vieles.

»Ach, das ist ja wunderbar.« Klar gab Mutter sich schon mit der schwammigen Antwort unseres Jüngsten zufrieden.

Es war erschreckend und jedes Mal aufs Neue wieder enttäuschend. Auch wenn ich versuchte, diese Enttäuschung erst gar nicht zu mir durchdringen zu lassen.

Logan neben mir schnaubte leicht, hatte sich aber schnell wieder unter Kontrolle.

WAHRSCHEINLICH WAREN wir alle vier gleich froh, als wir das Haus unserer Eltern verlassen konnten. Ein weiterer Pflichttermin auf der Liste eines Knights, den wir erfolgreich hinter uns gebracht hatten.

»*Spencers*, wie immer?«, fragte ich in die Runde, was von meinen Brüdern mit einem Nicken beantwortet wurde.

»Was dagegen, wenn ich mitkomme?« Ich blickte Liam überrascht an, der sich normalerweise aus diesen Treffen immer raushielt.

»Wenn du vorhast über die Firma zu sprechen, dann ja«, konterte ich, was ihn auflachen ließ.

»Glaub mir, das habe ich gerade schon erledigt, auch wenn du nicht zugehört hast.«

»Ich höre nie zu, deshalb könntest du meinetwegen auch jedes Mal den gleichen Vortrag halten. Ich bin nur aus zwei Gründen da. Genau wie Christian auch. Gutes Essen und die Verpflichtung, teilnehmen zu müssen.« Christian neben mir lachte auf und zuckte unschuldig mit den Schultern.

»Ist wohl wahr«, gab er zu.

Logan dagegen grinste triumphierend.

»Ich habe natürlich wie immer zugehört.«

»Weil du es musst! Als Stellvertreter und Finanzguru. Komm schon, wärst du an meiner Stelle, würdest du auch abschalten.«

»Worauf du dich verlassen kannst.« Wenigstens waren wir immer ehrlich zueinander. Die gemeinsame Zeit in einem Haushalt voller Anonymität hatte uns genauso zusammengeschweißt wie die Tatsache, dass unsere Vergangenheit alles andere als rosarot gewesen war.

Wir trafen uns vor *Spencers*, einer gemütlichen und vor allem ruhigen Bar in der Upper East Side, wo wir uns an den Tisch setzten, an dem wir immer saßen. Nur dass James' Platz heute zum ersten Mal nicht leer bleiben würde seit seinem Weggang.

»Seht ihr, jetzt wirkt ihr wieder komplett deplatziert in euren weißen Hemden«, sagte ich grinsend, da meine Brüder alle ihre Jacketts und Krawatten im Auto gelassen hatten.

»Also ich weiß nicht, wer von uns jetzt gerade deplatziert wirkt«, konterte Christian, während er lässig seine Ärmel hochkrempelte.

»Deplatziert wirkt eigentlich nur Liam, weil er in einem stinknormalen Pub sitzen muss«, erwiderte Logan, was mich auflachen ließ. Ich hatte es wenigstens nur gedacht und nicht ausgesprochen, ganz im Gegensatz zu ihm. Allerdings musste ich Logan recht geben. Mein Bruder verkehrte für gewöhnlich nicht in so einfachen Lokalitäten. Zumindest nicht, dass ich wüsste. Aber was wusste ich schon großartig über ihn?

»Witzig. Also, Drinks?« Er hob die Hand und winkte der Kellnerin, die direkt herbeieilte. »Vier Bourbon auf Eis bitte. Aber einen guten Bourbon, keinen billigen Fusel.« Die Kellnerin blickte ihn kurz amüsiert an, bevor sie wortlos wieder Richtung Bar verschwand. »Die werden hier doch wohl einen anständigen Bourbon haben, oder?« Ich lachte auf, denn nein, Liam verkehrte wirklich nie in solchen stinknormalen Bars.

»Wir trinken hier immer Bier, aber dank dir werden wir wohl gleich rausfinden, wie der Bourbon so ist. Große Hoffnungen mache ich mir allerdings nicht.« Christian lehnte sich grinsend auf seinem Stuhl zurück.

»Ich finde es übrigens schön, dass du mal mitgekommen bist«, sagte ich ehrlich, wobei mir der überraschte Ausdruck auf Liams Gesicht nicht entging. »Wir haben uns schließlich damals immer geschworen, dass wir als Brüder zusammenhalten werden, ganz egal, wie es in der Firma oder mit unseren Eltern weiterlaufen wird.« Liam nickte stumm, wohl wissend, dass er es in Bezug auf James nicht geschafft hatte, sich an diesen Schwur zu halten. Was ich ihm noch einmal ins Gewissen rufen wollte. Einer von uns fehlte hier – und wahrscheinlich würde er auch nie wieder mit uns zusammensitzen und ein Bier trinken. Was auch immer zwischen James und Liam vorgefallen war ...

Beide verloren kein Wort darüber.

»Es ist für mich schwer, dieses Versprechen zu halten, und das tut mir leid. Vielleicht bin ich genau deshalb mitgekommen. Um euch das zu sagen. Ich vermisse es auch, mehr Zeit mit euch zu verbringen, aber es ist ... schwierig. Diese Rolle, die ich habe ...«

»Du musst dich weder rechtfertigen noch entschuldigen. Wir wissen es alle.« Wir waren dabei gewesen, als unser Vater ihn zu seinem Nachfolger gedrillt hatte. Für Liam war der Weg nie einfach gewesen. Für uns auch nicht, aber unser ältester Bruder hatte alles am härtesten zu spüren bekommen.

Ich hatte bis heute keine Ahnung, wie es wirklich in ihm aussah. Was in ihm vorging, was er dachte oder fühlte. Ich wusste nur, dass seine Vergangenheit genauso schwer wog, wie meine. Nur, dass wir nicht darüber sprachen.

»Manchmal frage ich mich, ob unser Vater uns doch zu seinen kleinen Duplikaten herangezogen hat, wenn wir auch schon nicht mehr offen miteinander sprechen.« Christian traf den Nagel auf den Kopf mit seinen Worten. Genau das wäre im Sinne meines Vaters, dass wir so wenig wie möglich miteinander redeten, uns so wenig wie möglich sahen und uns erst recht nicht vertrauten.

Er hatte in all den Punkten versagt in seiner Erziehung oder wie auch immer man es nennen wollte. Außer vielleicht bei Liam.

Christian, James, Logan und ich – wir vier hielten zusammen. Zumindest bis zu dem Moment, als es zum großen Bruch gekommen war. Seitdem war es für uns alle schwierig ... anders ... fremd.

Hoffentlich würden wir es noch mal schaffen, uns davon zu erholen.

»In meinem Fall kennt ihr die Antwort.« Liams Worte klangen so bitter, wie ich es nie für möglich gehalten hätte.

»Gehts dir gut?«, fragte Logan und nahm mir damit meine Frage aus dem Mund. Liam zuckte mit den Schultern und spülte den Bourbon, der mittlerweile gebracht worden war, in einem Zug runter.

»Was zur Hölle? Wenn das der gute Bourbon ist, will ich nicht wissen, wie der andere schmeckt«, sagte er und schüttelte sich kurz. »Ich könnte euch mal mitnehmen in einen Laden, in dem man wirklich guten Whiskey kriegt.«

»Warum nicht? Wir haben früher auch öfter was zusammen gemacht.« Ich nickte und probierte einen Schluck, wobei ich meinem Bruder uneingeschränkt recht geben musste, auch wenn ich das wirklich nicht gern tat. Der Bourbon war ekelhaft.

»Stimmt. O Gott, wisst ihr noch, wo wir damals im Klub waren? Der Besuch, nachdem Evan sein erstes Tattoo gekriegt hat?« Wir lachten alle auf bei Logans Worten, denn diesen legendären Abend würde mit Sicherheit keiner von uns vergessen. Sturzbetrunken hatte ich eine Wette verloren und war bei einem Mädel abgeblitzt, weshalb ich mir eine Nonne auf die rechte Wade tätowieren lassen musste ... und damit fing alles an.

»Wie viele Tattoos hast du jetzt, Evan?«

»Zwanzig, aber ich würde schon noch einen Platz finden. Obwohl, nein, dieses Mal würde ich die Wette garantiert nicht verlieren.« Wieder Gelächter.

»So selbstsicher warst du damals auch.«

»Da war ich noch grün hinter den Ohren und ein absoluter Waschlappen. Die Frau hat alles richtig gemacht, mich zu ignorieren. Apropos Frauen, scheiße, ich wollte euch noch fragen, ob ihr mir eine Agentur empfehlen könnt, die Hausmädchen vermittelt? Dringend. Meine hat gerade einen … sagen wir mal Engpass.«

»Engpass? Hast du zu viele aus der Agentur weggeknallt, oder was?«, fragte Liam, was mich kurz mit den Augen rollen ließ. »Ach du scheiße, hast du? Die Hausmädchen?«

»Fragt der Mann mit der weißen Weste, der noch nie eine neue persönliche Assistentin aus genau diesem Grund gebraucht hat.« Christian konterte scharf und schnell.

»Scheiße Leute, wir springen von einem Thema zum anderen – wir haben definitiv zu lange nicht zusammengesessen. Ich würde gern noch mal auf Liam zurückkommen und dann arbeiten wir alles nach und nach ab. Also, wie gehts dir, Mann? Ich bin mir gerade nicht sicher, ob ich mir Sorgen machen sollte oder nicht.« Logan versuchte, dringend benötigte Struktur in unseren chaotischen Plausch unter Brüdern zu bringen.

»Sorgen um mich? Definitiv nicht«, sagte er sofort und schüttelte entschieden den Kopf.

»Es ist schon so, dass du dich verändert hast, Liam.«

»Wir haben uns alle verändert. Sieh dich doch mal um. Wir sind nicht mehr die kleinen Jungs und auch nicht mehr die Heranwachsenden, die versuchen, einen Platz in der Welt zu finden. Wir sind erwachsene, gestandene Männer. Natürlich haben wir uns verändert.«

»Das meine ich nicht und das weißt du.« Logan blieb hartnäckig, doch Liam winkte nur ab. Es war eindeutig, dass er nicht weiter über sich reden wollte. »Ich kann dir die Nummer meiner Agentur geben, ich habe noch nie mit einem der Hausmädchen geschlafen, weshalb sie dir garantiert eine vermitteln würden.«

»Du lässt dein Sperma ja auch schon immer im Büro, bei deinen Assistentinnen.«

»Christian, sag mal, fällt das nicht eigentlich unter Diskretion?«

»Liam, ich will dir nicht zu nahe treten, aber Logan und ich sehen es auch so, dass du gefühlt andauernd eine neue Assistentin vor deiner Tür sitzen hast.«

»Ja, ja, ja. Wer den Schaden hat, braucht für den Spott nicht zu sorgen – oder wie heißt es noch gleich so schön? Jedenfalls kann ich dir die Nummer geben, wenn du deinen Schwanz ab sofort unter Kontrolle behältst.«

»Immer doch«, erwiderte ich scheinheilig, was ihn die

Kiefermuskeln aufeinanderpressen ließ. Das erinnerte mich wieder an unser Gespräch und die Drohung, mich aus der Firma zu werfen, falls ich nicht bald für positive Presse sorgte.

Arschloch. Ich hatte verdrängt, wie unendlich sauer ich auf ihn als meinen Chef war. Ihn als Bruder gerade neben mir sitzen zu haben, bedeutete mir allerdings echt viel.

Komplizierte Scheißsituation – die wir nur Richard Knight zu verdanken hatten, der aus Brüdern von Anfang an Konkurrenten machen wollte, die aber gleichzeitig im selben Team arbeiteten und sich gegenseitig pushten.

Wie wir damit klarkamen, war dann wohl unser Problem. Und ich hasste es!

Als hätten wir dank unserer Herkunft nicht schon genug in den Päckchen auf unseren Rücken herumtragen müssen.

Da war es super, wenn man sich auf die einzigen Leute, auf die man sich je verlassen hatte, eigentlich nicht verlassen durfte.

Was für eine kranke Scheiße!

KATHY

Grinsend betrachtete ich mich im Spiegel und nickte mir selbst zu. Keine Ahnung wieso. Vielleicht, um mir noch einmal zu bestätigen, dass es genau das Richtige war, feiern zu gehen!

Oder dass der feuerrote Lippenstift ein Sechser im Lotto war und nicht komplett übertrieben zu meinen schwarzen Haaren, dem schwarz-roten Kleid und den High Heels, in denen ich mir wahrscheinlich die Füße brechen würde.

»Wow, Baby! Du willst wohl heute Abend noch schnell einen Kerl klarmachen, bevor du Bob kennenlernst, was?«, fragte Sue belustigt, während ich mir mit einem süffisanten Grinsen über das Kleid strich.

»Too much?«

»Hot as hell, aber garantiert nicht too much. Scheiße, du siehst unglaublich heiß aus. Dagegen kann ich einpacken.«

»Schwachsinn. Guck dich an.« Sue hatte sich für einen Rock mit hohen Stiefeln und einem glitzernden Oberteil entschieden, das ihre üppigen Brüste so richtig betonte. Sie sah umwerfend aus. Meine schöne beste Freundin.

Mit dem Uber ließen wir uns in einen Klub fahren, den wir schon immer mal besuchen wollten. Allerdings wussten wir in diesem Fall, dass es sich nicht um so eine Bauernfängerei handeln würde wie bei der Cocktailbar.

Arbeitskolleginnen von Sue waren bereits hier gewesen und hatten danach in höchsten Tönen geschwärmt.

Geduldig reihten wir uns in die Schlange ein, während wir argwöhnisch die Leute beobachteten, die einfach durch die Fast Lane gehen konnten. Die Reichen, Schönen und Angesagten, dafür war dieser Klub bekannt. Was mich nicht interessierte, atmeten wir doch alle dieselbe Luft. Scheißegal ob arm oder reich.

Der Einlass gestaltete sich weniger dramatisch als erwartet und so betraten Sue und ich Hand in Hand den angesagtesten Nachtklub der Stadt, von dem Sues Arbeitskolleginnen definitiv nicht zu viel versprochen hatten. Die Deko war unfassbar. Alles hier drin wirkte wie in einem Raumschiff. Es gab sogar Roboter als Barkeeper, Touchpads zum Bestellen und einen virtuellen DJ. Die ganze Atmosphäre war beinah surreal, als wäre man tatsächlich in einem Raumschiff gelandet. Der *Spaceship Club* – Name war hier Programm.

In der ersten Stunde kamen Sue und ich weder dazu, uns einen Drink zu holen, noch zu tanzen, weil wir erst einmal alles begutachten mussten, bevor der Barroboter uns unsere Cocktails mixte. Es war wohl Happy Hour, weshalb wir mit vier Cocktails und vier Tequila erst mal einen Platz an der Bar suchen mussten. Danach war unsere Stimmung auf jeden Fall ausgelassen genug für die Tanzfläche, auf der wir nur wenig später landeten.

Gefühlt wurde es minütlich voller in unserer Raumfähre, was allerdings ganz hervorragend zu unserem Pegel passte. Dieser Cocktailmixbarkeeperroboter sparte jedenfalls nicht mit dem Alkohol, den er in die Drinks kippte. Verdammt noch mal, ich fühlte mich komplett angetrunken nach der zweiten Runde, doch das hielt uns nicht davon ab, noch einmal zu bestellen. Natürlich noch in der Happy Hour und natürlich auch jeder einen eigenen Cocktail – also zwei, da sich unsere Geschmäcker nicht mal in der Mitte treffen konnten.

»Ich werde dich morgen hassen für diesen Abend«, sagte ich und stieß wieder mit Sue an, die nur laut auflachte.

»Ach, wer denkt denn gleich an morgen? Bis dahin ist noch unendlich viele Cocktails Zeit, oder meinst du nicht?« Ich lachte bei ihren Worten und nippte an meinem Black

Russian. Spätestens der Zweite davon würde mir das Genick brechen. Dabei wollte ich mich eigentlich nicht betrinken, aber es schmeckte so lecker und ... ach was. Ich war ewig nicht feiern gewesen, morgen hatten Sue und ich beide frei, wieso also nicht?

»Ich werde jetzt Mister schwarz-weißes Hemd fragen, ob er heute Abend mein Will sein wird.« Mit diesen Worten verschwand Sue zu einem wildfremden Kerl auf die Tanzfläche und ließ mich fassungslos grinsend zurück. Dann war ihr kleines Spielzeug wohl doch nicht so befriedigend, wie sie immer behauptete, wenn das wirklich ihr Hauptziel des Abends war.

»Hey Süße.« Ich blickte zur Seite, wobei ich mich fast in meinem Drink verschluckte, als ich sah, wer mich auf diese Art und Weise angesprochen hatte.

Fuller Junior. O mein Gott. In meinen schlimmsten Albträumen hätte ich niemals damit gerechnet, ihm hier zu begegnen, und da standen wir nun.

Mitten in einem Klub. Und er hatte mich definitiv nicht wie eine seiner Angestellten begrüßt, sondern als Süße, was mir den Drink zurück in die Kehle katapultierte. Ob er es mir wohl übel nehmen würde, wenn ich ihn vollkotzte? Ja, ich war betrunken, aber daran wäre dann der Ekel schuld.

»Doktor Fuller. Was für eine Überraschung.«

»Ach, wer wird denn hier gleich so förmlich sein? Robb, nenn mich doch einfach Robb.« Ich würde einen Scheiß tun!

»Danke aber nein, ich wäre dafür, wenn wir die förmliche Ansprache schon allein wegen unserer beruflichen Verbundenheit beibehalten würden.« Wer hätte gedacht, dass ich noch geschwollener reden konnte, wenn ich Alkohol intus hatte. Ich jedenfalls nicht. Aber es amüsierte mich.

Vermutlich hatte er sowieso nur die Hälfte verstanden. Die Bässe wummerten, die Lärmkulisse war ohrenbetäubend und ich würde lügen, wenn ich behauptete, nicht zu lallen.

»Was?«, brüllte er prompt in mein Ohr.

»Schon gut«, erwiderte ich, denn ich hatte wirklich kein Interesse daran, mich zu wiederholen. Außerdem wollte ich nicht unnötig viel Zeit mit diesem Ekelpaket verbringen. »Ich gehe tanzen«, sagte ich und deutete zur Tanzfläche, was Fuller Ekelpaket junior doch ernsthaft als Aufforderung deutete, mitzukommen. Oh. Mein. Gott. Ich erkannte, was in seinem Kopf vorgehen musste, und blieb stehen, doch er hatte mich mit seinen langen, schlaksigen Armen bereits in seine Fänge gezogen.

Jap. Jetzt drehte sich mir der Magen auf jeden Fall. Ich versuchte, mich von ihm zu befreien, doch keine Chance. Entweder machte es ihn an, dass ich ihn wegschob, oder aber er dachte, es wäre meine Art zu tanzen. Mit Ellbogen und herauswindenden Bewegungen.

»Hey, Finger weg von der Frau.« Plötzlich war da Luft, wo gerade noch dieses Ekelpaket viel zu nah vor mir gestanden hatte. Seine Arme lagen nicht länger viel zu nah an meinem Hintern und auch sein ekliger Geruch nach viel zu schwerem Parfum benebelte mir nicht mehr die Sinne.

»Was willst du? Oh ... ah, ich verstehe, du willst dein Revier markieren, was? Das ist also dein Freund? Na dann, ich geh dann mal weiter. Schönen Abend noch.« Mit diesen Worten verschwand er in der Menge. Genau wie ich es erwartet hatte. Er zog den Schwanz ein. Gott sei Dank!

»Arschloch«, murmelte ich und hob dann meinen Blick, der auf finstere, geheimnisvolle Augen traf. Woah.

Mein Retter und Alibi-Freund. Meine Güte, bei diesem Typen würde ich wahrscheinlich nicht Nein sagen können.

»Ziemlich aufdringlicher Zeitgenosse.« Er schüttelte den Kopf und presste die Kiefermuskeln aufeinander.

»Darf ich vorstellen, mein Juniorchef. Wunderbar, oder?«

»Fuck. Na dann bin ich gern als Alibi-Freund eingesprungen.« Sein Lächeln wickelte mich um den Finger. Ach verdammt, das hatte er schon vorher geschafft. Mit nur einem einzigen Blick.

»Danke für die Rettung. Darf ich dich auf einen Drink einladen? Der Robo-Barkeeper macht einen höllisch guten Job. Zumindest wenn man unbedingt betrunken enden will heute Nacht.«

Er haderte kurz mit sich, bevor er mit den Schultern zuckte und ein »Klar, warum nicht« erwiderte. Ein Mann wie er konnte hier im Klub wahrscheinlich alle haben und ich gehörte zu den Frauen, die ihn nicht von der Bettkante stoßen würden. Scheiße, ich hatte viel zu lange keinen Sex gehabt. Aber ein schöner, kurzer One-Night-Stand, eine einfache Befriedung meiner Bedürfnisse und dann mit ihm ...

Ich musste Wasser trinken. Meine Gedanken gingen mit mir durch. Das war nicht normal. Absolut nicht normal.

Ich wollte nicht wie eine peinliche, stockbesoffene Tusse rüberkommen, aber scheiße, genau das war ich gerade. Mit ein paar tiefen Atemzügen versuchte ich, etwas an meiner Verfassung zu verbessern, doch natürlich vollkommen erfolglos. Die ganzen Cocktails, der Tequila, der Sekt vom Vorglühen – da konnte ich nichts von wegatmen. Der Alkohol tanzte gerade Samba in meinem Blutkreislauf.

Prompt kam ich ins Taumeln, doch Alibi-Freund-Adonis griff mich sofort am Arm und stellte mich wieder auf meine beiden Füße.

»Na hoppla. Bisschen viel getrunken, was? Vielleicht sollte ich dir lieber ein Taxi rufen, statt mit dir an die Bar zu gehen.«

»Ach was. Ich bin es nur nicht gewöhnt, in so hohen Schuhen durch die Welt zu stolzieren.«

Das stimmte sogar, aber war auch nur die halbe Wahrheit.

Wir fanden zwei freie Barhocker an der Theke, auf die wir uns sinken ließen. O Gott, sitzen tat so gut und war gleichzeitig mein Todesurteil, das wusste ich jetzt schon. Wenn mich einmal die Müdigkeit überkam, dann konnte ich nach Hause gehen, statt auf der Tanzfläche zu landen und ordentlich die Sau rauszulassen.

Warum hatte ich so viel getrunken? Die blöde Happy Hour hatte all meine schönen Pläne zunichtegemacht.

Aber einen Kahlúa auf Eis musste ich mir doch noch gönnen. Ich brüllte dem Barkeeper meine Bestellung entgegen, da an der Robo-Bar alles voll gewesen war, während der hübsche Mann neben mir noch kurz überlegte.

Er bestellte sich einen Whiskey, was mich kurz erschrocken die Augen weiten ließ.

»Bist du wahnsinnig?«, fragte ich, während er die Augenbrauen zusammenzog. Scheiße, das ließ ihn noch finsterer, noch geheimnisvoller und definitiv noch verwegener aussehen.

Er war der Typ Mann, vor dem mich meine Eltern immer gewarnt hatten, das war mir klar – aber vor allem war es mir scheißegal. »Ich dachte, du bestellst ein Wasser oder so was.«

Auf seinen Lippen zuckte ein Grinsen.

»Mal ganz im Ernst, sehe ich aus wie ein Wassertrinker?«, fragte er herausfordernd.

»Sehe ich aus, als hätte ich Geld? Die verdammte Handtasche ist eine billige Fälschung.« Ich hielt meine Louis Vuitton hoch, die einen täuschend echten Eindruck machte, an der allerdings rein gar nichts echt war.

Er grinste noch immer. Diese Art von Grinsen, als wäre er einfach allem überlegen – als würde ihm die ganze verdammte Welt gehören. »Bist du allein hier?«

»Ich bin nie allein.« Seine Stimme war rau, tief und scheiße ja, wie könnte es auch anders sein: sexy. Verdammt sexy.

Natürlich war er nie allein – er brauchte bestimmt nur mit dem Finger zu schnippen und die Ladys rannten herbei. Zumindest hatte er diese Wirkung auf mich, was mich langsam, aber sicher ärgerte. Ich verhielt mich bescheuert. Nein halt, meine Gedanken verhielten sich bescheuert. Der Barkeeper brachte unsere Drinks, wobei der Fremde zielgerichtet nach meinem Glas griff und die karamellfarbene Flüssigkeit in einem Zug herunterspülte.

»Ey …« Ich blickte ihn schockiert an, doch er hatte bereits die Hand gehoben und orderte ein Wasser.

Für mich! »Sehe ich aus wie eine Wassertrinkerin?«, fragte ich, während er nur lässig mit den Schultern zuckte.

»Du wirkst jedenfalls so, als könntest du ganz dringend

ein Wasser gebrauchen. Ist nicht abzustreiten, oder?« Ich wollte etwas entgegnen und ihm die Hölle dafür heiß machen, dass er mir meinen Drink weggetrunken hatte, doch ich kannte einen besseren Konter. Ich griff einfach nach seinem schweineteuren Whiskey, den ich ja eh bezahlen musste, und trank ihn, wie er meinen guten Kahlúa.

Die Flüssigkeit brannte in meiner Kehle und ich musste husten, während ich das Glas zurück auf den Tresen knallte.

So!

Auge um Auge, Zahn um Zahn, oder wie hieß es noch so schön.

Nach einem kurzen Schütteln sah ich ihn wieder an und spürte sofort, dass ich einen riesigen Fehler begangen hatte. Nicht an seiner Reaktion, sondern an der Reaktion meines Körpers.

»Das war ein Fehler«, brummte Mister dunkle Ausstrahlung neben mir. Ich wollte ihm Konter geben, doch mir war nur noch schlecht.

Hätte dieser Mann nicht in mein Leben treten können, als ich noch nüchtern war? Das wäre bestimmt ein wunderschöner One-Night-Stand geworden. Nun war ich dafür nicht mehr zu gebrauchen. Ich musste kotzen ...

Scheiße!

EVAN

Die Kleine war süß. Ihre Dickköpfigkeit war etwas, das ich noch nicht oft an einer Frau beobachtet hatte. Genauso wenig wie ihre Ehrlichkeit, nicht nur ihre gefälschte Tasche betreffend.

Außerdem schien sie sich gar nicht an mich heranschmeißen zu wollen. Normalerweise dauerte es nicht lange, bis ich mit einer Frau zur Sache kam. Aber vielleicht war sie viel zu betrunken dazu.

Gerade als ich meinen Gedanken zu Ende gebracht hatte, wechselte sie auch schon die Farbe. Okay … Zeit, sie hier rauszubringen. Obwohl das eigentlich gar nicht meine Aufgabe war. Genauso wenig, wie sie aus den Fängen dieses Kerls zu befreien. Ich hatte ihren Blick aufgeschnappt, während ich den Raum gescannt hatte und konnte einfach nicht anders.

In ihm lag so viel Widerwillen, so viel Ekel. Ich war kein Mensch, der so etwas ignorieren konnte.

»Mir ist schlecht«, nuschelte die Frau, deren Namen ich nicht mal kannte, wobei ich sie sofort am Arm griff. Das Letzte, was sie gebrauchen konnte, war eine horrende Rechnung des Klubs, weil sie vor die Bar gekotzt hatte.

Ich umfasste sie mit einem Arm, während ich uns mit dem anderen einen Weg nach draußen bahnte. Einen Weg, der nicht einen Schritt länger hätte sein dürfen, denn die Kleine begann sofort zu kotzen. Gott sei Dank an die abgelegene Mauer einer Seitenstraße.

Ich umfasste ihre Haare und hielt sie an ihrem Hinterkopf fest, während sie mit würgenden Lauten den teuer bezahlten Alkohol herausbrachte. Es gab für alles ein erstes Mal. Noch nie zuvor hatte eine Frau in meiner Gesellschaft gekotzt – also hatte ich auch noch nie zuvor einer Frau dabei die Haare festgehalten.

Es war nichts, was ich unbedingt erleben wollte, soviel stand fest.

Allein die Geräusche waren ekelerregend.

»Kathy. Baby?« Eine Frauenstimme sorgte dafür, dass ich mich umdrehte. »O nein. Mist. Ich hab gesehen, dass du rausgerannt bist. Dieser dumme Roboter.« Die Frau schien mich erst jetzt zu bemerken und blickte mich mit ihren großen Augen verwundert an. Sie war mindestens genauso betrunken wie Kathy.

»Wer bist du denn?«, lallte sie, was mich kurz schmunzeln ließ.

»Der Mann, der die Haare deiner Freundin vor der sicheren Kotzdusche schützt«, erwiderte ich, was sie laut auflachen ließ.

»Ich dachte immer, so einen Kerl gibt es nur im Traum.«

»Keine Ahnung, ich stelle mir Träume irgendwie nie mit kotzenden Frauen vor.«

Wieder ein schrilles Lachen. Kathy, so hieß die kotzende Frau dann wohl, richtete sich auf und stimmte direkt in das Lachen mit ein. Ganz so, als hätte sie gerade nicht ihren Mageninhalt auf der Straße entleert.

»Ich würde vorschlagen, dass ich euch nach Hause bringe«, sagte ich, was die Damen allerdings gar nicht wahrzunehmen schienen. Sie lachten und giggelten immer noch über irgendwas, das sich mir nicht erschloss.

Nur wenige Minuten nach meinem Anruf sah ich den Fahrer, den ich bestellt hatte, am anderen Ende der Seitenstraße. »Das Taxi ist da«, verkündete ich und zögerte nicht lange, als Kathy neben mir erneut ins Straucheln geriet.

Mit einem Ruck hob ich sie auf meine Arme, was sie kurz aufkreischen ließ, bevor sie in schallendes Gelächter ausbrach.

Ein Lachen, das so ansteckend war, dass ich ebenfalls grinsen musste, während ich sie zum Auto trug.

Der Fahrer öffnete bereits die Hintertür des Autos, sodass ich Kathy einfach hineinsetzen konnte, während ihre Freundin ebenfalls Platz nahm. Ich setzte mich nach vorn, neben meinen Fahrer. Es gab wohl für alles ein erstes Mal.

Nach unzähligen Problemen, nachts ein Taxi zu bekommen, hatte ich mir angewöhnt, Alessandro immer auf Abruf zu haben, falls ich von einem Klub nach Hause wollte. Oder eben mit einer Frau ins Hotelzimmer. Deshalb konnte ich ihm auch die Frage »Welches Hotel, Boss?« nicht übel nehmen.

»Woah, ich hab noch nie in einem so noblen Taxi gesessen.« Kathy fuhr mit der Hand über das Leder an meinem Sitz. Ich konnte es spüren.

»Ja, oder? Was haben wir ein Glück! Kotz jetzt bloß nicht hier rein, Kathy. Sonst müssen wir die Reinigung bezahlen und das soll übelst teuer sein.«

»Ich hab schon alles ausgekotzt.«

Kopfschüttelnd holte ich Luft, um nach der Adresse zu fragen. Hoffentlich konnten sie sich noch daran erinnern, wo sie wohnten. In dem Zustand war das nicht selbstverständlich.

»Wo müsst ihr hin?«, fragte ich und drehte mich zu den beiden Damen um, die sich gegenseitig dabei behilflich waren, ihre Sicherheitsgurte anzulegen. Ein wahres Chaos aus Armen und Lachern.

Kathys Freundin nannte uns eine Adresse, bevor ich nachhakte, wo Kathy hinmusste. Wie sich herausstellte, lebten die beiden zusammen. Also gut, dann brauchten wir wenigstens nur einen Stopp einlegen und ich konnte sie einfach mit ihrer Freundin abliefern, ohne mir Gedanken darüber machen zu müssen, dass sie nicht heil bis in ihr Appartement kam.

Zusammen würden die beiden Schnapsdrosseln das schon hinkriegen.

»O nein! Wir müssen zurück!« Wir waren gerade erst ein

paar Meter gefahren, als der erschreckte Ausruf von der Rückbank kam. »Ich habe vergessen zu bezahlen. Die Drinks. Der teure Whiskey ...«

»Ich habe alles bezahlt«, versicherte ich Kathy, wobei sich ihre Augen verengten, was ich sah, da ich mich zu ihr herumgedreht hatte.

»Aber ich habe gesagt, dass ich dich einlade.«

»Tja, ich lasse mich halt nicht gern einladen.«

»Dann hattest du auf jeden Fall einen ganz schön teuren Kahlúa.«

»Und du den ersten teuren Whiskey deines Lebens.«

»Der ein verdammter Fehler war. Seitdem ist alles verloren.«

»Du hast Whiskey getrunken?«, fragte die Freundin überrascht, während Kathy begann, ihr die ganze Geschichte zu erzählen. Vom ekelhaften Juniorchef angefangen.

»Und dann ist er gekommen. Hast du mal in seine Augen gesehen? So dunkel, so ... ich glaube, er ist ein Bad Boy.« Falls es ihr Versuch war, ihrer Freundin etwas zuzuflüstern, scheiterte sie kläglich, denn ich verstand natürlich jedes Wort und jedes einzelne davon amüsierte mich.

»Für einen Bad Boy ist er ganz schön nett zu dir.«

»Fuller hat sich fast in die Hose gemacht und ihn für meinen Freund gehalten. Hoffentlich habe ich jetzt Ruhe vor diesem Ekelpaket. Ich hätte den Typen jedenfalls nicht von der Bettkante gestoßen. Aber jetzt hab ich Kotze an mir und will einfach nur schlafen.«

Ich schüttelte lächelnd den Kopf und sah, dass es Alessandro neben mir nicht besser ging.

»Ob sie wissen, dass wir sie hören können?«

»Ich glaube nicht, dass sie das noch realisieren«, beantwortete ich seine Frage. Auf der Rückbank reagierte niemand auf das, was wir gerade gesagt hatten. Nope, sie realisierten gar nichts mehr.

Vor der angegebenen Adresse stoppte Alessandro den Wagen und wollte aussteigen, um den Damen die Tür zu öffnen, doch ich signalisierte ihm, sitzen zu bleiben. Diese

Aufgabe würde ich übernehmen.

Ich half Kathy beim Aussteigen, die, betrunken wie sie war, gegen meine Brust stolperte und mir plötzlich ganz nah war. Mit ihren großen Augen funkelte sie mich an, ohne den Anschein zu erwecken, zurücktreten zu wollen.

Sie hätte mich schließlich nicht von der Bettkante gestoßen. Was für eine herrlich ehrliche Aussage. Morgen früh würde sie ihr Verhalten mit Sicherheit bereuen, falls sie sich überhaupt noch daran erinnern konnte.

»Entschuldigung«, flüsterte sie und strich sich ein Haar aus dem Gesicht. »Ich ... wir wollten einfach nur mal wieder richtig feiern.«

»Du brauchst dich vor mir nicht zu entschuldigen. Ich hoffe, der Kater morgen früh wird mild sein.« Mit einem Grinsen stellte sie sich wieder gerade hin und drehte sich zur Tür, wobei ihre Freundin sich sofort unterhakte. Die beiden taumelten davon, während ich noch beim Wagen blieb und wartete, bis sie im Haus angekommen waren.

Als ich einstieg, hielt Alessandro mir einen Zwanzigdollarschein entgegen.

»Sie hat darauf bestanden, dass ich das Geld nehme. Taxis wären in New York nicht umsonst und auch sonst nirgendwo. Ich glaube wirklich, die beiden sind davon ausgegangen, dass sie in einem öffentlichen Taxi sitzen.«

»Lassen wir sie in dem Glauben. Sehen Sie es als Schadensersatz für den Alkoholgestank und den Umweg an«, sagte ich lächelnd und warf einen Blick auf die Uhr. Eigentlich ging die Partynacht in New York gerade erst so richtig los.

»Wohin, Boss?« Alessandro warf einen Blick in den Rückspiegel.

»Einfach nach Hause«, erwiderte ich, denn ich hatte keine Lust mehr, noch in irgendeine Bar zu gehen. Auch wenn die Nacht gerade erst anbrach.

Ein Abend weniger ohne schlechte Schlagzeilen. Liam würde genau das mit Sicherheit freuen.

Außerdem war ich belustigt über die zwei Damen, was

mir gute Laune bereitete. Vielleicht würde sie mich davor schützen, in mein tiefes, dunkles Loch abzurutschen und mich in den Gedanken an Erin zu verlieren.

Hoffentlich.

Sonst hatte ich immer noch den Fitnessraum.

Genau dort endete ich. Es war kurz nach vier, als ich endlich in mein Bett fiel. Vollkommen ausgepowert und zu müde, um noch über irgendetwas nachzudenken.

Und doch war da dieses Lachen von Kathy, das mich in den Schlaf begleitete – und mir sogar ein Grinsen auf die Lippen zauberte.

Es war ein wunderschönes Gefühl, das ich so noch nicht kannte. Was für ein verrückter Abend. Gut, dass ich ihren Kater nicht ausbaden musste. Er würde mit Sicherheit fies werden.

KATHY

»O Gott!« Ich schloss die Augen wieder, nachdem ich sie für einen kurzen Moment geöffnet hatte, und versuchte, die hämmernden Schmerzen in meinem Kopf dadurch wieder auszublenden. Natürlich ohne Erfolg, wie ich schnell feststellen musste.

Was zum Teufel hatten wir uns dabei gedacht?

Der Abend, oder besser gesagt die Nacht existierte nur noch in Bruchstücken in meinem Kopf.

Bruchstücke, die sich immer weiter zusammensetzten. Die Taxifahrt nach Hause, der unglaublich heiße Typ mit den Tattoos und den dunklen Augen. Fuller ... der Alibi-Freund. O Gott!

Ich hatte mich komplett zum Deppen gemacht vor diesem Kerl. Kopfschüttelnd schloss ich die Augen, als mir wieder einfiel, wie ich mich in der Seitenstraße übergeben hatte. So ganz passten all meine Erinnerungen nicht zusammen, aber die Dinge, an die ich mich erinnerte, ließen mich laut aufstöhnen.

O nein! Ich war so eine Idiotin. Da trat einmal ein Mann in mein Leben, den ich wirklich auf den ersten Blick interessant fand, und dann das. Obwohl, die ganze Sache war schon verloren gewesen, nachdem Barmann-Robo uns die ersten Drinks gemixt hatte.

Wäre Mister Geheimnisvoll einfach zwei Drinks früher aufgetaucht ... wer wusste, was sich dann noch entwickelt hätte. Jedenfalls in Bezug auf die letzte Nacht. Er schien nicht vollkommen desinteressiert an mir gewesen zu sein, sonst hätte er mich nicht beachtet.

Oder besser gesagt: gerettet.

Das war schon heldenhaft gewesen, wie er eingeschritten war. An die Szene erinnerte ich mich noch ziemlich genau. Wie er sich in seiner vollen Körpergröße und mit dieser Autorität vor Fuller aufgebaut hatte. Ich bekam noch immer eine Gänsehaut, wenn ich nur daran dachte. Dieser Mann hatte Sex pur ausgestrahlt. Der Gedanke machte mich noch wütender. Sex war genau das, was ich brauchte! Frustriert drückte ich ein Kissen auf meinen Kopf und schrie einmal laut hinein. Ich war so wütend auf mich selbst.

»Alles okay?« Ich nahm das Kissen runter und blickte auf Sue, die ihren Kopf zur Tür hineingesteckt hatte und mich fragend musterte.

»Ich bin so unglaublich peinlich«, sagte ich, was sie kurz auflachen ließ. Sue sah genauso mitgenommen aus, wie ich mich fühlte. Ich sollte lieber gar nicht in den Spiegel schauen.

»Das stimmt so nicht. Wir sind so unglaublich peinlich. Ich kann mich echt nicht mehr an alles erinnern vom gestrigen Abend. Ich glaube, das ist mir noch nie passiert.«

»Scheiß Happy Hour und scheiß Robo-Barmann.«

»So ist es! Uns trifft keine Schuld, weil wir trotzdem zwei Cocktails bestellt haben oder in vollem Wissen, dass noch Happy Hour ist, wieder beim Robo waren.«

»Jetzt sag das nicht so!« Ich schüttelte den Kopf, denn es führte mir nur vor Augen, wie recht sie hatte. Wir waren zwei erwachsene Frauen, mit denen es am gestrigen Abend ein wenig durchgegangen war. Und die Quittung dafür mussten wir heute bezahlen.

Mit einem Kater, der seinesgleichen suchte. »Der Typ gestern Nacht war heiß, oder?« Ich konnte mich noch nicht mal an seinen Namen erinnern.

»Du meinst Mister dunkler-Blick-und-Tattoos? Scheiße ja, der war der Oberhammer. Ich dachte, ich seh nicht richtig, als ich sah, was für ein Typ dir da die Haare zurückgehalten hat, während du die Mauer vollkotzen musstest.«

»Er hat was? O Gott.« Ich zog mir die Decke über den Kopf. Es wurde immer schlimmer. Und schlimmer. Und schlimmer.

»Du kannst jetzt jedenfalls mit Recht behaupten, dass dir der heißeste Typ der Stadt beim Kotzen die Haare festgehalten hat.«

»Bitte erwähn es ruhig noch öfter, damit ich in meinem Charme ersaufen kann.«

»Werde ich, keine Panik. Aber jetzt schwing dich aus dem Bett. Dein desolater Körper braucht das Katerfrühstück genauso sehr wie meiner.«

»Was frühstücken wir denn? Pizza?«

»Bingo, Schwester!«

»O Gott!« Ich schüttelte mich und stieg aus dem Bett, wobei mich der erste Weg zum Badezimmer führte. Ich musste duschen und ganz, ganz dringend meine Zähne putzen. Der Geschmack in meinem Mund ... nein, darüber würde ich jetzt nicht weiter nachdenken. Wie peinlich mir diese ganze Situation war, erklärte sich wahrscheinlich von selbst.

Wider Erwarten schmeckte die Pizza zum Frühstück, wobei man es um halb eins garantiert nicht mehr Frühstück nennen durfte, einfach fantastisch. Ich hatte vergessen, wie sehr mein Körper sich nach diesen ungesunden Sachen verzehrte, wenn ich abends über die Stränge geschlagen hatte.

»Sag mir bitte, dass wir heute den ganzen Tag auf der Couch liegen werden, um in unserem eigenen Elend zu schmoren und dabei einen Serienmarathon mit Chips und Cola zu veranstalten.«

Sue lachte auf und betrachtete mich kopfschüttelnd.

»Worauf du dich verlassen kannst. Das ist der Vorteil, wenn man eine Mitbewohnerin hat, die am Morgen danach genauso leidet wie man selbst, oder?«

»Wärst du jetzt schon joggen gewesen und würdest dir ein Müsli machen, wären wir niemals beste Freundinnen und Mitbewohnerinnen.«

***

AM NÄCHSTEN MORGEN fühlte ich mich zugegebenermaßen noch immer nicht wie das blühende Leben, aber es half alles nichts. Der Job wartete und damit auch Fuller junior. Ich war gespannt, ob er die Situation in der Disco ansprechen würde. Wahrscheinlich eher nicht. Für ihn war es schließlich alles andere als rühmend gewesen, wie er sich verhalten hatte.

Weder mir gegenüber noch mit seinem eingezogenen Schwanz, nachdem dieser Kerl mich verteidigt hatte.

Zu schade, dass ich nicht mal seinen Namen kannte. So war er in meinen Gedanken nur »der Kerl« – und verdammt, meine Gedanken kreisten oft um »den Kerl«.

Viel zu oft. Was witzig war in Anbetracht der Tatsache, dass mein Bild von ihm eher verschwommen war, dank meines Zustands. In Wahrheit war er wahrscheinlich nicht mal halb so attraktiv gewesen, wie ich ihn mir vorstellte. Aber dafür waren Träume schließlich da.

In der Praxis angekommen schloss ich meine Tasche im Spind ein, bevor ich in den Pausenraum ging, um mir meinen morgendlichen Kaffee einzugießen.

»Na, ein schönes Wochenende gehabt?«, fragte eine meiner Arbeitskolleginnen mit einem breiten Grinsen auf den Lippen, während zwei andere tuschelten. O mein Gott – was hatte Fuller erzählt? Oder hatte es sich etwa rumgesprochen, dass er in der Disco gewesen war? Doch von wem sollten meine Arbeitskolleginnen das wissen, wenn nicht von Fuller selbst? Ich traute diesem Kerl alles zu. Hoffentlich hatte er nichts behauptet, was nicht der Wahrheit entsprach.

»Zeigst du es ihr?«, fragte eine weitere Kollegin, wobei nur Sekunden später eine Zeitung vor mir auf dem Tisch landete.

»Evan Knight und die Frauen« prangte in großer Überschrift dort. Darunter ein Foto von mir, mit ihm, wie er mich auf seine Arme nahm und zum Auto trug.

O mein Gott! Mein Fehltritt war auf der Titelseite der ... der New York Post.

»Das ist ein Scherz, oder?«, fragte ich, doch bei einem Blick in die interessierten und amüsierten Gesichter meiner Kolleginnen, musste ich schnell feststellen, dass es kein Scherz war.

Und dann prasselten auch schon die Fragen auf mich ein.

»Wie ist er so?«

»Ist er so heiß wie in der Zeitung?«

»Wohin seid ihr gefahren?«

»Seht ihr euch wieder?«

Ich atmete tief durch, während mein Kopf noch zu verstehen versuchte, was ich gerade sah und las.

Evan Knight. Der Name sagte mir nichts. Ich war aber auch nicht sonderlich interessiert am Gossip der ... Knight. Ach du Scheiße. Der Name sagte mir sehr wohl was. Die berühmt berüchtigte Familie Knight – die Mogule von Knight Industries.

Selbst ich hatte schon einmal etwas über sie gelesen.

Und dieser Typ war einer von ihnen? Kein Wunder, dass er eine solche Autorität ausgestrahlt hatte.

»Hört zu, bevor sich jetzt die Spekulationen überschlagen: Ich hatte einfach zu viel getrunken und er war so freundlich, mich nach Hause zu fahren. Nicht mehr und nicht weniger, okay?«

»Der Typ ist bekannt für seine Frauengeschichten und wir sollen glauben, dass er dich einfach nur nach Hause gefahren hat?«

»Hat er. Ihr könnt gern Sue fragen, sie war die ganze Zeit dabei. Das hat die Zeitung dann wohl vergessen zu fotografieren.«

»Das hätten sie ihm eher als einen heißen Dreier ausgelegt. Soll auch keine Seltenheit sein. Wie kannst du ihn denn nicht kennen?« Allen, meine jüngste Arbeitskollegin, schüttelte fassungslos den Kopf. Sie lebte wahrscheinlich für solche Klatschzeitungen und die entsprechenden Fernsehberichte.

»Weil mich so was nicht interessiert. Die Reichen und Schönen atmen auch nur die Luft, die wir atmen, deshalb sind sie für mich keine besonderen Menschen und interessieren mich null. Es war Zufall, dass ich diesem Mann begegnet bin und ...« Ich verstummte, als Fuller junior den Raum betrat. Er warf einen Blick auf die Zeitung und drehte sie so, dass er sie lesen konnte. In seinen Augen sah ich die Überraschung, bevor er mich wieder ansah.

»Sie sind mit Evan Knight liiert. War mir doch gleich so, als hätte ich den Typen vorher schon einmal gesehen. Dann werden Sie ja wohl nicht mehr lange hier arbeiten, sondern schön brav zur Millionärsgattin werden. Oder ist er schon Milliardär? Ich bin da gerade nicht so auf dem neusten Stand.« Mit den Worten ging er zur Kaffeemaschine, während mich nun erst recht alle anstarrten.

Ganz wunderbar. Jetzt glaubte mir kein Mensch mehr, dass ich den Mann auf diesem Bild nicht kannte und überhaupt nichts mit ihm zu tun hatte.

Und garantiert kursierten die wildesten Spekulationen darüber, warum ich mit Fuller in meiner privaten Zeit etwas zu tun hatte.

Ich entschied mich, einfach die Klappe zu halten und mich nicht mehr darum zu kümmern. Ich war hier, um zu arbeiten. Dafür wurde ich bezahlt und das würde ich nun auch tun. Auch wenn ich am liebsten nach Hause wollte. Zurück auf meine Couch.

Evan Knight.

Unfassbar. Ich ärgerte mich noch mehr über mein Verhalten und den Zustand, in dem ich mich befunden hatte. Obwohl ... vielleicht war es ja auch das Beste, was mir passieren konnte. So war ich keine weitere Kerbe in seinem Bettpfosten, der garantiert nur noch ein Zahnstocher sein konnte, nachdem was die Kolleginnen da gerade über ihn berichtet hatten.

In der Pause nutzte ich tatsächlich die Gunst der Stunde, ihn in die Suchmaschine einzugeben. Das Gesicht, welches ich in meinem Kopf hatte, stimmte einhundertprozentig mit dem überein, das ich auf dem Bildschirm meines Handys sah.

Nur dass er einen Anzug trug und darin verkleidet aussah. Er passte nicht zu dem Mann, den ich kennengelernt hatte. Sofern ich mich richtig erinnerte zumindest.

Sein Gesichtsausdruck war derselbe. Finster, unergründlich und unglaublich sexy. Diese Augen. Ich konnte mich nicht daran erinnern, schon einmal einem Menschen mit so dunklen und schier unergründlichen Augen begegnet zu sein.

Sie machten ihn noch interessanter.

Eine Erkenntnis, mit der ich mich nicht länger beschäftigen musste, schließlich würde ich ihn nie wieder sehen.

Nun hatte ich wenigstens einen Namen zu »dem Kerl«, der garantiert noch ein paar weitere Tage und Wochen durch meine Gedanken und Träume kreisen würde.

Was für eine Nacht. Da ging man mal feiern, trank zu viel und dann rettete einen ausgerechnet einer der reichsten und einflussreichsten Kerle der Stadt. Ein Bad Boy, wie er im Buche stand, wie ich im Internet herausfinden durfte. Zumindest wenn man der Boulevardpresse Glauben schenkte, was mir an sich schwerfiel – und jetzt erst recht. Die Geschichte zwischen ihm und mir war dafür das beste Beispiel.

In dem Artikel stellten sie Evan so hin, als hätte er mich abgeschleppt. Kein Wort davon, dass er mich gerettet hatte oder dass er dafür gesorgt hatte, dass ich sicher nach Hause gekommen war.

Nichts.

Aber woher sollte die Boulevardpresse das auch wissen?

Für einige andere Unterstellungen gab es ein paar unschöne Bilder. Der Kerl schien jedenfalls kein Kind von Traurigkeit zu sein. Aber hey, ich verurteilte ihn nicht. Wenn er keine Verpflichtungen hatte und mit seinem Verhalten niemanden verletzte, dann konnte er schließlich tun und lassen, was er wollte. Solange es auf absoluter Einigkeit beruhte.

Ich jedenfalls hätte mich ihm und seinen großen Händen ganz freiwillig hingegeben. Ob er nun Evan Knight war oder ein Straßenfeger. Seine Augen waren das Entscheidende – gepaart mit der Art und Weise, wie er mich gerettet hatte. Ich konnte mich mit mir selbst nicht einigen, ob ich ihn gern wiedersehen würde oder nicht. Aber allein darüber nachzudenken, war schon lächerlich genug. Es würde nicht passieren.

Er war Teil der New Yorker High Society, ich war eine einfache Zahnarzthelferin. Das im Klub war eine Zufallsbegegnung und so oder so nichts, was Sue und ich uns so schnell noch einmal leisten konnten.

Wir hatten keinerlei Berührungspunkte und das war bestimmt besser so.

HEUTE WAR EIN TAG, an dem ich pünktlich Feierabend machen konnte. Gott sei Dank, denn ich wollte unbedingt nach Hause und die neusten Erkenntnisse mit Sue besprechen.

Sie las diese Boulevardblättchen ebenfalls nie, deshalb war sie mit Sicherheit auch noch nicht darüber informiert, dass ich Teil der Titelstory war. Eine recht zweifelhafte Ehre, nach der ich definitiv nie gestrebt hatte.

Ich verließ die Praxis, wobei sofort Menschen riefen und ich fotografiert wurde. Was zum Teufel?

»Miss Monroe, wie ist Ihre Beziehung zu Mister Knight?«

»Miss Monroe, weshalb hat Mister Knight Sie zum Wagen getragen?«

Ich ignorierte die durcheinanderschreienden Leute und bahnte mir meinen Weg zur U-Bahn, wo sie mich Gott sei Dank in Ruhe ließen. Oh mein Gott. Mir brannten Tränen in den Augen, während ich versuchte, das alles zu verstehen.

Außer Atem und vollkommen überfordert mit der Situation lehnte ich mich an eine Wand und versuchte, mich zu beruhigen.

Jeffreys Musik verstummte und nur wenige Sekunden, nachdem die beruhigenden und wohlbekannten Klänge verhallt waren, legte er seine Hand auf meinen Arm.

»Kleines, ist alles in Ordnung?«, fragte er, was mir trotz der Situation um mich herum ein Lächeln entlockte. Dieser Mann war einfach wunderbar.

»Ja, es ist alles in Ordnung. Es war nur ... ach, schon gut. Spiel ruhig weiter, Jeffrey, die Leute warten doch schon darauf«, bat ich ihn und drückte ihm meinen obligatorischen Dollar in die Hand. Ich würde niemals so an ihm vorbeigehen. Ganz egal, ob ich finanziell gut aufgestellt war oder nicht. Er versüßte mir meinen Tag und dafür hatte er Anerkennung verdient.

Wie schön es einfach war, dass er für mich aufgehört hatte, um sich nach meinem Wohlbefinden zu erkundigen.

Als ich die U-Bahn-Station verließ und in Richtung unseres Eingangs ging, konnte ich schon von Weitem erkennen, dass dort ebenfalls Reporter waren. Was zum Teufel? Woher wussten sie denn bitte, wo ich wohnte oder arbeitete? Das konnte nur ein schlechter Scherz sein.

Warum interessierten sie sich für mich?

Waren sie so sehr in der Hoffnung, ich könnte ihnen etwas über Evan erzählen? Ich hatte nicht mal seinen Namen gekannt, Herrgott noch mal.

Auch hier brüllten sie wieder meinen Namen, fragten nach Evan und auch hier ging ich einfach weiter und schloss die Tür so schnell wie möglich hinter mir.

In der Wohnung angekommen wollte ich gerade Sue anrufen, doch sie kam bereits zur Tür rein.

»Was zum Teufel? Kathy, da stehen Fotografen und kennen meinen Namen. Sie fragen mich nach dir und irgendeinem Typ namens Evan?« Ich atmete tief durch, während Sue noch versuchte, die ganze Situation zu verstehen.

»Evan Knight. Der Mann, der mich zum Auto getragen hat. Es ist Evan Knight aus der Knight Familie. Das Foto ist auf der Titelseite der New York Post.«

»Was?« Sue hob die Augenbrauen und schüttelte verwirrt den Kopf. So hätte ich vermutlich auch reagiert, wäre ich an ihrer Stelle gewesen. Ihr Unglaube veränderte sich zu schallendem Gelächter. »Du willst mir jetzt gerade erzählen, dass dir Evan Knight höchstpersönlich die Haare zurückgehalten hat beim Kotzen?«

Ich sah sie schockiert an, bevor ich ebenfalls losprustete. Scheiße – ja, so hatte es sich zugetragen und genau so musste man es sehen. O mein Gott.

»Da triffst du einmal einen Menschen aus der High Society und dann wirst du für immer daran denken müssen, dass er dir die Haare beim Kotzen festgehalten hat, statt dich flachzulegen.«

Wir lachten zusammen und ließen uns auf die Couch fallen. Wäre es nicht vorher schon der Fall gewesen, so würde mir diese Nacht spätestens jetzt für immer in Erinnerung bleiben.

EVAN

»Evan ...« Ich blickte auf, als Kelly, eine meiner Mitarbeiterinnen, den Kopf in mein Büro steckte. »Ich bin heute die Arschkarteninhaberin, die dir mitteilen soll, dass dein Bruder dich sehen will.«

»Hey, dann schätz dich glücklich, weil heute ist dein Tag. Ich weiß schon, warum er mich in seinem Büro sehen will – und ausnahmsweise ist der Grund ein wunderbarer. Die neue Kampagne schlägt hohe Wellen. So viel positive Publicity hatten wir seit Jahren nicht.« Gut gelaunt erhob ich mich von meinem Bürostuhl und schlenderte zu Liams Büro. Heute gab es keinen Grund, mich zur Sau zu machen. Ich sollte positive Publicity schaffen – und das hatte ich getan. Jedenfalls für die Firma.

Die Kampagne war wahnsinnig gut geworden und ich war zurecht stolz auf das, was wir geschafft hatten.

»Wenn du mich jetzt nicht hierher eingeladen hast, um mir einen verdienten Scotch aus deinem Schreibtisch einzuschenken und mich in höchsten Tönen zu loben, dann verschwinde ich sofort wieder«, sagte ich und nahm auf dem Sessel vor Liams Schreibtisch Platz.

»Das ist auch ein Grund, warum du hier bist, ja, tatsächlich.« Er grinste. Was ich zugegebenermaßen verdammt selten bei ihm sah. Vor allem im Arbeitskontext.

»Dein Grinsen verrät mir, dass Logan dir gerade verdammt gute Zahlen übermittelt hat. Sonst würdest du jetzt nicht so zufrieden wirken.«

»Die Zahlen sind in der Tat wunderbar. Ich bin hochgradig zufrieden. Aber das weißt du hoffentlich auch. Mit deiner Arbeit war und werde ich immer zufrieden sein. Es ist nur sonderbar, wie leicht es dir gefallen ist, positive Publicity für die Firma zu erzeugen, während die New York Post wieder einmal einen typischen Evan-Knight-Artikel abgedruckt hat.« Er warf die Klatschzeitung vor mir auf den Tisch, wobei ich sofort das Bild der Frau sah, die ich ins Auto getragen hatte.

Kathy.

Die Unterhaltung mit ihr und die anschließende Heimfahrt ließen mich noch immer schmunzeln.

Fuck, ich hatte gar nicht mitbekommen, dass wir fotografiert worden waren. Das hatte sie nicht verdient. Sie schien keine Ahnung davon gehabt zu haben, wer ich war. Eine Tatsache, die ich so sehr genossen hatte – und die sich spätestens jetzt geändert haben durfte. Wahrscheinlich wussten die Aasgeier bereits wieder alles von ihr, lauerten ihr auf und löcherten sie mit Fragen. So war es bis jetzt immer abgelaufen, wenn ich mich mit einer Frau erwischen ließ. Nur bis jetzt waren es immer Frauen gewesen, die es nicht nur darauf angelegt hatten, sondern die ihre fünf Minuten Ruhm garantiert genossen hatten.

Bei Kathy konnte ich es nicht einschätzen, aber instinktiv glaubte ich nicht daran, dass es ihr recht war – oder dass sie überhaupt nur im Entferntesten auf eine solche Lawine vorbereitet gewesen war.

Dank ihres Zustands, in dem sie sich an dem Abend befunden hatte, war es auch durchaus möglich, dass sie sich gar nicht mehr an mich erinnern konnte. Und dann das ...

Arme Frau.

»Irgendwas zu sagen?«, fragte Liam und wirkte rein gar nicht mehr so entspannt wie noch zuvor.

»Ja, ausnahmsweise ja. Tatsächlich. Die Frau ist im Klub von ihrem Chef belästigt worden, während sie einfach stockbesoffen war. Ich habe mitbekommen, wie unangenehm die Situation für sie wurde, also bin ich eingeschritten. Alles, was du auch getan hättest, da bin ich mir sicher. Jedenfalls hat sie sich in einer verdammten Seitenstraße die Seele aus dem Leib gekotzt und kriegte die Beine nicht mehr voreinander. Ich habe sie ins Auto getragen, damit sie sich nichts bricht, und sie auf direktem Weg zu ihrem Appartement gebracht. Zusammen mit ihrer Freundin, davon wird hier natürlich kein einziges Wort erwähnt.

Du kannst gern Alessandro anrufen. Er war die ganze Zeit dabei. Deshalb gibt es auch keine Bilder, wie ich mit ihr in einem Hotel verschwinde oder sie in ihr Appartement begleite – weil nichts dergleichen passiert ist. Ganz einfach.

Willst du mich jetzt ernsthaft rausschmeißen, wegen eines erstunkenen und erlogenen Artikels der New York Post? Ich habe mich nicht besoffen. Ich war nicht derjenige, der aus diesem Klub getragen werden musste. Also …«

»Schon gut. Alles klar. Ich wollte ja nur hinterfragen, ob du das auch als positive Publicity bezeichnen würdest.«

»Ganz ehrlich? Ja! Wenn diese Wichser die Wahrheit geschrieben hätten und was wirklich dahintersteckte.«

»Stimmt.«

»Aber dazu wird es wohl nie kommen, weil sie mich einmal in eine Schublade gesteckt haben, aus der sie mich natürlich nicht rausholen wollen. Das andere ist ja auch viel einfacher und bequemer.«

»Wahrscheinlich hast du recht. Jedenfalls freue ich mich sehr über die Kampagne.«

»Sehr gut. Das wollte ich hören. Die Mitarbeiter meiner Abteilung würden sich garantiert auch über eine kleine Anerkennung freuen.« Ich zwinkerte ihm zu, was Liam auflachen ließ.

»Ich habe schon an den Aufstellungen von Christian gesehen, dass es in deiner Abteilung unglaublich viele Überstunden gab, und ich verstehe durchaus warum und wofür. Natürlich wird da ein Bonus bei rausspringen.«

»Vergiss den Chef der Abteilung nicht«, erwiderte ich scherzhaft und zwinkerte ihm zu. Ich bekam kein Gehalt, so wie meine Brüder auch nicht. Wir hatten unsere Millionen von unserem Vater erhalten und waren am Gewinn der

Firma beteiligt. Das konnte man mit einem normalen Gehalt nicht einmal ansatzweise in Relation setzen.

Ich musste mir jedenfalls finanziell für den Rest meines Lebens keine Sorgen mehr machen, egal wie überschwänglich ich auch leben würde.

»Und, reißt du mir jetzt noch den Arsch für den Zeitungsartikel auf, oder sind wir fertig?«

»Fertig. Danke für die gute Arbeit, Evan. Wirklich.« Ich erhob mich mit einem Nicken. Ich wusste diese Worte von Liam sehr zu schätzen.

Wieder in meiner Abteilung angekommen trommelte ich alle zusammen, um ihnen von meinem Gespräch mit Liam zu erzählen, sie zu loben und zum Dinner einzuladen. Das war das Mindeste, was ich nach dieser großartigen Leistung des ganzen Teams tun konnte.

Als ich schlussendlich in meinem Büro ankam, musste ich über den Zeitungsartikel nachdenken und automatisch auch darüber, was es wohl jetzt für die arme Frau bedeutete, die so vollkommen unwissend in dieses Chaos hineingezogen worden war, das ich Leben nannte.

Ich öffnete den Online-Artikel und las mir durch, was dort geschrieben stand. Nichts davon war die Wahrheit. Alles nur Lug und Trug. Es war auch nicht mein Ziel gewesen, herauszufinden, wie der Wahrheitsgehalt ausfiel, sondern ob es einen Namen gab.

Kathy Monroe.

Ich öffnete Social Media, wo ich selbst nur mit einem Decknamen vertreten war, und suchte nach ihr. Sofort fiel mein Blick auf dieses unglaublich ansteckende Lächeln und diese faszinierenden Augen. Sie hatte ein wunderschönes Profilbild.

Keine Ahnung, wo es aufgenommen worden war. Sie saß auf einer Schaukel, ihr Kopf war leicht nach hinten gelegt, während sie verträumt in die Kamera sah und strahlte.

Ich musste mich bei ihr entschuldigen und wiedergutmachen, was ich für ein Chaos in ihr Leben gebracht hatte. Auf der anderen Seite war nichts davon meine Absicht gewesen. Ich hatte ihr nur helfen wollen. Hätte ich sie allein mit diesem Vollidioten im Klub gelassen, wer wusste, was dann passiert wäre.

Außerdem hatte ich mich noch nie bei einer Frau entschuldigt. Okay, bis jetzt waren es auch nur Frauen gewesen, die genau gewusst hatten, wer ich war und was ihnen blühte, wenn sie sich mit mir sehen ließen. Wofür wollte ich mich eigentlich entschuldigen, verdammt noch mal? Zum ersten Mal gab es nichts, was ich mir zuschulden kommen lassen hatte. Ich war nur ein Gentleman gewesen. Nicht mehr und nicht weniger. Da hätte ich mich schon für andere Sachen bei Frauen entschuldigen müssen. Aber garantiert nicht dafür, zu helfen und nett zu sein.

In erster Linie ging es mir allerdings auch darum, dass eine Frau, die nichts mit der Öffentlichkeit zu tun hat, plötzlich ins Rampenlicht gedrängt wurde.

Vielleicht gefiel es ihr sogar – keine Ahnung. Ich kannte sie nicht. Ich hätte nicht mal ihren Namen gewusst, hätte die Freundin sie nicht mit Kathy angesprochen.

Ich schob den Gedanken so gut es ging beiseite und las auf ihrem Social-Media-Profil weiter. Auch etwas, das ich verdammt noch mal noch nie getan hatte.

Sie war Zahnarzthelferin. Ein grundsolider Job für eine anscheinend grundsolide Frau.

Mit einem Kopfschütteln schloss ich den Browser und wandte mich wieder den wirklich wichtigen Dingen zu: Dinner mit all meinen Mitarbeitern. Ich hatte zwar eine Assistentin, aber ich kümmerte mich lieber selbst darum, einen Tisch für uns alle zu reservieren. Gott sei Dank war das durch meine gute Connection zu einem Restaurantbetreiber problemlos möglich.

DER ABEND WAR LUSTIG und ausgelassen in der sehr familiären Atmosphäre, die wir in unserer Abteilung pflegten. Auch wenn der Impuls stark war, noch mit einigen von ihnen um die Häuser zu ziehen, ermahnte ich mich lieber zur Vernunft.

Liam würde ernst machen und das wusste ich. Außerdem war es eine wirklich ganz unfassbar dumme Idee, mit Menschen um die Häuser zu ziehen, mit denen ich weiter zusammenarbeiten musste. Es war okay, wie familiär wir miteinander umgingen, aber sie mussten nur das über mich erfahren, was ich zuließ.

Deshalb trank ich nicht, wenn ich mit ihnen zusammen war.

Ich brauchte die vollkommene Kontrolle – es war schon schlimm genug, wie oft ich sie verlor. Meist dank Erin.

Als ich in meinem Appartement ankam, erschlug mich das Chaos beinah, weshalb ich mich endlich zusammenriss und damit begann, aufzuräumen. So konnte es nicht weitergehen. Ab nächster Woche würde eine neue Hausdame bei mir anfangen, aber bis dahin waren es noch ein paar Tage und ich konnte nicht in meinem verdammten Chaos ersticken. Es reichte schon, wenn das Chaos in meinem Kopf mich jeden Tag aufs Neue zu erdrücken versuchte. Manchmal mit mehr Erfolg, als es mir lieb war.

Zwei Stunden später war alles zu meiner Zufriedenheit aufgeräumt und ich wusste wieder einmal mehr zu schätzen, was meine Hausdame jeden Tag leistete. Ich würde wahnsinnig werden ohne sie.

IHRE HÄNDE GLITTEN über meinen verschwitzten Körper. Verlangend presste sie ihren Unterleib gegen meinen Schwanz, während sich nackte Haut an nackter Haut rieb. Ich schloss die Augen, genoss ihre Berührungen.

Scheiße, diese Kleine wusste ganz genau, was sie wollte. Sie leckte über meinen Schwanz, saugte daran und sorgte dafür, dass ich kaum noch wusste, wo ich war.

»Langsam, Baby«, presste ich hervor und legte einen Finger unter ihr Kinn, um ihren Kopf nach oben zu drücken, damit sie mich ansah.

Als ich in ihre Augen blickte, erstarrte ich.

Was zum Teufel.

Keuchend fuhr ich im Bett auf und sah mich verwirrt um. Ich war allein in meinem Schlafzimmer, mein Schwanz bretthart und pochend zwischen meinen Beinen. Scheiße, hatte ich gerade einen verdammten Sextraum gehabt?

So was war mir seit meinem sechzehnten Geburtstag nicht passiert.

Ich war untervögelt. Ganz eindeutig. Ich kam nicht mehr klar, wenn ich schon einen Ständer bekam, weil ich von gutem Sex träumen musste. Aber all dieses Fluchen und das Kopfschütteln über mich selbst lenkte mich nicht von dem eigentlichen Schockmoment dieses Traums ab. Diese Augen, das strahlende Gesicht. Fuck, ich hatte wirklich geträumt, Kathy Monroe würde mir einen Blowjob geben. Die Frau, die ich nicht mal kannte.

Ich hätte nicht in ihrem Social-Media-Profil rumwühlen sollen, dann wäre das mit Sicherheit nicht passiert.

Zu viele persönliche Informationen ... Ach fuck, ich hatte schon Frauen gevögelt, über die ich weitaus mehr wusste und denen ich verdammt oft begegnete, aber nie waren sie in meinen Träumen vorgekommen oder hatten mir einen solch massiven Ständer beschert.

Ich würde mir jetzt keinen runterholen. Das ging zu sehr gegen meinen Stolz. Vielleicht sollte ich mich jetzt einfach anziehen und vögeln gehen. Ein Blick auf die Uhr verriet mir, dass es bereits kurz nach vier war.

Frustriert und auf eine ungehaltene Art und Weise wütend auf mich selbst, schlug ich die Bettdecke zurück und tapste ins Badezimmer, um eine verdammt kalte Dusche zu nehmen. Die hatte ich mir verdient.

Vielleicht würde ich es dadurch schaffen, wieder Herr meiner Sinne zu werden.

Dank meines ungewollten Schlafabbruchs fuhr ich schon um kurz vor sieben in die Tiefgarage des Bürokomplexes, wo hinter mir ein Auto Lichthupe machte. Logan, der auf den Parkplatz neben mich fuhr. Natürlich stand Liams BMW bereits wieder an seinem Platz. Manchmal fragte ich mich, ob der Mann überhaupt mal nach Hause fuhr. Viel Zeit konnte er dort jedenfalls nicht verbringen.

»Hab ich eine Erscheinung?«, rief Logan sofort, als er aus dem Auto ausgestiegen war, und schenkte mir ein fettes Grinsen. »Ich habe noch nie erlebt, dass du so früh im Büro ankommst. Was stimmt mit dir nicht? Oder hast du direkt durchgemacht?«

»Konnte nicht pennen«, brummte ich, ohne auch nur daran zu denken, ihm die Wahrheit über die letzte Nacht zu erzählen. Das wäre ein gefundenes Fressen für meinen Bruder, der sich mit Sicherheit noch wochen- und monatelang über diesen Scheiß lustig machen würde – und den Gefallen konnte ich ihm auf gar keinen Fall tun.

»Alles okay?«

»Klar. Nichts Wildes, einfach nur eine Scheißnacht.«

»Du weißt, dass du mit mir reden kannst, oder?« Logans Blick war ernst geworden. Er wusste, wie sehr ich mit der Sache zu hadern hatte ... mit Erin ... mit so vielen Dingen. Kein Wunder, dass er sich sofort Gedanken machte.

»Meine Güte, mach bitte nicht so ein Fass auf, nur weil ich mal früh zur Arbeit komme.«

»Das ist bei dir halt einfach so ungewöhnlich.«

»Es kann ja nicht jeder ein Liam Knight sein. Apropos, vielleicht solltest du dir mal um den Sorgen machen. Schläft der eigentlich in der Firma?« Ich deutete auf den Wagen und warf dann einen prüfenden Blick auf meine Uhr, auch wenn ich wusste, wie spät es war. Oder besser gesagt wie früh.

»Du kennst doch Liam. Um den müsste man sich erst Sorgen machen, wenn er zu spät zur Arbeit erscheinen würde.«

Ich nickte grinsend und stieg zusammen mit Logan in den Fahrstuhl.

»Lust, heute Abend was trinken zu gehen?«, fragte er, bevor ich ausstieg.

Wahrscheinlich wollte er nur nachforschen, ob auch alles in Ordnung war, doch ich sagte zu. Ich verbrachte gern Zeit mit meiner Familie, auch wenn man das zwischendurch nicht glauben konnte.

»Wir schreiben«, erwiderte ich und verließ den Aufzug in meiner Etage. Hoffentlich würde es die Arbeit schaffen, mich komplett wieder auf Spur zu bringen.

Ich hatte meine Rechnung ohne den Anruf des Privatdetektivs gemacht, der sich kurz vor der Mittagspause bei mir meldete.

Bereits als ich den Namen auf meinem Display erkannte, zuckte ich zusammen, und versuchte, meinen Herzschlag zu verlangsamen, was mir allerdings nicht wirklich gelingen wollte. Scheiße, ich wartete immer auf Neuigkeiten, aber wenn sie dann kamen, war ich mir nicht sicher, ob ich sie hören wollte. Was, wenn er mir etwas erzählte, das ich nicht rückgängig machen konnte?

Die Neuigkeiten am Telefon waren so ernüchternd, dass ich vollkommen die Kontrolle verlor. Ich konnte mich nicht daran erinnern, wann ich zuletzt so dermaßen aus der Haut gefahren war, doch die Aussagen deprimierten mich nicht nur, sie machten mich rasend vor Wut.

Zehn Minuten später war ich knallrot im Gesicht, zitterte am ganzen Körper und brauchte einen neuen Privatdetektiv. Einen, der hoffentlich auch mal arbeitete und mir die Antworten brachte, die ich brauchte. Nicht so einen Vollidioten wie den letzten oder den davor.

Fuck!

Ich konnte nicht mehr ewig so weitermachen. Auch wenn ich allen immer das Gefühl gab, unnahbar und gefühlskalt zu sein. Einen Scheiß war ich! Das alles ging mir nah. Viel zu nah. Erdrückte mich, schob mich an den Abgrund und sorgte dafür, dass ich nicht mehr atmen konnte.

Für einige Minuten lief ich einfach unkontrolliert in meinem Büro auf und ab. Wie ein eingesperrter Tiger, der seine Freiheit verloren hatte.

Ich war nicht frei – ich würde niemals frei sein. Die Schuld wog zu schwer.

Mein Herz pochte wild in meiner Brust, während ich auf den Boden sank. Ich konnte nicht mehr weiterlaufen. Ich hatte keine Kraft mehr.

KATHY

»Was meinst du, wie lange die an ihrer Belagerung festhalten werden?«, fragte ich und sah Sue erwartungsvoll an, auch wenn ich wusste, dass sie genauso wenig eine Antwort auf diese Frage hatte wie ich.

»Das hört bestimmt bald auf, wenn die checken, dass ihr null Verbindung zueinander habt und es gar nichts Interessantes zu berichten gibt. Meinst du nicht?«

»Keine Ahnung. Ich weiß nicht so recht, was ich noch glauben soll und was nicht.«

»Kann ich verstehen. Was eine Scheiße, dass du in so was mit reingezogen worden bist. Ich meine, wenn du wirklich etwas davon gehabt hättest ...« Ich bewarf sie mit einem Sofakissen, was Sue laut auflachen ließ. Natürlich musste sie mich wieder damit aufziehen. So wie sie es seit dem Morgen tat, als ich mit dem unmenschlichen Kater aufgewacht war.

»Ich dachte, du bist meine beste Freundin.«

»Dann weißt du ja auch, wie viel Spaß es mir macht, dich aufzuziehen. Du gehst aber auch schnell in die Luft bei dem Thema.«

»Ja, weil ich mich verdammt noch mal selbst ärgere. Verständlich, oder?«

»Ich dachte, du bist dir nicht sicher, ob du dich ärgerst oder ob du dich nicht ärgerst.«

»Bin ich mir ja auch nicht. Ist jetzt auch egal. Jedenfalls ... ach, was weiß ich. Die Frage war eigentlich, ob du glaubst, dass diese Aasgeier bald wieder verschwinden und wir wieder unsere Ruhe haben. Jetzt kann man ja nicht mal ruhigen Gewissens im Schlafanzug zum Café nebenan gehen.«

»Ich kann das immer noch. Von mir druckt keiner ein Foto, auch wenn ich ebenfalls mit Mister Knight in dieses Auto gestiegen bin. Aber mich hat er nicht getragen. Da liegt wohl der kleine, aber feine Unterschied.«

»Mich hätte er auch nicht tragen müssen. Keine Ahnung, warum er das überhaupt für nötig gehalten hat.«

»Ja, kann ich mir auch gar nicht erklären.« In ihrer Stimme konnte ich Ironie mitschwingen hören.

»Nie wieder. Wir gehen nie wieder feiern.«

»Bis nächste Woche Samstag, ich weiß.«

»Sue, ich meine es ernst. So eine Scheiße will ich nicht noch mal erleben.«

»Wie oft waren wir jetzt schon feiern? Wie oft ist das passiert? Ich meine ja, ich hätte nicht damit gerechnet, dass wir es mal irgendwann auf die Titelseite der New York Post schaffen mit einem ausgelassenen Abend. Oder besser gesagt, du.«

Ein Klopfen an der Tür ließ mich aufblicken. Die Aasgeier hatten es bis jetzt nicht gewagt, bis zu unserer Wohnungstür zu kommen, aber es würde mich nicht wundern, wenn das noch kommen würden.

»Ich gehe schon und sehe nach, wer dort ist.« Sue hatte wohl den gleichen Gedankengang verfolgt und ging zur Tür, während ich auf der Couch sitzen blieb. Vielleicht war es auch nur ein Nachbar oder eine Nachbarin. Nicht dass wir hier im Haus viele Kontakte hatten. Es war ein lockeres Miteinander.

»Okaaaaay«, hörte ich Sue sagen und zog die Augenbrauen hoch. Sie drehte sich mit einem breiten Grinsen zu mir um und deutete auf ihr Zimmer. »Ich lasse euch dann mal allein.« Was zum …? Ich hatte mich gerade erhoben, als ich die dunklen Augen sah, die ich mir ganz genau gemerkt hatte. Augen, die ich in meinem ganzen Leben nie wieder vergessen würde, so geheimnisvoll schimmerten sie. Sie ließen mich nicht los und ich wollte die Geschichte dahinter so gern herausfinden. Sie ging mich nur nichts an.

»Was zum Teufel willst du hier?«, fuhr ich ihn an und wusste selbst nicht, wo genau dieser Ausbruch herkam. Ich ignorierte den opulenten Blumenstrauß in seiner Hand genauso sehr wie die Tatsache, dass ich einen viel zu großen Mickey-Mouse-Pullover zu meinen verlotterten Leggins trug.

»Also liege ich richtig damit, dass du nicht gerade begeistert davon bist, jetzt derart in den Fokus der Öffentlichkeit gerückt zu sein, was? Süßer Pullover übrigens.«

»Damit liegst du verdammt richtig. Und obwohl du das schon im Hinterkopf hattest, fällt dir nichts Besseres ein, als mit einem riesigen Strauß Blumen in der Hand vor den Augen der Paparazzi aufzutauchen, um mich zu besuchen? Verdammte Scheiße, Evan, jetzt werde ich sie nie wieder los!« Ich schüttelte fassungslos den Kopf.

Die Erkenntnis und der Frust über den weiteren Verlust meiner Freiheit hatten mich regelrecht überrollt. So sehr, dass ich keinen Blick mehr für alles andere um mich herum hatte. Wie die Tatsache, ihn nun vor mir stehen zu sehen.

»Es tut mir leid, ja. Mir war bewusst, dass es ein gefundenes Fressen für die Presse ist, aber genau deshalb bin ich hier.«

»Weil du ihnen etwas liefern wolltest? Auf meine Kosten? Oder was soll ich aus diesem ominösen Satz jetzt schließen?«

»Wenn du mal aufhören könntest, so rumzumeckern, und einfach mal versuchen würdest, mich ausreden zu lassen, dann hätte ich dir mein Anliegen vielleicht schon erklärt.«

»Ich bin mir nicht mal sicher, ob ich es hören möchte.« Er stand noch immer in der Tür, während ich mittlerweile die Arme vor meinem Körper verschränkt hatte und ihn noch wütender anblickte, als es zuvor schon der Fall gewesen war.

»Dafür musst du es vielleicht erst mal hören.« Er besaß die Nerven, zu grinsen. »Darf ich die Tür hinter mir schließen oder hast du noch nicht die finale Entscheidung getroffen, ob du mich jetzt rauswirfst oder nicht?«

»Mach die scheiß Tür zu«, fuhr ich ihn an, auch wenn ich mich dabei über mich selbst ärgerte. Ich war zu neugierig, auch wenn ich es nicht sein wollte. Natürlich interessierte mich der Grund seines Besuchs.

Immer noch grinsend schloss er die Tür hinter sich und schlenderte auf die Sitzgelegenheit im sogenannten Esszimmer zu.

»Darf ich?«

»Du setzt dich doch wahrscheinlich sowieso, oder?«

»Nicht, wenn du es nicht willst. Hör zu, du kannst mich wirklich rausschmeißen. Es ist okay. Nur ein Wort, dann verschwinde ich.« Er war plötzlich sehr ernst. Vermutlich fühlte er sich durch meine Behauptung angegriffen. Das hatte ich definitiv nicht erreichen wollen.

»Schon gut. Ich bin nur verdammt wütend, weil ich gern mein altes Leben zurückhätte. Versteh das nicht falsch, ich bin dir dankbar dafür, dass du mich vor diesem Ekelpaket, das ich Chef nennen muss, gerettet hast. Ebenso bin ich dankbar dafür, dass du meine geprellte Zeche übernommen hast und dass ich an jenem Abend gut nach Hause gekommen bin. Es ist nur ...«

»Ich weiß, du musst es mir nicht erklären. Ich kann es mir schon denken. Kathy, vielleicht habe ich eine Idee, wie sich dieses ganze Drama für dich positiv auswirken könnte.«

Ich lachte auf, doch er blieb vollkommen ernst. Also war es wohl kein Scherz.

»Okay, jetzt bin ich gespannt«, gab ich zu, was der Wahrheit entsprach. Ich konnte dieser ganzen Belagerung nichts Gutes abgewinnen.

»Ich möchte dir einen Deal vorschlagen. Es geht um …«

»Was denn für einen Deal?«

Evan lachte auf. Ein Lachen, das seine sonst so dunklen Augen auf eine ganz faszinierende Art und Weise aufblitzen ließ. Gott, mir war trotz meines Zustands in der Nacht nicht entgangen, wie attraktiv dieser Mann eigentlich war. Aber jetzt, da er vor mir saß und lachte ...

Andere Gedanken. Ich brauchte schnell andere Gedanken. Er war Evan Knight, er schleppte eine Frau nach der anderen ab – und so wollte und würde ich garantiert nicht enden. Als ich noch nicht wusste, wer er war, okay, da wäre ich ihm verfallen. Aber jetzt hatte ich meinen Stolz wiedergefunden.

»Geduld, ausreden lassen und in Ruhe abwarten gehören wohl nicht so zu deinen Stärken, was?« Ich wollte ihm widersprechen, ihn anfahren, was er denn bitte über meine Stärken und meine Schwächen wusste, doch stattdessen konnte ich nur auflachen. Er hatte recht und es lohnte sich nicht, das abzustreiten.

»Okay, okay, ich halte ja schon die Klappe und lasse dich ausreden, obwohl es mich vermutlich nicht interessiert, worum es überhaupt geht.«

»Wie dir vielleicht nicht entgangen ist, habe ich ein kleines Problem mit den Paparazzi, die mir meinen Ruf mittlerweile wirklich zur Genüge versaut haben.«

»Die Paparazzi haben deinen Ruf versaut und du bist natürlich vollkommen unschuldig daran, ja?« Er verdrehte die Augen und atmete tief durch.

»Wenn du mich nicht ausnahmsweise unterbrochen hättest, wüsstest du, was mein nächster Satz gewesen wäre. Nämlich dass ich daran vermutlich auch nicht ganz unschuldig bin. Nichtsdestotrotz habe ich einen Bruder, der es ganz und gar nicht lustig findet, wie der Name Knight mit mir in Verbindung gebracht wird.«

»Das kann ich mir wohl vorstellen.« Ich hatte online genug gelesen, was mit Sicherheit kein Familienmitglied und keinen Chef glücklich machen würde. Allerdings hatte ich keine Ahnung, was er mir damit sagen wollte – oder warum er überhaupt hier war. Ehrlich gesagt verwirrte er mich mit jeder Sekunde, die verging, mehr.

»Ich habe von meinem Bruder die unmissverständliche Aufgabe bekommen, etwas für mein Image zu tun. Heißt, ich soll dafür sorgen, dass die Zeitungen mal etwas Gutes über mich berichten. Und genau da kommst du ins Spiel.« Ich hob verwirrt die Augenbrauen. Das Letzte, was ich wollte, waren noch mehr Artikel in der Zeitung oder noch mehr Paparazzi, die mir nachstellten. Ich wollte einfach zu meinem alten Leben zurückkehren. »Es geht um drei Firmenevents. Drei Events, zu denen ich gern in Begleitung gehen würde. In deiner Begleitung.«

»Was?« Ich lachte auf, weil ich glaubte, mich verhört zu haben.

»Natürlich ist diese Dienstleistung nicht umsonst. Ich zahle dir 10.000 Dollar für jeden Auftritt.«

»Ich habe keine Ahnung, wie das so in deiner Welt abläuft, aber anscheinend musst du nur mit Geld winken und schon bekommst du alles, was du willst. Hab ich recht?«

»Ziemlich genau so ist es, ja.«

»Okay, dann hier ein Memo an dich: So läuft das nicht! Ich bin doch keine Prostituierte oder ein Escort-Girl, das man einfach so für Geld mieten kann, um sich damit einen besseren Ruf zu verschaffen. Was glaubst du eigentlich, wer du bist?« Ich starrte ihn fassungslos an, doch Evan blieb vollkommen ruhig. Das war sein Ernst. Dieser Mann musste doch den Verstand verloren haben. Oder es war normal für ihn, was hier gerade abging. Mal eben so bei einer Frau, die man nicht kannte, zu Hause reinplatzen und dreißigtausend Dollar ausgeben, um seinen verkackten Ruf aufzupolieren.

Wow ... ich war ... Würde er jetzt nicht vor mir sitzen und wüsste ich nicht, wer er war, hätte ich es mit Sicherheit für einen ganz schlechten Scherz von Sue gehalten.

Aber das war es nicht.

»Ich kann nicht auf eine Escort-Firma zurückgreifen, da die Presse diese Hintergründe natürlich sofort aufdecken würde. Du stehst gerade so oder so im Rampenlicht und dann kannst du wenigstens ein bisschen Kapital aus der Situation schlagen.«

»Ich bin nicht käuflich!«, wiederholte ich meine Worte laut und deutlich. Dabei sprach ich auch noch extra langsam, als wäre er ein verwirrter alter Mann, der etwas länger brauchte, um meine Worte zu verinnerlichen.

»Dreißigtausend Dollar sind ...«

»Es ist mir egal, was dreißigtausend Dollar sind. Ich habe einen Job und in meiner Karriereplanung steht nicht, dass ich mich verkaufe, um berühmt, reich oder Gott weiß was zu werden. Ich bin einfach nur eine ganz normale Frau, die einen ganz normalen Job hat und ihr ganz normales Leben in dieser Stadt führen will. Und mit dieser Klarstellung ist unser Gespräch jetzt auch beendet.« Er hob die Augenbrauen, als könnte er nicht glauben, was ich gerade gesagt hatte. »Du kannst jetzt dann bitte gehen«, setzte ich noch einen drauf. Dieser unverschämte Mistkerl hatte nichts in meinem Appartement verloren. Er hätte von Anfang an nicht herkommen sollen.

»Schmeißt du mich raus?«, fragte er mit einem amüsierten Grinsen auf den Lippen.

»Dir mag vielleicht halb New York gehören oder zu Füßen liegen, oder was weiß ich, aber bei mir hast du dich da definitiv in der Adresse geirrt. Also, raus aus meinem Appartement und nur noch mal zur genauen Klarstellung: Raus aus meinem Leben. Verstanden?«

Er schüttelte lächelnd den Kopf, bevor er sich umdrehte und zur Tür schlenderte.

»Falls ...«

»Nein, ich werde es mir nicht anders überlegen und ich brauche auch nicht deine Nummer oder was auch immer gerade in deinem Kopf vor sich geht. Die Antwort ist einfach: nein. Ich will nichts, außer mein altes Leben zurück und meine Ruhe. Danke und auf Wiedersehen.« Mit diesen Worten schlug ich die Tür hinter ihm zu.

»Woah, was?« Sue kam aus ihrem Zimmer und starrte mich mit hochgezogenen Augenbrauen an. Natürlich hatte sie so getan, als würde sie uns allein lassen, aber ihre Zimmertür war dabei nie ins Schloss gefallen. Wie auch, sonst hätte sie nicht weiter zuhören können. Und dafür war Sue zu neugierig.

Okay, in diesem speziellen Fall konnte ich es ihr wirklich nicht verübeln. Ich hätte wahrscheinlich nicht anders reagiert. Außerdem erzählten wir uns sowieso alles. Da konnte sie auch gleich direkt zuhören. Das ersparte mir viele Erzählungen.

»Ist das zu fassen?«

»Ich weiß nicht, ob wir uns die Frage da beide in die gleiche Richtung stellen«, sagte sie und stieß einen Schwall Luft aus.

»Was soll das denn heißen? Jetzt sag mir nicht, du wärst auf dieses bescheuerte Angebot eingegangen.«

»Dreißigtausend Dollar. Dafür, dass du ihn zu drei Partys begleitest, wahrscheinlich den teuersten Champagner zu trinken bekommst und leckere Canapés ... also jetzt mal ganz im Ernst. Okay, ja, ich kann deine Beweggründe durchaus verstehen. Ganz klar! Aber scheiße, Kathy, das ist verdammt viel Geld und dieser Typ ist ja auch nicht gerade ein zweiter Doktor Fuller junior, sondern ganz das Gegenteil davon.«

»Er ist ein arrogantes, eingebildetes Arschloch, das glaubt, einfach hier auftauchen zu können, um mich zu kaufen. Und dann verpackt er das noch ganz ritterlich, als würde er mir damit einen Gefallen tun. Das ist doch lächerlich. Ich bin gerade so unglaublich wütend!«

Sue nickte stumm und verschränkte die Arme vor der Brust.

»Ich merke das schon. Vielleicht verschieben wir das Gespräch dann besser auf morgen.«

»Wir müssen nichts mehr besprechen. Ich bin sehr glücklich und zufrieden mit der Art und Weise, wie ich reagiert habe. So kann ich mich morgen früh wenigstens noch mit dem reinen Gewissen, das ich auch sonst habe, im Spiegel betrachten.« Mit diesen Worten beendete ich das Thema für mich und war fest entschlossen, keinen Gedanken mehr daran zu verschwenden.

Weder daran, wie wütend ich war, noch wie viel ich mit dreißigtausend Dollar tun könnte, noch an die geheimnisvollen dunklen Augen und die vollen Lippen, von denen ich gern wüsste, wie sie schmeckten.

Scheiße.

EVAN

Rausgeschmissen. Diese Frau hatte mich gerade aus ihrem Appartement geschmissen. Und wie!

Wow ...

Fassungslos drehte ich mich zur Tür um, die geschlossen blieb, und vergrub meine Hände in der Hosentasche. Ich war nicht geübt darin, eine Abfuhr zu bekommen. Noch dazu eine so deutliche.

Wütend kämpfte ich gegen den Drang an, noch einmal an ihrer Tür zu klopfen, weil ich mich einfach nicht abweisen lassen wollte und beschloss, mich wie ein erwachsener Mann zu benehmen. Nicht wie ein Junge, dessen verdammter Stolz gerade in tausend Einzelteile zerfetzt worden war.

Diese Frau. Das war also der Dank dafür, dass ich sie gerettet hatte.

Gut, okay. Lächeln wieder aufsetzen und weitermachen – und nicht wie ein kleiner Junge verhalten, der sein Lieblingsspielzeug nicht bekommen hatte. Denn verdammt ja, so ähnlich fühlte ich mich gerade, was mir ganz und gar nicht gefiel. Vermutlich, weil ich mein Spielzeug immer bekommen hatte. Zumindest seitdem ich den Namen Knight trug.

Vor der Tür ließ ich mich von den Kameras ablichten und eilte zu meinem Wagen. Sollten sie aus diesen Bildern eine Story machen, mir scheißegal. Diese Frau würde so oder so nicht mehr mit mir in der Öffentlichkeit auftreten. Dabei hatte ich das alles anders geplant.

Na ja, so war das auch nicht richtig. Es war Christians verdammte Idee gewesen. Bei unserem Totalabsturz in der Bar vorgestern. Da folgte ich einmal dem Rat meines unschuldigen kleinen Bruders und bekam direkt so eine Abfuhr. Ich forderte mein Radio per Sprachbefehl auf, ihn anzurufen, wobei er sich schon nach kürzester Zeit am Telefon meldete.

»Ich werde mir von dir nie wieder einen Rat geben lassen!«, begann ich das Telefonat sofort, was ihn auflachen ließ.

»Okay. Ist gut, dass wir das geklärt haben. War sonst noch was?« Ich grinste, während ich mich in den zäh fließenden Verkehr einfädelte. Was stimmte in dieser Stadt eigentlich nicht? Es war Abend und trotzdem staute sich wieder einmal alles.

»Witzig. Ich habe Kathy den Deal angeboten und die ganze Sache ist, sagen wir mal nicht so verlaufen, wie ich dachte.«

»Autsch. Hat der große Womanizer etwa eine Abfuhr kassiert?«

»Ach, halt doch die Klappe, Mann.«

»Ich frag mich gerade, von welchem Deal du überhaupt sprichst?«

»Ist das dein Ernst? Du hast mir doch geraten, dass ich sie dafür bezahlen soll, an meiner Seite zu den Firmenevents zu gehen.«

»Was? Wann?«

»Vorgestern. Du erinnerst dich?«

»Ach ja, stimmt. Nein, ich erinnere mich nicht mehr wirklich gut. Aber ich weiß sehr wohl noch, dass diese Idee von dir ausging. Kurz nachdem du irgendwas von der Frau aus deinen Träumen geschwafelt hast, aber daran kann ich mich nicht mehr richtig erinnern. Ich werde übrigens nie wieder mit dir ›mal eben ein bisschen was trinken gehen‹. Mir ist immer noch schlecht. Liam würde mir bestimmt sofort bestätigen, dass du ein schlechter Umgang für mich bist.«

»Ja, garantiert sogar.« Gott sei Dank konnte er sich nicht mehr daran erinnern, dass ich ihm irgendetwas von meinem Traum erzählt hatte. Ich wusste selbst nicht mehr, wie sehr ich wohl ins Detail gegangen war – und ich wollte es ehrlich gesagt auch nicht wissen.

»Also noch mal langsam. Du warst jetzt bei ihr und hast ihr den Deal vorgeschlagen und sie hat dich abblitzen lassen?«

»Aber so was von.«

Ich hörte ihn am anderen Ende auflachen, auch wenn er wirklich versuchte, seine Schadenfreude über das, was ich ihm gerade erzählte, in Schach zu halten.

»Eigentlich ist sie dann genau die richtige Frau. Die solltest du nie wieder gehen lassen und am besten direkt heiraten.«

»Bist du besoffen? Hörst du mir nicht zu? Sie hat mich abblitzen lassen und du redest davon, dass ich sie heiraten soll? Sie geht nicht mal gegen Geld auch nur für ein paar Stunden freiwillig mit mir irgendwohin.«

»Das ist doch genau der Punkt! Wie viele Frauen sind nur auf unser Geld aus? Sie dann wohl nicht ...«

»Ändert nichts an der Tatsache, dass sie mich rausgeworfen hat.«

»Ja, ich weiß. Ich find es witzig. Sorry, aber die Frau hat echt mal Eier und das ist großartig.«

»Ich höre jedenfalls nie wieder auf deine Ratschläge.«

»Die ich dir gar nicht gegeben habe, Mann!«

»Ach, scheiß doch drauf, Christian. Du kannst dich doch auch nicht wirklich daran erinnern, wie der Abend genau abgelaufen ist. Oder?«

»Nope. Aber ich würde dir nie so unfassbar dumme Ratschläge geben. Da musst du schon selbst drauf gekommen sein. Wie dem auch sei, wir werden es nicht mehr klären können. Wenn wir das nächste Mal weniger trinken, können wir uns am nächsten Morgen dann auch wenigstens noch an die Feststellungen des Abends erinnern.«

»Deshalb werden wir trotzdem nicht weniger trinken.«

»Verdammt, nein. Niemals!« Wir lachten beide, was unglaublich guttat, und telefonierten sogar noch, bis ich in meinem Appartement angekommen war, das in neuem Glanz erstrahlte. O Gott sei Dank, dann war jemand dort, um aufzuräumen.

Ich zuckte zusammen, als es in meiner Küche klimperte. Sie war wohl noch dabei, Ordnung zu schaffen. Ich konnte es ihr nicht verübeln, bei dem Chaos, obwohl ich mir wirklich Mühe gegeben hatte. Es war zwischendurch sehr sauber und ordentlich gewesen – also für meine Verhältnisse. Nur leider hielt das nie lange an.

Hoffentlich erwartete mich ein Traum von einer Frau in meiner Küche – und hoffentlich auch nicht. Ich konnte nicht sofort wieder da anfangen, wo ich mit der letzten Haushälterin aufgehört hatte, sonst musste ich den Scheiß hier mit Sicherheit irgendwann allein machen.

»Hallo?«, fragte ich, wobei ich einen Schritt zurückwich, als direkt vor mir eine Person um die Ecke der Küche bog.

Wow.

Damit hatte ich nun nicht gerechnet.

»Oh! Sie sind Mister Knight«, sagte die tiefe Stimme mit einem freundlichen Lächeln und einem osteuropäischen Akzent.

Wow.

Das war ...

»Genau«, erwiderte ich wenig souverän. Ich konnte mein Erstaunen nicht verbergen und tief in mir brodelte es bereits.

Liam.

Dieses miese Arschloch.

Das hatte er doch mit Sicherheit höchstpersönlich eingefädelt. Und ich wusste nicht, was ich davon halten sollte.

»Mein Name ist Pawel Rapruninsky und ich bin Ihr neuer Haushälter«, stellte sich der ein Meter neunzig große Kerl mit den breiten Schultern vor und schüttelte mir die Hand. Gott sei Dank ohne sie gleich zu zerquetschen. Ich fühlte mich wie ein kleiner Wurm, obwohl mein Körper komplett durchtrainiert war, dank des vielen Sports, den ich trieb.

Viel kleiner war ich nicht, doch Pawel wirkte einschüchternd.

»Pawel, ja? Ich muss zugeben, dass ich noch nie einen Haushälter hatte.«

»O ja, das ist nicht schlimm. Ich werde alle Aufgaben zu Ihrer vollen Zufriedenheit erledigen, darauf haben Sie mein Wort.« Er nickte freundlich, während ich irgendwie versuchte, mir Pawel mit Putzhandschuhen, beim Kochen oder beim Wäschewaschen vorzustellen. Es wollte mir nicht gelingen. Nicht einmal ansatzweise. »Ich werde dann jetzt gehen. Ich habe eine Grundordnung angelegt, aber daran werde ich dann morgen weiterarbeiten. Falls Sie etwas brauchen, rufen Sie mich einfach über das Telefon an.« Mit diesen Worten schob sich der Hüne an mir vorbei und verließ meine Wohnung.

Liam!

Vielleicht sollte ich ihm dankbar sein. Pawel jedenfalls könnte mir für eine ganze Weile erhalten bleiben, im Gegensatz zu seinen unzähligen Vorgängerinnen.

Ich ließ meinen Blick durch die Küche schweifen, die auf Hochglanz poliert war. Wie entschied sich ein Mann dazu, Haushälter zu werden? Eine Frage, die ich Pawel vielleicht irgendwann stellen würde.

Was für ein wahnsinniger Tag. Erst eine Abfuhr, die sich gewaschen hatte, und nun einen Haushälter.

Vielleicht sollte ich ins Bett gehen und versuchen, zu schlafen. Ich hatte jedenfalls genug Dinge, über die ich nachdenken konnte und die mich von den Gedanken und Fragen bezüglich Erin abhalten würden.

Stattdessen sank ich aufs Sofa und starrte eine Weile vor mich hin. Was ich normalerweise nie aushielt, doch heute war ich einfach müde. Müde und fertig. Die letzten Wochen waren unglaublich anstrengend gewesen.

Vielleicht war es Zeit, mir Urlaub zu nehmen. Auch wenn ich das normalerweise niemals tat.

Ich könnte zu James fahren. Es war schon viel zu lange

her, dass ich meinen Bruder das letzte Mal gesehen hatte. Die Kampagne war durch, bis zur nächsten würde noch eine Weile vergehen und ein wenig abschalten wäre gerade vielleicht nicht die schlechteste Idee.

Mit einem tiefen Seufzen hievte ich mich von der Couch hoch und ging ins Bett. Ich fühlte mich so unglaublich abgeschlagen.

»URLAUB?« Liam warf seinen Kugelschreiber auf den Schreibtisch und betrachtete mich für einige Sekunden.

»Ja, Liam. Urlaub. Das ist das, was du nicht kennst, was aber eigentlich jedem Menschen zusteht. Und was auch jeder Mensch zwischendurch einfach mal nehmen sollte.«

Ich wusste selbst, dass Liam seit Jahren durcharbeitete. Genau wie Logan, tja und ich wohl auch. Die beiden waren so fokussiert und versessen auf die Arbeit, dass sie es wahrscheinlich nicht nachvollziehen konnten, wenn Menschen sich freinahmen. So wie ich es jetzt tun würde.

»Und was hast du so vor in deinem Urlaub?« Natürlich entging mir nicht, wie er das Wort betonte – und natürlich wusste ich auch, worauf er damit hinauswollte. Es ging um die versteckte Frage, ob ich zu James fuhr. Was ich offen ansprechen wollte. Schon allein, um seine Reaktion zu sehen.

»Ich fahre zu James«, erwiderte ich und beobachtete Liam dabei genau. Er senkte den Blick und nickte einfach nur, doch er hatte zu spät weggeschaut. Ich war mir sicher, einen gewissen Anflug von Traurigkeit erkannt zu haben. Es konnte ihm nicht scheißegal sein! Auch wenn er das niemals zugeben würde.

Keiner von ihnen würde das.

Der Name Knight stand auch für Dickköpfigkeit und Stolz – gerade bei Liam und Logan. Ich wusste es besser, als auf dem Thema herumzuhacken oder auf Antworten zu bestehen. Ich konnte mir die Zähne an Liam ausbeißen und doch würde es zu nichts führen.

»Wann hast du vor, wieder zu arbeiten? Ist die Vertretung

geregelt? Wer übernimmt die grafische ...«

»Alles ist geregelt. Es betrifft dich gar nicht, dass ich nicht da bin. Wenn du irgendeinen Auftrag hast, gib ihn einfach an die Abteilung. Du wirst mein Fehlen nicht bemerken. Außer natürlich anhand der nicht vorhandenen Zeitungsartikel.«

Liams Mundwinkel zuckten, während er sich ein Grinsen verkneifen musste.

»Wo du gerade schon dabei bist, so höhnisch in dich reinzulächeln: Danke für Pawel Rapruninsky.« Er starrte mich fragend an.

»Für was?«

»Ach komm schon. Tu nicht so unschuldig. Du hast mit Sicherheit deine Finger im Spiel gehabt.«

»Ich weiß nicht mal, wovon du redest. Wenn du dich klarer ausdrücken könntest, wären wir vielleicht irgendwann auf einem Nenner.«

»Pawel ist mein neuer Haushälter.«

»Dein ... was?« Nun war es kein höhnisches Grinsen mehr. Er versuchte auch nicht mehr, zu verstecken, wie sehr es ihn amüsierte. Liam lachte schallend auf.

»Ach komm, du hast echt nichts damit zu tun?« Seine Reaktion war aufrichtig ehrlich gewesen.

»Nein! Ich schwöre es. Ein Haushälter?« Er wischte sich eine Lachträne aus dem Auge, weshalb ich einfach in seine Ausgelassenheit mit einstimmte. Es war ein kleiner, so unglaublich seltener Moment, in dem Liam einfach wieder der alte Liam war. So, wie ich ihn kannte. So, wie ich ihn vermisste. »Dann hast du ja jetzt erst mal für die nächsten Jahre Ruhe.«

»Witzig.«

»Ja, verdammt, es ist so witzig. Ich muss ihn unbedingt mal kennenlernen. Ich werde mit Sicherheit nicht so schnell über diese Nachricht und die Bilder, die mir im Kopf herumgehen, hinwegkommen. Herrlich.«

Ich hatte eine Idee.

Gut, dass ich eh noch bei Christian vorbeischauen wollte.

»Urlaub?« Christian schüttelte überrascht den Kopf. »Krass. Ich hatte schon Sorge, du gehörst zur Fraktion Logan und Liam.«

»Willst du mich verarschen?«

»Hey, was Urlaub angeht. Oder wann war das letzte Mal, dass du dir freigenommen hast. Auf die Antwort bin ich jetzt gespannt.« Ich zuckte mit den Schultern, denn er hatte recht. Ich konnte mich selbst nicht daran erinnern. Es hatte für mich auch nie einen Grund gegeben, mir freinehmen zu wollen. In meiner Arbeit konnte ich so flexibel sein, dass ich auch mal nachmittags erst anfangen konnte, falls ich es in der Nacht zuvor maßlos übertrieben hatte – etwas anderes gab es in meinem Leben nicht. »Sag ich ja. Ach fuck, ey. Warum hast du dir das nicht früher überlegt, dann hätte ich dich begleitet.« Stimmt, das wäre eine schöne Möglichkeit gewesen, doch im Gegensatz zu mir musste Christian seinen Urlaub besser vorplanen. Falls Liam mal wieder binnen eines Tages eine neue persönliche Assistentin brauchte.

Das führte mich auch gleich zu meinem eigentlichen Gedankengang.

»Ich weiß wie du die ›Liam braucht eine neue persönliche Assistentin‹-Sache lösen kannst.«

»O ha, jetzt hast du meine volle Aufmerksamkeit. Allerdings kann ich dann immer noch nicht so kurzfristig freinehmen. Das ist ja nicht meine einzige Aufgabe, die ich hier habe.«

»Das weiß ich doch, aber ich dachte, der Ansatz würde dich interessieren.«

»Absolut. Immer.«

»Gestern, als ich in die Wohnung zurückkehrte, war es bereits aufgeräumt und in der Küche klimperte etwas. Ich wusste also sofort, dass mein elendiges Problem mit der fehlenden Haushälterin dank Liam und dem Tipp mit seiner Haushaltsfirma geklärt war. Und dann bog ich um die Ecke und statt einer Haushälterin stand dort Pawel Rapruninsky. Ein Mann, der selbst mich überragt und der sich als mein neuer – Achtung – Haushälter entpuppte.«

»Das kann nicht dein Ernst sein!« Christian musterte mich, musste dann aber schnell feststellen, dass ich keinen Witz machte, weshalb er laut auflachte. »Du hast jetzt einen Haushälter?«

»Fakt. Und du hättest viel weniger Arbeit, gäbe es einen Pawel Rapruninsky für Liam.«

»Scheiße, das ist eine hervorragende Idee. Nur keine Ahnung, was unser Bruder wohl davon halten würde.«

»Kann dir doch egal sein. Deine Aufgabe ist es ja nur, Ersatz zu besorgen und dafür zu sorgen, dass irgendwer den Job erledigt. Richtig?«

»Stimmt.«

»Na also.«

»Er wird ausflippen, aber danke für den Tipp. Ich werde mal sehen, was ich damit anfangen kann.«

Ich trug immer noch ein Grinsen auf meinem Gesicht, als ich Christians Büro verließ und in meine Abteilung zurückkehrte, wo ich alle über meinen Urlaub informierte. Auch meine Vertretung, die bis zu dieser Sekunde keine Ahnung von ihrer neuen Aufgabe gehabt hatte. Ich traute ihr die Aufgabe vollumfänglich zu. Außerdem war ich erreichbar.

Schon allein für den Privatdetektiv war mein Handy immer bei mir. Falls es Neuigkeiten zu Erin gab, wollte ich sofort reagieren können.

Falls es jemals Neuigkeiten gab ...

Es waren genau diese Gedanken, die mich zu erdrücken versuchten. Genau die Gedanken, von denen ich eine Pause brauchte, bevor sie mir auch noch das letzte bisschen Verstand raubten und mich unaufhaltsam weiter in den Abgrund zogen.

KATHY

Ich war noch immer fassungslos über die Tatsache, dass dieser Kerl einfach so hier aufgetaucht war und die Nerven besessen hatte, mir diese Frage zu stellen.

Gleichzeitig hatte ich mir allerdings auch erlaubt, mir auszumalen, was man mit 30.000 Dollar alles anstellen könnte. Ich hatte keine großen Wünsche, da ich sie mir mit meinem stinknormalen Gehalt niemals würde erfüllen können. Aber ein sicheres Polster, ein bisschen Geld auf der hohen Kante, falls ich einmal dringend etwas benötigen sollte, das hätte ich schon gern gehabt.

Aber dafür so einen Preis zu bezahlen – danke, aber nein danke. Ja, es waren nur Dates. Keine Prostitution oder sonst was, trotzdem ging mir der Gedanke daran gegen den Strich.

Ich nahm mein Handy zur Hand, um meine Mutter anzurufen, hielt dann allerdings inne.

Urlaub.

Ich würde nicht lange hin- oder herüberlegen, sondern endlich meine Tasche packen und nach Hause fahren. Das war schon viel zu lange überfällig und mein Heimweh wurde mit jedem Tag, der verging, eher schlimmer als weniger.

Ich musste die Sache nur noch mit Fuller klären und dann würde mich nichts mehr davon abhalten, nach Hause zu fahren.

ZWEI TAGE später saß ich im Mietwagen, da ich mir wirklich nichts weniger vorstellen konnte, als mit dem Fernbus zu fahren. Okay, doch – mit Evan Knight auf irgendeine Party zu gehen vielleicht.

Ich war seit Ewigkeiten nicht mehr Auto gefahren, doch sobald ich den viel zu engen New Yorker Stadtverkehr hinter mich gebracht hatte, war alles gar nicht mehr so schlimm. Mit aufgedrehter Musik genoss ich die Landschaft, die an mir vorbeizog, aber besonders die Tatsache, dass sie mit jeder gefahrenen Meile ländlicher wurde. Ich liebte die Stadt. Daran gab es für mich keinen Zweifel und ich würde freiwillig auch nicht mehr aus New York weggehen, aber eine kleine Pause von dem ganzen Trubel, der Enge und dem Beton würde mir mit Sicherheit sehr guttun.

Wie gut, spürte ich bei meiner ersten Pause, als ich auf einem kleinen Parkplatz hielt und die frische Landluft einatmete. Trotz der Autobahn war sie einfach so viel klarer, roch anders. Ich war viel zu lange nicht zu Hause gewesen.

Nach weiteren zwei Stunden Fahrt bog ich in das kleine Dorf Treboka Hights ein und konnte mir ein breites Grinsen nicht verkneifen. Hier hatte sich nichts geändert. Es war noch immer so klein, so beschaulich und so speziell wie damals. Mit Mister Chesters Eisenwarenhandel, dem kleinen Lebensmittelgeschäft von Tante Agnes, die eigentlich niemandes Tante war, aber von allen so genannt wurde.

In meiner Brust spürte ich die Wärme, als ich all das Bekannte endlich wiedersah. Es war so unglaublich, nach so einer langen Zeit wieder hier zu sein. Ich hatte vorher nicht einmal ansatzweise gespürt, wie groß mein Heimweh wirklich war. Was mir erst jetzt wirklich bewusst wurde, als ich in die Auffahrt zur Farm meiner Eltern einbog. Meine Augen füllten sich bereits mit Tränen, als ich nur das Haus sah.

Als meine Eltern dann noch aus der Haustür traten, war alles vorbei. Ich gab mir keine Mühe, die Tränen zu verbergen, und als ich aus dem Auto stieg und auf meine Eltern zurannte, sah ich, dass es meiner Mutter kein bisschen besser ging. Es war so lange her. Viel zu lange.

»Da bist du ja endlich«, sagte sie und ließ mich für lange Sekunden nicht mehr los, bis mein Vater sich bemerkbar machte und ihr mitteilte, dass er mich ebenfalls gern begrüßen würde.

Ich wechselte nahtlos aus den Armen meiner Mutter in die Arme meines Vaters, in denen ich mich noch immer genauso geborgen fühlte wie als kleines Mädchen.

Auch auf der Farm hatte sich dem ersten Anschein nach nichts verändert. Eine beruhigende Beständigkeit, auch wenn ich das alles immer als vollkommen langweilig und monoton empfunden hatte, als ich hier noch gewohnt hatte.

Es war nichts für mich, aber für meine Eltern war es das Paradies auf Erden, in das ich Gott sei Dank jederzeit zurückkehren durfte.

»Ich habe dein Lieblingsessen gekocht und kann gar nicht abwarten, dass du endlich wieder auf deinem Platz sitzt!«, sagte meine Mutter und klang dabei herrlich aufgeregt.

Mein Vater übernahm meinen Koffer, während meine Mutter meine Hand fest umklammerte, als hätte sie Angst, ich könnte es mir anders überlegen und wieder ins Auto steigen. Nichts lag mir ferner.

Ich wusste schon jetzt, dass mir der Abschied verdammt schwerfallen würde, wenn ich wieder gehen musste. Aber mein Urlaub hatte gerade erst begonnen, da sollte und wollte ich noch gar nicht wieder darüber nachdenken.

Wir betraten das Haus durch die große Holztür, wobei der Dielenboden das vertraute knarrende Geräusch erzeugte, als ich in den Flur eintrat. Wie sehr ich ihn schon so oft verflucht hatte, weil er es unmöglich machte, unbemerkt ins Haus zu kommen oder aus dem Haus zu gehen.

Nach einem Blick durch die Stube, der Ort, an dem der Fernseher stand, und die Küche, war ich schnell davon überzeugt, dass sich auch hier im Haus nichts verändert hatte.

»Setz dich, ich hole das Essen.«

»Mom, ich kann dir doch helfen.«

»Das kommt ja gar nicht infrage. Du hattest eine lange Fahrt. Beim Abräumen kannst du mir dann wieder helfen, nachdem du dich erst einmal ordentlich gestärkt hast.«

»Okay. Das klingt nach einem wunderbaren Plan. Ich

verhungere tatsächlich. Irgendwie hatte ich ja die Hoffnung, dass du für mich kochst, weshalb ich extra auf einen Snack während der Fahrt verzichtet habe.«

Ich sah, dass meine Mom sich über meine Worte freute, während sie in die Küche ging. Mein Vater hatte ebenfalls schon Platz genommen und betrachtete mich mit einem Lächeln. Sie beide waren älter geworden, sahen aber immer noch so fit, gesund und zufrieden aus wie beim letzten Mal, als ich hier gewesen war.

»Es ist schön, dich wieder hier zu haben, Kiddo, und es ist schön, dass dir dein Leben in der Stadt so gut gefällt. Du weißt ja, für mich wäre das nichts.« Mein Vater hatte alles, was er brauchte, wenn er das Vieh versorgte oder auf dem Feld war. Er war so aufgewachsen, hatte die Farm von seinen Eltern übernommen und meines Wissens auch nie darüber nachgedacht, etwas an seiner Situation zu ändern.

Genau wie meine Mutter. Sie war als junges Mädchen tatsächlich für eine Weile selbst in der Stadt gewesen, doch die Liebe zu meinem Vater hatte sie zurückgeholt. Die beiden kannten sich quasi schon seit ihrer Geburt. Es war die klassische Sandkastenliebe, die man durch nichts auf der Welt zerstören konnte. Zumindest kam mir das immer so vor.

Auch wenn es in ihrer Ehe natürlich Höhen und Tiefen gegeben hatte. Tiefen, von denen sie mich nie etwas spüren lassen hatten. Oder zumindest wollten sie es nie, aber ich war ein sehr aufmerksamer Mensch und hatte sie trotzdem mitbekommen.

Mit dem ruhigen Gewissen, dass sie niemals etwas zwischen sich kommen lassen würden. Was das betraf, war ich mir sicher.

Beim Essen redeten und lachten wir ausgelassen miteinander, bis mein Vater sich verabschieden musste, um nach dem Vieh zu sehen. Eine Arbeit, bei der ich ihm schon immer gern geholfen hatte, doch heute kümmerte ich mich mit meiner Mutter zusammen um die Küche. Sie hatte nicht nur meine Lieblingssuppe gekocht, sondern direkt ein Drei-Gänge-Menü zubereitet.

Mit einer feinen Rindfleischsuppe, einem Menü aus Kartoffeln vom Feld, sowie eigenem Salat und Schweinefilet nach ihrer Art.

Zum Nachtisch gab es meinen Lieblingspudding. Es waren definitiv keine Wünsche offengeblieben auf meiner Seite.

Etwas, wofür ich ihr so unendlich dankbar war, denn so willkommen geheißen zu werden, war schon etwas ganz Besonderes.

Erst am Abend ging ich zum ersten Mal in mein altes Zimmer, in dem sich wirklich nichts verändert hatte. Noch immer hingen die Poster der Boyband an der Wand, die ich vor all den Jahren angehimmelt hatte. Es war sonderbar, in diesem kleinen Raum zu stehen, der einmal meine ganze Welt gewesen war.

Okay, mein jetziges Zimmer in New York war noch deutlich kleiner, aber draußen standen mir natürlich ganz andere Möglichkeiten offen als hier in Treboka Hights, am gefühlten Ende der Welt.

Ich strich über meinen alten Schreibtisch, an dem ich so oft gesessen und meine Schularbeiten erledigt hatte.

»Wir haben nichts verändert«, erklang die Stimme meines Vaters hinter mir, zu dem ich mich umdrehte.

»Ihr wisst, dass ihr das könnt. Wenn ihr eine andere Verwendung für diesen Raum habt …«

»Das hier ist dein Elternhaus, Kathy. Dein Zuhause und das wird es auch immer bleiben. Jeder Mensch braucht einen Ort, an den er immer zurückkehren kann, egal was auch passiert.«

»Das hast du schön gesagt, Dad.« Ich schmiegte mich in seine Arme und genoss dieses unglaublich geborgene Gefühl, das einem nur ein Vater geben konnte. Er hatte immer auf mich aufgepasst, auf sein kleines Mädchen.

In der Nacht schlief ich so gut wie seit Ewigkeiten nicht mehr, auch wenn mir die Stille unendlich komisch vorkam. Keine Sirenen, kein Hupen, keine Autogeräusche.

Vielleicht wachte ich auch deshalb erst auf, als mir die Sonne ins Gesicht strahlte. Ich streckte mich und warf einen Blick aus dem Fenster, welches mir eine unverbaute Aussicht auf die großen Wiesen und Felder bot, die unendlich zu sein schienen. In New York konnte ich nur auf die nächste Hauswand blicken, doch auch das war okay. Weil ich mich dort wohlfühlte.

Ich machte mich fertig, bevor ich nach unten in die Küche ging, wo meine Mutter sofort auflachte, als sie mich erblickte.

»Dein Vater und ich haben uns schon Sorgen gemacht, aber der Schlaf schien dann wohl dringend nötig gewesen zu sein. Ich habe das Mittagessen fertig. Ich hoffe, das ist in Ordnung für dich, denn zum Frühstücken ist es jetzt doch ein wenig zu spät.«

Und so frühstückte ich Rinderbraten mit Kartoffelknödeln – und es schmeckte hervorragend.

Am Nachmittag half ich meinem Vater dann beim Vieh, wobei ich noch immer in der Lage war, einige der Tiere beim Namen zu nennen. Andere waren natürlich längst weiterverkauft und geschlachtet worden, nicht aber Kiera, der alte Gaul, auf dem nie jemand geritten war. Kiera war schon immer zu störrisch dafür gewesen und trotzdem gehörte sie zur Farm meiner Eltern wie jedes andere Tier auch. Auch wenn sie ihren Job und ihre eigentlichen Aufgaben nie erfüllt hatte.

Es war noch nicht allzu spät, als wir fertig waren, sodass ich mich noch zu einem Spaziergang aufmachte, der mich an unseren Feldern vorbeiführte und hin zu einem kleinen See, der unsere Grundstücksgrenze markierte. Ich hatte damals meine halbe Jugend an diesem Ort verbracht. Mit Trevor McConelly, dem Nachbarsjungen, der aber schon lange nicht mehr hier wohnte. Seine Eltern hatten die Farm letztes Jahr aus Altersgründen aufgegeben, da Trevor, genau wie ich, keine Absicht hatte, zurückzukehren.

Über den neuen Nachbarn wusste ich nicht viel, außer dass meine Eltern hervorragend mit ihm zurechtkamen und er meinem Vater bei schweren Aufgaben half. Genau so, wie es auf dem Land sein sollte, wusch eine Hand hier die andere und alle unterstützten sich gegenseitig.

Von Weitem sah ich einen Traktor auf dem Feld, sodass ich den neuen Nachbarn bestimmt gleich kennenlernen würde. Was ich vielleicht ein bisschen provoziert hatte, schließlich war meine Mutter davon überzeugt, dass er mir gefallen würde.

Sie hatte mir am Telefon direkt aufgeregt von ihm berichtet und davon, dass ich dank ihm mit Sicherheit auch einen Mann in Treboka Hights gefunden hätte, mit dem ich zufrieden wäre.

Eine Redewendung, die sie nicht ohne Grund benutzte, denn ja, es fiel mir schwer, zufrieden zu sein. Ich hatte immer etwas auszusetzen, das war mir klar. Mister Right war mir halt noch nicht über den Weg gelaufen und meine biologische Uhr tickte noch nicht laut genug, um irgendeinen Kerl zu nehmen, statt weiter zu warten.

Der Mann sprang von seinem Traktor und rammte eine Schaufel in den Boden, vermutlich um den kaputten Zaun zu unserem Feld zu reparieren, da die Tiere laut meinem Vater gestern schon wieder bei uns gegrast hatten.

Er sah jedenfalls durchtrainiert aus, sofern ich das auf die Entfernung beurteilen konnte. Auch er hatte mich bemerkt, denn er hob seinen Blick und schaute in meine Richtung, wobei er sich kurz die Augen vor der Sonne abschirmte.

»Hey«, sagte ich, als ich näher kam, und blickte in das Gesicht eines wirklich gut aussehenden Mannes. Da musste ich meiner Mutter recht geben. Ich hatte ihn mir nicht so attraktiv vorgestellt und war einfach davon ausgegangen, dass sie maßlos übertrieb.

»Ebenfalls hey. Das ist aber ein ganz schön seltener Anblick so weit draußen.«

»Ich bin Kathy. Die Tochter der Monroes. Ich wollte zum See und mal schauen, ob dort noch alles so unverändert ist, wie beim letzten Mal, als ich hier war.«

»Ich lebe zwar noch nicht lange hier in Treboka Hights,

aber wenn ich mir in einem sicher bin, dann dass sich vermutlich nichts an dem See verändert haben wird. Genauso wenig wie an der Stadt, an der Farm oder an irgendwas sonst hier.«

»Klingt ganz so, als wäre dir langweilig.«

»Ach was. Dann klingt es genau falsch, denn mir ist es hier definitiv nicht langweilig. Ich genieße ehrlich gesagt diesen gewissen Stillstand. Diese Beständigkeit hat doch etwas Beruhigendes, oder?«

»Kann man so sagen. Ich bin nach einer halben Ewigkeit zum ersten Mal wieder hier und muss mich definitiv nicht umgewöhnen.« Es war lustig, dass er von diesem Stillstand und der Beständigkeit sprach. Genau die Dinge, die mir gestern ebenfalls durch den Kopf gegangen waren.

»Glaube ich aufs Wort. Wo wohnst du normalerweise? Also wohin hat es dich aus dieser Trostlosigkeit verschlagen?«

»New York.« Seine Gesichtszüge verhärteten sich. Der strahlende Ausdruck war einem emotionslosen Nicken gewichen. Als hätte ich einen Nerv getroffen, den ich lieber nicht hätte treffen sollen. Dabei hatte ich ihm doch nur ehrlich auf seine Frage geantwortet. »Kein Fan der Stadt?«, hakte ich deshalb nach, allerdings machte ich mir keine Hoffnungen, dass er mir die Wahrheit für seine Reaktion offenbaren würde. Warum auch? Vielleicht sah ich aber bloß Gespenster und bildete mir ein, dass er komisch reagierte.

Jeder hatte eine Vergangenheit. Und jeder hatte einen Grund, warum er mitten ins Nichts zog.

»Kann man so sagen«, wiegelte er ab.

»Aber du kommst gebürtig nicht aus Treboka und Umgebung, oder? Ich werde wahrscheinlich viele Leute nicht wiedererkennen, dafür ist einfach eine viel zu lange Zeit vergangen, seitdem ich hier weggegangen bin.«

»Nein, nicht aus der Nähe.« Gut, so konnte man auch antworten. Er war definitiv ein geheimnisvoller Mann. Mit dem ich hier weit draußen auf dem Feld stand. Umgeben von nichts.

Aber er machte mir keine Angst. Das war die trügerische Sicherheit, in der man sich auf dem Land oft wiegte. Doch der Kerl schien mir auch nicht bedrohlich. Lediglich verschwiegen und irgendwie geheimnisvoll.

Keine Ahnung, ob meine Eltern mehr über ihn wussten.

»Ich werde dann mal zum See gehen«, sagte ich und deutete auf den kleinen Tümpel, der einst als Wasserversorgung für die Felder angelegt worden war. Er wirkte noch immer so einsam, verlassen und deplatziert an dieser Stelle.

»Viel Spaß. Ich werde mal lieber meine Zäune erneuern, bevor dein Vater mich wieder wegen des Viehs anrufen muss.« Nun schenkte er mir wieder dieses Grinsen, bevor er sich umdrehte und mit seiner Arbeit fortfuhr. Er war verschwitzt, unter seinem Hemd zeichneten sich die Muskeln ab. Verdammt, ich war immer noch nicht flachgelegt worden, mittlerweile aber froh, dass ich dieses Arschloch von Evan Knight nicht an mich herangelassen hatte.

Am See sank ich ins Grün und betrachtete den Tümpel, wobei ich meine Gedanken schweifen ließ. Ich dachte an damals, an die einsamen, aber auch die schönen Stunden hier. Daran, wie viel Spaß es gemacht hatte, mit dem Nachbarsjungen hier abzuhängen. Es waren schöne und verdammt unbeschwerte Zeiten gewesen, denen ich trotzdem nicht mehr hinterhertrauerte. Ich liebte mein Leben in New York. Ich sollte mir nur vielleicht überlegen, öfter mal eine Auszeit in Treboka einzulegen.

Es tat schon jetzt, an meinem ersten kompletten Tag hier, einfach so unfassbar gut.

EVAN

Ich lehnte an meinem Audi und betrachtete mit einem Grinsen im Gesicht, wie James auf seinem Traktor näher kam und mich musterte. Ich hatte ihm nichts davon gesagt, dass ich herkam. Manchmal beschlich mich das Gefühl, er wollte niemanden von unserer Familie in seiner Nähe haben.

Bis wir dann da waren und die alte Vertrautheit in Windeseile wieder Besitz von uns ergriff.

»Was zum Teufel!«, rief James und sprang von seinem Traktor. Das Strahlen auf seinem Gesicht verriet mir sofort, dass ich ein willkommener Gast war.

»Ich dachte, es ist mal wieder Zeit für einen Besuch.«

Das letzte Mal war ich nur megakurz für ein Wochenende hier gewesen, nach seinem Weggang, um ihm noch einige Sachen aus New York mitzubringen.

»Was stimmt eigentlich mit euch nicht, dass ihr euch niemals anmelden könnt?«

Er schloss mich in eine lange und unglaublich herzliche Umarmung.

»Wir sind Brüder, wir müssen uns nicht anmelden, wir kommen einfach vorbei.«

»Womit du verdammt recht hast, denn genau so sollte es auch sein. Scheiße, Mann, ich hab nicht mit dir gerechnet. Vor allem ist nicht mal Wochenende.«

»Ich hab Urlaub.«

James schob mich ein Stück von sich und musterte mich kritisch.

»Okay, was stimmt nicht, wenn du Urlaub nimmst?«

Er sah gut aus. Seine Haut war gebräunt von der Arbeit draußen. Um seine Augen hatten sich kleine Falten gebildet, doch er wirkte gesund. Ganz anders als beim letzten Mal, als wir uns gegenübergestanden hatten.

»Ich bin einfach nur durch und brauche dringend mal was anderes als immer nur die Arbeit und das Partyleben.«

»Dann bist du hier an genau der richtigen Stelle. Ich hoffe, du weißt, dass du so lange bleiben kannst, wie du willst.«

»Du suchst ja nur billige Farmarbeiter. Oder hast du jetzt endlich jemanden gefunden, der dir hier unter die Arme greift?«

»Nope, aber ich habe auch nicht wirklich gesucht. Dafür genieße ich die Einsamkeit viel zu sehr.«

Ich würde ihn vermutlich nie verstehen. Einsamkeit war das Letzte, was ich genießen könnte. Ich brauchte stets irgendetwas um mich herum, um nicht durchzudrehen – und eigentlich war es bei James immer ähnlich gewesen. Wenn nicht sogar noch viel schlimmer als bei mir. Und gerade er genoss es, allein zu sein. Vermutlich weil er jetzt endlich mit sich im Reinen war und sich wohlfühlte. Oder weil er vor seinen Problemen davonlief.

Das war schwer zu beurteilen. Im Endeffekt konnte das auch nur James selbst.

»Willst du mich nun endlich mal reinbitten? Ich stehe seit zwei Stunden hier dumm rum und warte, dass du von wo auch immer zurückkehrst. Ich hatte ja noch nicht mal 'ne Ahnung, wo ich dich suchen sollte. Hier ist einfach überall nichts.«

»So siehts aus. Und das ist genau richtig so. Außerdem, hättest du dich mal angemeldet, wäre ich auch da gewesen.«

»Hätte ich mich angemeldet, wärst du auf jeden Fall damit beschäftigt gewesen, dir irgendwelche Ausreden auszudenken, warum ich nicht kommen soll. Und das wissen wir beide. Bei dir muss man entweder vor der Tür stehen oder es lassen. Da sind Christian und ich uns vollkommen einig. Ich soll dich übrigens grüßen. Er war ein bisschen wütend, dass ich ihn nicht vorher in meine Pläne eingeweiht habe, dann wäre er mitgekommen. Aber es war nicht so, als hätte ich vorher groß Pläne geschmiedet. Ich wollte einfach raus und bin dann los.«

»Christian.« James grinste und schüttelte leicht den Kopf. Ich wusste, dass er schon ein paarmal hier gewesen war, aber Details blieben natürlich unter Verschluss. Keine Ahnung, was gerade bei ihm los war. Typisch für unseren jüngsten Bruder. Er war nicht gerade der redseligste Kerl. Nein, so konnte man es nicht sagen. Er redete gern, aber um private Sachen ging es dabei nie. Von allen wusste ich über ihn am wenigsten, obwohl wir uns verdammt gut verstanden.

Ich folgte James in das Bauernhaus, gegen das er sein schickes Loft in New York eingetauscht hatte, und spürte sofort die Enge der alten Räume, die für mich ein absolutes No-Go waren.

Links befand sich eine kleine Küche, rechts ein kleines Wohnzimmer und dann ging auch schon die Treppe nach oben in die Etage mit dem Badezimmer und den zwei Schlafzimmern.

Im hinteren Teil des Untergeschosses hatte er sein Büro eingerichtet, das er für die Arbeit auf der Farm brauchte. Auch wenn ich keine Ahnung hatte, was er dort machte. Ich verstand von all dem hier sowieso nichts.

Für mich war Landleben etwas, worüber ich noch nie nachgedacht hatte und was mir absolut fernlag. Ich brauchte die Stadt. Das Leben. Die Ablenkung.

Ich warf oben nur kurz meine Tasche auf das Bett im Gästezimmer, bevor ich mich zu Evan in die Küche setzte. Er stand am Herd und warf uns ein paar Eier in die Pfanne.

»Ich hab jetzt einen Haushälter«, sagte ich, was dafür sorgte, dass er sich kurz zu mir umdrehte und mich mit hochgezogenen Augenbrauen musterte.

»Einen Haushälter? Hat die Agentur endlich eingesehen, dass es keinen Sinn mehr macht, dir eine Frau zu vermitteln?«

»Meine Agentur hat mir überhaupt niemanden mehr vermittelt, weshalb mir Liam mit seiner Agentur ausgeholfen hat.« Liam. Ich hatte den Namen ausgesprochen, den ich ganz bewusst hier nicht verwenden wollte. Außer wenn ich es wirklich darauf anlegte, die ganze Sache zu hinterfragen. Doch dafür war gerade ein schlechter Zeitpunkt. Ich war erst gekommen und wollte die Stimmung nicht sofort versauen.

»Und die schicken dir einen Mann. Ich wusste nicht mal, dass es so was gibt«, fuhr James einfach fort, was mich unheimlich erleichterte. Er stand mit dem Rücken zu mir, weshalb ich auch nicht sehen konnte, ob die Erwähnung von Liams Namen etwas bei ihm ausgelöst hatte.

Ein paar Minuten später saßen wir am Tisch, aßen die gebratenen Eier und Brot dazu und tranken Mineralwasser. Für mich war es keine Überraschung, dass James keinen Alkohol im Haus hatte.

»Also, Treboka Hights? Wann war das letzte Mal, dass du hier einen Menschen zu Gesicht bekommen hast?«

James lachte auf.

»Ach komm, ich wohne hier nicht im Outback. Auch wenn es für dich vielleicht so wirken mag. Ich habe tatsächlich erst kurz bevor ich zurückgekommen bin eine Frau kennengelernt. Von der Nachbarfarm. Sie ist aber nur zu Besuch.«

»Nur zu Besuch reicht aber auch aus, damit du mal wieder ein bisschen Spaß kriegst, oder? Ich meine, Mann, deine Hand müsste doch mittlerweile dein bester Freund sein …«

James verdrehte die Augen und schüttelte den Kopf.

»Erstens werde ich jetzt nicht mit meinem Bruder darüber reden, ob ich mir da unten selbst den Job erledige, und zweitens ist nicht jeder wie du in dieser Hinsicht. Es soll sogar Leute geben, die auch ohne Sex überleben können.«

»Mhm. Das kann nicht normal oder gesund sein.«

»Das, was du machst, aber schon?«

Ich grinste und pikte meine Gabel in das Spiegelei.

»Hab ich jetzt nicht behauptet.«

»Übrigens kann ich hier auch im Internet surfen und sehe da ab und an den Namen Knight aufblitzen. Und nicht immer hat es etwas mit Wirtschaftsmagazinen zu tun.«

Ich konnte mir denken, worauf er anspielte, doch ich tat ihm nicht den Gefallen, darauf einzugehen. Stattdessen behielt ich nur das Grinsen bei.

»Ich hab übrigens die Werbekampagne gesehen. Ich meine, wie konnte man sie auch nicht sehen. Ziemlich krasser Erfolg, oder?«

»Ja, verdammt! Und du kannst dir nicht ausrechnen, wie viel Arbeit dahintergesteckt hat. Deshalb ist dieser Urlaub jetzt auch mehr als verdient.«

Es wunderte mich ein wenig, wie gut James informiert war. Aber irgendwie gab es mir auch Hoffnung. Hoffnung darauf, dass er noch nicht komplett mit seinem Leben in New York und mit seiner Familie abgeschlossen hatte. Tief in meinem Inneren glaubte ich nämlich noch immer daran, dass er irgendwann zurückkehren würde. Wenn er denn seine Scheiße wieder auf die Reihe gekriegt hatte und mit Liam ins Reine kam.

Ich wusste nicht, wie die Dinge zwischen ihnen standen. Ich wusste noch nicht mal, ob sie in der Zwischenzeit je wieder ein Wort miteinander gewechselt hatten, aber darüber würde ich auch bei James nichts in Erfahrung bringen können. Davon ging ich zumindest aus.

Außerdem war heute der erste Abend und ich wollte nicht mit der Tür ins Haus fallen. Garantiert würde es noch eine Gelegenheit geben, nachzuhaken. Nur nicht jetzt.

Wir saßen lange in der Küche und quatschten. James erzählte viel von der Farm und was er alles für die nächsten Monate geplant hatte, wobei ich mir nicht sicher war, ob ich ihm wirklich folgen konnte.

Er wollte sich Vieh anschaffen und die Agrarstruktur oder irgend so was in der Art umstellen.

Alles in Richtung ökologisch und biologisch. Für mich waren diese Themen nicht mehr und nicht weniger als besorgniserregend. Denn er plante die Zukunft. Er plante, alles auf dieser Farm so auszulegen, dass er auf Dauer vielleicht sogar Gewinn damit erzielen konnte. Das schmälerte meine Hoffnung darauf, dass er bald nach New York zurückkehrte – oder dass er überhaupt nach New York zurückkehrte – ungemein.

Ich konnte mir nicht vorstellen, dass er für immer hierbleiben würde. Weil ich nicht wusste, wie ich damit umgehen sollte. Für mich war klar gewesen, dass es sich nur um eine Auszeit handelte. Dass er sich nur wieder fangen und sein Leben unter Kontrolle bringen musste, bevor er zurückkam. Doch James' Pläne machten einen vollkommen anderen Eindruck.

»Du planst wirklich deine Zukunft hier in Treboka Hights, oder?«, schoss es aus mir heraus, während James mich für einige Sekunden nachdenklich ansah. Als hätte ich ihn mit der Frage komplett irritiert. Ich hoffte darauf, dass er mir widersprechen würde, doch seine Worte machten all meine Gedanken zunichte.

»Das hier ist jetzt mein Zuhause, Evan. Meine Heimat, mein Job und damit auch meine Zukunft. Also muss ich auch planen, dass es sich auf Dauer lohnt und ich mit der Firma etwas erwirtschaften kann.«

Ich nickte nur stumm und weigerte mich, die Hoffnung aufzugeben.

Wir Knights waren in New York zu Hause. Und wir gehörten zusammen.

Brüder für immer. Ganz egal, was auch geschah.

»James, die Sache damals ...«

»Okay, stopp. Ganz ehrlich, Evan. Ich versuche, hier klarzukommen, und das gelingt mir verdammt gut. Aber hör bitte auf, irgendwelche Dinge aufzureißen, okay? Ich will nicht über damals nachdenken, ich will nicht darüber reden, ich will einfach nur meine Ruhe. Verstanden?«

Ich nickte, denn es war klar, dass er nichts davon hören wollte. Das hatte ich auch schon vorher gewusst. Noch würde ich eine Weile bleiben. Vielleicht gab es dann noch mal die Möglichkeit, zu reden.

»Sorry.«

»Ich will den Namen Knight nicht in meinem Haus hören. Ich möchte nicht über Liam sprechen, nicht über die Firma und nicht über New York. Das hier ist jetzt mein Leben und ich komme gut klar. Ende der Geschichte.«

»Gut.«

»Gut.«

Mein Bruder erhob sich ruckartig von seinem Stuhl und zog meinen Teller weg, bevor er anfing zu spülen. Eine Spülmaschine gab es dann wohl nicht. Genauso wenig wie einen Haushälter. Ich schnappte mir ein Trockentuch und half ihm. Schweigend natürlich. Der heutige Abend war schnell aus dem Ruder gelaufen, weil ich meine verdammte Klappe nicht halten konnte.

Selbst schuld.

Aus diesem Grund verabschiedete ich mich schnell ins Bett, auch wenn ich noch nicht müde war. Ich hatte keine Lust darauf, etwas zu sagen, was ich vielleicht noch bereuen würde.

AM NÄCHSTEN MORGEN schlief ich ungewöhnlich lang. Scheiße, ich hatte fest und gut geschlafen, ohne an Erin zu denken oder durch irgendwelche Albträume geweckt zu werden.

Ein Blick aus dem Fenster verriet mir, dass James bereits bei der Arbeit war. Er hatte schon immer viel gearbeitet, nur nicht derart körperlich wie hier auf der Farm. Eigentlich wusste ich nicht mal, dass er all diese Dinge konnte. Traktor fahren, reiten, Felder bewirtschaften, Zäune errichten und was es nicht noch alles über den ganzen Tag zu tun gab, das er erledigen musste.

Ich würde wahrscheinlich schon heute alles kennenlernen, denn der Scherz vom gestrigen Abend war eigentlich keiner gewesen. Ich wusste, dass ich helfen musste.

Es gab viel zu tun und James freute sich mit Sicherheit darüber, wenn jemand mit anpackte. Außerdem konnten wir nur auf diesem Weg viel Zeit miteinander verbringen, denn er musste arbeiten. Ob nun Besuch da war oder nicht.

Ich machte mich in dem uralten Badezimmer fertig und ging dann nach unten, um mir kurz ein Brot in den Mund zu stecken, bevor ich nach draußen auf die Veranda trat.

»Scheiße, ich hab schon gedacht, du wärst ins Koma gefallen oder so was.«

Ich lachte auf und fuhr mir über mein müdes Gesicht.

»Ganz ehrlich kann ich mich nicht erinnern, wann ich zuletzt so gut geschlafen habe.«

»Das nennt man Landleben. Frische Luft, keine Hektik. Zieh deine Arbeitsklamotten an. Wir haben viel vor heute.«

»Seh ich aus, als hätte ich ...«

»Liegen schon im Badezimmer.« Ich lachte laut auf, denn natürlich hatte er schon Arbeitsklamotten rausgesucht und sie ins Badezimmer gehangen.

ES WAR BEREITS SPÄTER NACHMITTAG, als wir uns mit einer Tasse Kaffee und einem Stück Kuchen auf die Veranda setzten. Ich spürte die körperliche Arbeit, die ich nicht gewohnt war, weshalb ich mich umso mehr über die Pause freute.

»Woher hast du eigentlich den Kuchen? Ich bezweifle ja, dass du jetzt auch noch unter die Bäcker gegangen bist, wobei ... dir würde ich alles zutrauen.« Nachdem ich ihn gerade bei der Arbeit erlebt hatte, war mir definitiv klar geworden, dass ein echter Farmer in meinem Bruder steckte. Das hier war nichts, das er nur aus Trotz machte oder weil es so anders war als alles zuvor.

Er hatte Spaß daran und war mit den Aufgaben hier gewachsen.

»Ich habe eine tolle Nachbarin, die immer für mich mit backt und oft sogar mit kocht. Obwohl ich ihr schon tausendmal gesagt habe, dass das nicht nötig ist. Aber sie lässt sich irgendwie nicht davon überzeugen.«

»Alter?« Ich wackelte mit den Augenbrauen.

»Fünfundsechzig würde ich denken.«

»Ach verdammt, ich dachte, vielleicht wäre das ja mal

was für dich.«

»Ich glaube, es gibt in ganz Treboka Hights keine einzige unverheiratete Frau. Zumindest haben mich das die Ausflüge ins Lokale Pub gelehrt.«

»Es gibt einen lokalen Pub? Sag mal, wieso waren wir da noch nicht?«

»Du bist erst seit gestern Abend hier und wir müssen arbeiten.«

»Deine Einstellung zum Leben ist fragwürdig.« Ich zwinkerte James zu und schob mir eine weitere Gabel mit Kuchen in den Mund, während ich meinen Blick über das weite Land schweifen ließ. In der Ferne näherte sich ein Mann auf einem Quad, der quer über die Felder auf uns zusteuerte. »Kriegen wir etwa Besuch?« In New York wäre es ein unnormales Szenario keinen Menschen zu sehen. Hier liefen die Uhren andersrum.

»Das ist Randy, mein Nachbar.« James erhob sich von seinem Stuhl und schritt die Verandatreppen hinab, während der Mann auf dem Quad vor ihm stoppte. Er beäugte mich kurz. Vermutlich war es ihm suspekt, einen Fremden hier zu sehen, doch ich grüßte ihn freundlich.

»Deine Viecher waren bei mir.«

»Was? Ach komm schon, Randy. Ich habe gestern die verdammten Zäune repariert.«

»Ich weiß, das habe ich schon von meiner Tochter erfahren. Aber du hast die falschen Schnüre benutzt.

Ich hab dir welche draußen beim Zaun hingelegt, damit sollte nichts mehr passieren.«

»Ernsthaft? Ich machs wieder gut, Randy.«

»Das weiß ich doch, Junge. Also dann, sieh zu, dass ich morgen früh nicht schon wieder hier auftauchen muss.«

»Wird gemacht.«

Er fuhr wieder ab, während ich bereits ahnte, was als Nächstes passieren würde. Wir mussten diese Zäune reparieren und da ich gerade nun mal hier war, durfte ich behilflich sein.

»Darf ich wenigstens noch meinen Kuchen essen? Außerdem dachte ich, du hättest kein Vieh.«

»Natürlich habe ich Vieh, nur halt verdammt wenig für die Größe des Farmlandes, aber ich arbeite daran.«

»Also, er hat eine Tochter. Davon hast du gerade beim Kuchenthema noch nichts erwähnt. Auch verheiratet?«

»Keine Ahnung. Sie wohnt nicht hier. Ich habe sie gestern nur durch Zufall auf dem Feld gesehen.«

»So, so. Jung und attraktiv?«

»Beides kann ich definitiv bejahen, sofern ich überhaupt darauf geachtet habe.«

»Ach komm schon, auf solche Sachen muss man nicht bewusst achten und das wissen wir beide.« Ich mochte es, ihn aufzuziehen, weil ihn das Thema ehrlich zu nerven schien. Wahrscheinlich wegen Vivian, doch ich würde garantiert nicht diesen unsagbaren Fehler machen und ihn auch noch darauf ansprechen. Ich war eh schon viel zu weit gegangen und die eigentlich unkomplizierte Stimmung zwischen uns war reichlich angespannt.

»Du nervst, Evan.«

»Ich weiß, aber genau das macht so unheimlich viel Spaß«, erwiderte ich grinsend und trank den letzten Schluck aus meiner Kaffeetasse, bevor ich mich erhob. »Dann wollen wir mal ein paar Zäune flicken, auch wenn ich keine Ahnung habe, wie das geht.«

»Ich anscheinend auch nicht, wenn man bedenkt, dass mein letzter Versuch nicht mal ganze vierundzwanzig Stunden durchgehalten hat.« Lachend ging ich los, doch James rief bereits nach einigen Metern meinen Namen. Als ich mich zu ihm umdrehte, hob er fragend die Hände, während ich nicht einmal wusste, worauf er überhaupt hinauswollte.

»Wo willst du hin?«

»Na, Zäune reparieren.«

»Evan, dafür braucht man Werkzeug. Außerdem ist es nicht mal eben um die Ecke und Überraschung, hier fahren keine öffentlichen Verkehrsmittel.«

»Wie groß ist dein Land denn bitte?«

»Man kann schon hinlaufen, aber es ist die äußerste

Grenze und wir haben ja schließlich nicht den ganzen Tag Zeit, denn Zeit ist Geld.«

»Scheiße, du klingst wie ...« Ich schluckte den Namen meines Bruders runter, was James kurz den Mundwinkel heben ließ. Auch wenn er es vermutlich gar nicht wollte.

»Komm einfach«, sagte er, während ich ihm in den Schuppen folgte.

»Na endlich. Ich dachte schon, du holst das Spielzeug nie raus.« Grinsend blickte ich auf das Quad mit dem großen Anhänger dahinter, in dem sich das Werkzeug befand, von dem er geredet hatte.

»Ist das eine alte Crossmaschine?«

»Feel free.«

Nun konnte der Spaß hier endlich richtig beginnen. Ich war das letzte Mal als Jugendlicher mit einer Crossmaschine gefahren. Auf einem alten Baustellengelände in New York. Natürlich vollkommen illegal, doch das hatte mich nicht sonderlich interessiert. Die Art und Weise, wie ich danach von meinem Vater den Arsch aufgerissen bekommen hatte, allerdings schon. Ich zuckte innerlich noch immer zusammen, wenn ich nur daran dachte, obwohl es schon so viele Jahre zurücklag.

Er hatte mich beschimpft, die Hand gegen mich erhoben, auch wenn er nie zugeschlagen hatte, und mich mit Worten so viel mehr verletzt, als es seine Hand je hätte vollbringen können.

Nach mir war nie wieder jemand mit dem Gesetz in Konflikt gekommen. Dafür hatte er gesorgt.

»Ich glaube, ich weiß, woran du bei der Maschine denkst.« James musste nicht nachfragen, warum ich auf halbem Wege stehen geblieben war und woran ich gerade dachte.

»Wie könnten wir das auch jemals vergessen, oder?« In seinem Gesicht sah ich den gleichen traurigen Ausdruck, den ich ebenfalls empfand. Spätestens zu diesem Zeitpunkt damals war uns allen klar gewesen, dass wir uns an die Regeln innerhalb der Familie zu halten hatten.

An seine Regeln.

Vermutlich hätte damals jeder darauf geschworen, dass ich der Erste und wahrscheinlich auch der Einzige war, der irgendwann den Ausbruch wagte. Doch ich stand hier bei James. In seiner Scheune. Weit weg von zu Hause.

»Wie geht es ihm gesundheitlich?« James' Frage überraschte mich zugegebenermaßen. In seinen Augen lag klare Besorgnis. Eine Besorgnis, die dem Mann galt, der uns alle damals aus dem größten Elend befreit hatte. Eine Wertschätzung, Anerkennung und Dankbarkeit, die er nicht verdient hatte, doch keiner von uns konnte sie abstellen. Insbesondere Liam nicht, wie wir alle wussten.

Ich rebellierte wenigstens noch etwas. James war ganz aus der Familie ausgebrochen. Christian interessierte das ganze Thema nicht sonderlich, wie auch immer er das anstellte oder ob er seine Rolle hervorragend spielte.

Und Logan war ihm genauso verfallen wie Liam.

»Der Krebs zerfrisst seinen Körper, aber sein Geist ist hellwach.«

»Fragt er nach mir?«

Ich holte Luft, wollte James gern etwas Positives erzählen, doch der winkte bereits ab. »Vergiss, dass ich die Frage überhaupt jemals gestellt habe. Ich kenne die Antwort darauf selbst. Ich bin kein Knight mehr und es ist eine Schande, dass ich diesen Namen noch immer trage.«

»James.«

»Schon gut. Du kannst das Bike übrigens nehmen. Hier brauchst du keine Angst davor zu haben, dass ich dir gleich jegliche Würde und jeglichen Respekt vor dir selbst nehme.«

Mit diesen Worten startete er das Quad, während ich mir den Helm aufsetzte und die Maschine ans Laufen brachte. Es würde mir guttun, ein wenig über die Felder zu rasen und dabei die Freiheit zu spüren, die ich in diesen Momenten besaß. Auch wenn ich nie frei sein würde, solange der Name Knight mein Familienname war. Und das würde er für immer bleiben. Selbst wenn der alte Herr bald das Zeitliche segnete.

Ob sich dann viel änderte? Mit Liam? Ich versuchte, die Gedanken abzuschütteln, während ich aus der Scheune fuhr und dann beschleunigte. Fuck, ich hätte nicht gedacht, dass irgendwas mich so aufwühlen konnte wie die Rückblende zu diesem einschneidenden Erlebnis damals.

Ich drehte einige Extrarunden, bevor ich das Bike neben James' Quad parkte, der mich kurz mit einem Kopfschütteln ansah.

»Du bist irre, hat dir das heute schon mal jemand gesagt?«

Ich zuckte nur grinsend mit den Schultern und hing den Helm an den Lenker. »Nope, ich glaube, heute hat sich noch niemand die Zeit genommen, mir das mitzuteilen. Also, wie siehts aus, was machen wir?« Ich blickte ratlos auf die Holzpfosten vor mir. Scheiße, ich hatte einfach überhaupt keine Ahnung von so was und fragte mich wirklich, wie James das alles in so kurzer Zeit lernen konnte. Auch wenn er dabei vielleicht nicht immer erfolgreich war, so wie mit dem Zaun. »Oh und nur zur Feststellung, ich möchte deinen kleinen Abenteuerspielplatz heute bitte noch ein bisschen austesten, ja?«

»Mach, was du nicht lassen kannst, sobald wir hier fertig sind.«

»Klingt nach einem Versprechen.« Ich ließ meinen Blick schweifen, wobei ich fragend meine Augenbrauen zusammenzog, als ich den See unmittelbar in der Nähe des Feldes sah.

»Das verwirrt mich jetzt. Hast du einen See?«

»Es ist eine Wasserversorgung für die Nachbarfarm und meine Farm.«

»Ich hab keine Ahnung, wovon du sprichst, aber okay. Wie siehts aus, kann man da drin schwimmen gehen?«

»Definitiv nein.«

»Das hätte zum ultimativen Spaß aber gerade noch gefehlt. Wer weiß, vielleicht wäre ich dann erst mal eine Weile bei dir eingezogen.«

»Ich mache mir mal noch Gedanken dazu, ob ich das

eigentlich sehr schade oder sehr gut finde, dass man nicht darin schwimmen kann.« Wir lachten beide auf, bevor James begann, mich in die hohe Kunst des Zaunbaus einzuweisen. Zu meiner Belustigung wirkte er dabei Gott sei Dank selbst noch ein wenig unbeholfen. Alles andere hätte mich vollkommen aus dem Konzept gebracht. Wie sollte man so was als Mann aus der Stadt, der mit dem goldenen Löffel im Mund aufgewachsen war, auch einfach so können?

Ich war gerade dabei, meine Muskeln spielen zu lassen und mit diesem riesigen Hammer einen Pfosten in den Boden zu hämmern, als ich ein Pferdewiehern vernahm. Fragend blickte ich auf und entdeckte in der Ferne eine Frau auf einem weißen Pferd über die Felder reiten. Ihre schwarzen Haare wehten dabei im Wind. Sie hatte ein rasantes Tempo drauf, aber so war das wahrscheinlich, wenn man von klein an mit all dem hier aufwuchs.

Sie hatte uns ebenfalls entdeckt, denn sie kam jetzt auf uns zu und wurde deutlich langsamer. Vermutlich war es so üblich, dass man sich hier mitten im Nichts immer begrüßte, wenn man schon mal einen anderen Menschen sah.

Ich beobachtete sie, während sie sich langsam näherte, bis ... ja, bis mir wirklich alles aus dem Gesicht fiel. Und ihr ebenso. Wir erkannten uns genau im selben Moment.

Anders war wohl unser komplett synchrones »Was zum Teufel?« nicht zu erklären.

James, der noch mit der Befestigung dieser Schnüre beschäftigt war, erhob sich und blickte fragend auf.

»Ist das dein verdammter Ernst? Folgst du mir jetzt hierher? Ich dachte, ich hätte mich klar und deutlich ausgedrückt, als ich dir gesagt habe, dass du mich in Ruhe lassen sollst!«

»Ich folge dir hierher? Das ist ja wohl ein Witz. Wahrscheinlich ist es wohl eher andersherum«, konterte ich sofort.

»Ja, ganz sicher. Wer stalkt mich denn bitte und kommt mit Blumen in meine Wohnung, um mir diesen Scheißdeal anzubieten?«

»Wer hat uns denn bitte überhaupt in diese beschissene Situation gebracht?«

»Woah okay, woah. Kann mir mal jemand sagen, was hier vor sich geht? Ihr scheint euch dann wohl zu kennen, was? Hätte ich mir ja denken können, eine gut aussehende Frau aus New York, wie sollte die meinen Bruder auch noch nicht kennengelernt haben.«

»Ach halt die Klappe, James. Du hast keine Ahnung, wie wir uns überhaupt kennengelernt haben. Da verdreht Madame Unschuldsweste nämlich gern mal die Tatsachen.«

»Bruder? Er ist dein Bruder? Ich dachte, ihr würdet alle in euren maßgeschneiderten Anzügen auf eurem Thron sitzen und euch vom Pöbel huldigen lassen.«

»Sagt die Lady hoch zu Ross.«

»Wow super, sehr kreatives Wortspiel. Hätte ich dir wirklich gar nicht zugetraut.«

Was genau hatte ich eigentlich verbrochen, hier draußen, mitten im Nichts ausgerechnet ihr zu begegnen?

Verdammte Scheiße ...

KATHY

Wütend ballte ich die Hände zu Fäusten und versuchte wenigstens, tief durchzuatmen.

»Du bist ein kranker Psychopath«, schimpfte ich, was Evan auflachen ließ.

»Ich bin ein was? Ich würde jetzt ganz vorsichtig sein mit meiner Wortwahl, wenn ich du wäre.«

»Okay, ich wäre jetzt durchaus bereit, eine Unterhaltung mit zwei erwachsenen Menschen zu führen«, schritt der Farmer ein, wobei wir ihn beide gleichzeitig wütend anfunkelten.

Jedenfalls konnte man das aus seiner erheiterten Reaktion schlussfolgern. »Ihr beide kennt euch also aus New York und scheint nicht sonderlich froh darüber zu sein, euch hier überraschend wiederzusehen.«

»Ach was!«, konterte ich und zeigte auf Evan, der mit verschränkten Armen dastand und mich abschätzig musterte.

»Er ist ein kranker Psychopath, auch wenn er das abzustreiten versucht.«

»Okay, ja, das würden wahrscheinlich manche über ihn sagen, aber ich kann dich beruhigen. In erster Linie ist er mein Bruder und hier, um mich zu besuchen.«

»Genau dann, wenn ich meine Eltern besuche, ja?«

»Was weiß ich denn, wann du deine Eltern besuchst oder wer diese überhaupt sind.«

»Das stand bestimmt in irgendeinem dieser Klatschblättchen, weil die ja alles über mich herausgefunden haben, dank dir.«

»Dank mir? Ach wirklich? Wer war denn bitte in Not und hat sich auf mich verlassen? Wie wäre es, wenn wir bei der richtigen Geschichte blieben würden?«

»Ja, der Part war auch in Ordnung und dafür bin ich dir dankbar. Auch wenn ich im Nachhinein vielleicht lieber den Abend mit meinem Chef verbracht hätte, wäre mir vorher klar gewesen, wer du bist und was für ein mediales Interesse du generieren würdest. Überraschung, ich wollte nämlich nie in irgendwelchen Zeitungen erscheinen oder Gott weiß was. Ich bin hier aufgewachsen, in Treboka Hights, und weiß meine Ruhe deshalb wirklich sehr zu schätzen. Und dann fliehe ich aus New York, um dem ganzen Rummel zu entfliehen, und treffe ausgerechnet an meinem sicheren Ort mitten im Nichts auf ... dich! Das kann doch wohl nicht wahr sein!«

»Ich ...«

»Also kennt ihr euch aus New York, ja?« Er ließ Evan erst gar nicht zu Wort kommen, auch wenn dieser mit Sicherheit gern noch etwas entgegnet hätte. Mir gefiel verdammt gut, wie er ihm das Wort einfach abgeschnitten hatte.

»Die Zeitungen in New York sind voll davon, wie er mich abgeschleppt hat. Und dieser Vollidiot hat nichts Besseres zu tun, als mit einem Strauß Blumen bei meiner Wohnung aufzutauchen und mich kaufen zu wollen.«

»Kaufen?« Es war klar, dass ich den Kerl verwirrt hatte, der zwischen Evan und mir hin- und herblickte.

»Erzähl ruhig nur die Hälfte, das macht sich für dich auf jeden Fall besser. Die Wahrheit ist nämlich die, dass ich sie vor ihrem Juniorchef gerettet habe. Sie war so rotzevoll, dass ich sie mir über die Schulter schmeißen musste, damit sie überhaupt noch ins Auto kam. Das ist jetzt der Dank dafür, dass ich diese ganze Scheiße nicht ignoriert habe.«

»Ja verdammt, was das angeht, muss ich dir ja recht geben«, brummte ich, auch wenn es mir noch so schwerfiel. »Aber die Sache mit dem Deal ist vollkommen daneben.«

»Was für ein Deal?«, hakte der Nachbar meiner Eltern nach.

»Nichts, was von Bedeutung wäre. Ich Vollidiot habe mir nur etwas ausgedacht, damit sie vielleicht noch positiv aus der ganzen Sache herauskommen könnte – aber das war wohl ein Fehler.«

»Damit wer von uns positiv aus der Nummer herausgeht? Jetzt tu nicht so, als wärst du der gute Samariter. Du willst dir mit mir gute Presse einheimsen. Nicht mehr und nicht weniger. Weil du nur immer die frauenvernichtenden Schlagzeilen kriegst.«

»Okay, okay, vielleicht wäre es auch eine positive Situation für uns beide gewesen. So what? Ist das verboten, oder was? Ich weiß überhaupt nicht, warum du dich so künstlich aufregst. Es ist ja nicht so, als hätte ich dich jetzt gebeten, mit mir ins Bett zu hüpfen oder sonst was.« Ich biss mir auf die Zunge, denn sonst wäre mir etwas rausgeflutscht, was ich hinterher mit Sicherheit bereut hätte.

Mit ihm in die Kiste zu springen war leider etwas, worüber ich bereits viel zu intensiv nachgedacht hatte. Doch das würde nicht passieren.

Niemals!

Nicht mit diesem Vollidioten, der meinte, mit Geld alles kaufen zu können. Inklusive mich.

»Interessante Entwicklungen hier.« Der Bruder grinste und streckte mir die Hand entgegen, die ich nach kurzem Zögern ergriff.

»Gestern haben wir ja keine Namen ausgetauscht. Ich bin James.«

»Kathy.«

»Schön, dich kennenzulernen, Kathy. Ich bin jedenfalls reichlich sprachlos über dieses feurige Aufeinandertreffen zwischen euch und finde, wir sollten das Ganze heute Abend bei einem gemeinsamen Abendessen noch mal genauer besprechen.«

Ich musste mir ein Lachen verkneifen, als ich Evans entsetztes Gesicht wahrnahm. Schockierter konnte man bei Weitem nicht gucken. Okay, danke dafür. Das war ein gefundenes Fressen und somit eine Einladung für mich, die ich auf gar keinen Fall ausschlagen konnte. Schon allein, um diesen Möchtegerntypen vollkommen auf die Palme zu bringen.

»Gern«, sagte ich deshalb mit einem triumphierenden Grinsen auf den Lippen, während Evan mich mit seinen Blicken direkt töten wollte.

Yes.

Genau diese Reaktion war einfach himmlisch.

»Okay, okay, das war ein Spaß. Ich wollte einfach sein dämliches Gesicht sehen, wenn ich zusage. Aber die Antwort ist nein danke. Ich werde garantiert nicht freiwillig noch mehr Zeit mit einem Mann namens Knight verbringen und erst recht nicht mit zweien von ihnen. Nichts gegen dich, James. Wir kennen uns ja nicht mal und meine Eltern behaupten steif und fest, dass du ein echt netter Kerl bist.

Ganz im Gegensatz zu deinem Bruder.«

»Ich habe dir deinen verdammten Arsch gerettet.«

»Und mich in eine riesige Scheiße mit reingezogen. Deshalb nein. Ich will nichts mehr mit dir zu tun haben, ich will nicht mehr mit dir gesehen werden und auch sonst hast du keinerlei Platz in meinem Leben. Ist das klar? Ich möchte einfach nur wieder meine Ruhe und mein altes Leben zurück, bevor du es auf den Kopf gestellt hast. Die sonstigen Damen, die du so abgeschleppt hast, fanden es bestimmt ganz toll, ihre aufgespritzten Lippen und gemachten Brüste in irgendwelche Kameras zu halten. Ich finde es scheiße.

Das ist nicht meine Welt und nicht das, was ich mir von meinem Leben vorstelle, und das musst du langsam, aber sicher mal respektieren. Deshalb hör einfach auf, immer wieder in meinem Leben aufzutauchen.«

Fuck, die Art und Weise, wie er dastand. Sein Gesicht dreckig von der Farmarbeit, der Bartansatz stoppelig zu sehen, und diese breiten Schultern mit den durchtrainierten Armen.

Ich musste wegschauen, bevor diese geheimnisvollen Augen wieder das taten, was ich auf gar keinen Fall zulassen wollte: mich in ihren Bann ziehen. Das war ein verdammt gefährliches Spiel mit dem Feuer, denn eigentlich wollte ich ihn nicht wiedersehen. Eigentlich war für einen Mann wie ihn kein Platz in meinem strukturierten Leben, das ich wirklich liebte.

Er brachte alles durcheinander und das mochte ich nicht. Aber ich konnte auch einfach nicht wegschauen und diesen intensiven, ja fast schon durchdringenden Blick ignorieren.

»Jetzt stellst du es wieder so hin, als wäre ich dir hierher nachgereist oder hätte dir aufgelauert wie ein psychopathischer Irrer. Hör auf, die Fakten zu verdrehen. Ich habe jedes Recht, meinen Bruder dann zu besuchen, wenn ich ihn besuchen will. Von deiner schönen, süßen Farmkindheit konnte ich ja nichts ahnen. Auch wenn du mir vorwirfst, Gott weiß was über dich zu wissen. Ich will dein Ego nicht verletzten, aber so interessant bist du nun wirklich nicht.«

Ich schnaubte bei seinen Worten.

»Sagt der Kerl, der zu mir angekrochen kam, damit ich seine Freundin spiele. Wie erbärmlich ist es denn bitte, einer wildfremden Frau 10.000 Dollar pro Abend zu bieten, damit sie so tut, als wäre man ein liebenswerter Mann, der es verdient hat, angehimmelt zu werden?« Mit diesen Worten drehte ich mich um und fragte mich, ob ich nicht zu weit gegangen war. Ich hatte diesen verletzten Ausdruck in seinen Augen gesehen.

Meine Worte hatten ihn getroffen und wenn ich es richtig deutete, dann hatte ich ihn sogar verletzt.

Verdammt, das wollte ich nicht. Ich wusste nichts über ihn oder über seine Beweggründe.

Nun hatte ich ein schlechtes Gewissen, was ich auf meinem Weg zurück aber sofort wieder abzuschütteln versuchte.

Ich kannte ihn nicht, wollte ihn nicht kennenlernen und würde ihn auch nicht kennenlernen. Weil in meinem Leben kein Platz für das Chaos war, das er mit Sicherheit mitbringen würde.

Ich war keine Frau, die mit so einem Mann an ihrer Seite etwas anfangen konnte.

Ganz egal, wie sexy ich ihn auch fand. Wie sehr mich seine Ausstrahlung in ihren Bann zog und wie mein Körper auf die Anziehung seines Körpers reagierte.

Das alles zählte nicht. Ich musste es ausblenden, denn es passte nicht und es würde auch niemals passen!

Nach diesem Auftritt wollte er mit Sicherheit sowieso nichts mehr mit mir zu tun haben und genau das war es, was ich erreichen wollte.

Eigentlich ...

Ach scheiße, ich wusste es doch auch nicht so genau.

EVAN

Mein Blut kochte. Ich kochte – und verdammt, ich stand kurz vorm Platzen, so unglaublich sauer war ich.

Aber wenigstens schien sie verstanden zu haben, dass ich kein Mann war, der es verdiente, geliebt oder angehimmelt zu werden.

»Wie kannst du sie zum Essen einladen, verdammt noch mal?«, fuhr ich meinen Bruder an, der lediglich die Hände hob.

»Das war mit Abstand das witzigste Wortgefecht, das ich je gehört habe.« Er grinste. Ihn schien die ganze Sache ernsthaft zu amüsieren und allein die Tatsache regte mich auf.

Wahrscheinlich würde mich gerade alles aufregen, ganz egal was. »Außerdem macht man das hier so unter guten Nachbarn.«

»Gute Nachbarn, was für ein Bullshit. Sie wohnt in New York.«

»Ja, hab ich schon verstanden.«

Ich schnaubte und schüttelte den Kopf, weil es klar Absicht von James war – und es vertuschen zu wollen wirkte lächerlich. Ihn hatte das Wortgefecht zwischen uns amüsiert und garantiert fand er es auch amüsant, dass eine Frau mir dermaßen die Meinung gegeigt hatte wie Kathy.

»Wenn du doch so ein gutes Verhältnis zu deinen Nachbarn hast, warum kanntest du sie dann noch nicht?«

»Vielleicht aus dem einfachen Grund, dass sie in New York wohnt. Das hat mir ein sehr weiser Mann gerade verraten.« Er grinste, während ich den Vorschlaghammer oder wie auch immer er das Ding nannte, zur Hand nahm und weiter auf den Pfosten eindrosch. Ich wollte hier weg. So schnell wie möglich. Heute Abend brauchte ich einen Platz in dem Pub, von dem James mir erzählt hatte.

»Gehen wir heute Abend was trinken?« Ich hob den Blick, da ich die Antwort darauf schon kannte. Es war dämlich gewesen, diese Frage überhaupt zu stellen.

»Du kannst gern hingehen. Logan war auch schon öfter dort und fand es ganz gut.«

»Logan?« Ich sah ihn verwirrt an. »Ich wusste nicht, dass er hier war. Und dann sagst du auch noch öfter?«

»Es gibt vieles, was wir voneinander nicht wissen. Traurig, aber wahr.«

»Allerdings.« Ich schüttelte den Kopf. Dass Christian James besuchte, wusste ich. Dass Liam es nicht tat, lag ebenfalls auf der Hand, aber über Logan hatte ich mir noch keine Gedanken gemacht. Irgendwie überraschte es mich allerdings durch seine Nähe zu Liam.

Keiner meiner Brüder wusste das von Erin. Keiner von ihnen ahnte, wie sehr ich mit mir kämpfte oder wie es mir damit ging ...

Ich hatte ebenfalls meine Geheimnisse.

»Wir haben alle etwas, wovor wir weglaufen, oder? Geheimnisse, über die wir nie reden wollen und vielleicht auch nie reden werden. Ganz egal wie gut und eng unser Verhältnis zueinander auch ist.«

Ich nickte stumm, denn diesen Worten hatte ich nichts hinzuzufügen.

Wir Knight Brüder waren alle keine Kinder von Traurigkeit, doch darum ging es nicht einmal. Es ging um die Vergangenheit. Um Dinge, die wir erlebt hatten, aber über die wir nie sprachen. Um Fragen, auf die wir keine Antworten bekamen. Um Dinge, die wir getan hatten und die wir tief in unserem Innersten vergraben mussten, damit sie uns nicht auffraßen.

James fuhr mich netterweise zum Pub und gab mir den

Ratschlag, bereits vorher mit einem Taxifahrer einen Deal auszuhandeln, denn es gab nur zwei und die machten irgendwann Feierabend. Wie man dann nach Hause kam, war persönliches Pech, und darauf wollte ich es nun wirklich nicht ankommen lassen.

Die Bar war nicht gerade um die Ecke, sondern eine zehnminütige Fahrt entfernt. Wenn ich das zurücklaufen müsste, nachts, im Dunkeln ... ich würde wahrscheinlich so oder so nicht ankommen. Mein Orientierungssinn funktionierte in der Stadt hervorragend, aber hier sah alles gleich aus und ich würde garantiert nicht die richtige Abzweigung finden.

»Wenn alle Stricke reißen und weder Mo noch Jo dich fahren, dann rufst du mich an. Ich nehme mein Telefon mit ans Bett.«

»Mo und Jo? Ist das dein verdammter Ernst? Sind die beiden auch noch Brüder oder bekämpfen sie sich mit ihren Ein-Mann-Taxiunternehmen aufs Bitterste?«

»Sie sind keine Brüder, sie bekämpfen sich und ja, es ist zum Schießen, aber solche Originale findest du hier auf dem Land an jeder Ecke.«

»ALLES KLAR. Danke dir fürs Fahren.« Ich stieg aus dem Pick-up aus und blickte James hinterher, als er weiterfuhr. Was zum Teufel machte ich hier eigentlich?

Ich war hierhergekommen, um Zeit mit meinem Bruder zu verbringen, doch kaum zog sich die Schlinge um meinen Hals wieder etwas mehr zu, suchte ich den einzigen Weg, der mir auch in New York immer den Arsch rettete. Ich flüchtete mich ins Nachtleben. In eine Bar. In der Hoffnung, dort Ablenkung zu finden. Das war armselig. Ich war armselig.

Statt mir ein Beispiel an James zu nehmen ... obwohl nein, was sollte er für ein Beispiel für mich sein? Rannte er nicht eigentlich auch nur davon, nur auf eine andere Art und Weise? Unsere Situationen waren nicht miteinander zu vergleichen.

Seufzend vergrub ich die Hände in den Hosentaschen

und überlegte, einfach wieder zurück zur Farm zu fahren.

»Du musst wissen, was du tust. Was ich davon halte, kannst du dir selbst erklären.« James' Worte, die er mir auf der Fahrt hierher gesagt hatte, ließen mich noch weiter grübeln. Doch meine inneren Dämonen waren stärker als die Vernunft, die ich mir für mich wünschen würde. Ich ging auf einen der Taxifahrer zu, handelte einen Deal aus und verschwand dann in der Bar. Die einzige im Umkreis von zwanzig Meilen, was für das Landleben lächerlich wenig war. Für mich allerdings ein unvorstellbar grauenvoller Zustand.

Als ich eintrat, spürte ich sofort die Blicke der Anwesenden auf mir. Okay, ein Fremder hatte die Bar betreten und musste erst mal interessiert von allen Anwesenden gemustert werden. Sollten sie sich doch ihre Urteile erlauben. Es interessierte mich nicht.

Für eine kurze Sekunde dachte ich darüber nach, wie ich wohl reagieren würde, wenn Kathy ebenfalls in der Bar war, doch von ihr fehlte jede Spur. Sie hätte auch nicht in dieses Etablissement gepasst.

In dem engen Raum hing ein moderiger Geruch aus Bier und kaltem Zigarettenrauch. Es war widerlich, doch scheiße, ich durfte so weit draußen garantiert keine Ansprüche stellen.

Die Bar hatte ihre besten Zeiten längst hinter sich, daran bestanden keine Zweifel. Die Holzvertäfelung an den Wänden war vergilbt, die Deko uralt und rein gar nicht mehr zeitgemäß.

Ich sank auf einen Barhocker an der Theke, wo mich eine kaugummikauende, gut beleibte Frau abschätzig musterte.

»Und du bist?«, fragte sie.

»Ein Bier und einen Tequila«, antwortete ich, was ihr ein Grinsen auf die Lippen zauberte. Sie entblößte ihre gelben Zähne. Anscheinend war sie für einen Großteil des Zigarettenrauchs in diesem Laden verantwortlich.

»Okay, Bier und Tequila. Schön, dich kennenzulernen. Was willst du trinken?« Erst da wurde mir bewusst, was sie mich gefragt hatte.

Ich war ihr keine Antwort schuldig und während ich schwieg, schien sie ebenfalls zu verstehen, dass ich ihr meinen Namen nicht verraten würde.

Eher widerwillig machte sie sich an die Arbeit, bevor sie mir wortlos meine Getränke vorstellte und sich dann zu einem anderen Typen an der Theke beugte, der links neben mir saß. Die beiden sprachen über mich und schauten einige Mal zu mir rüber.

Wenigstens gaben sie sich erst keine Mühe, es zu verheimlichen.

Ein Fremder war hier bestimmt ein besonderes Ereignis – und wahrscheinlich auch eine Bedrohung, weil man ja nicht einschätzen konnte, was er im Schilde führte. Ich wollte nur in Ruhe trinken und mich ablenken. Ablenken von Erin. Von den Problemen, die meine Familie hatte, ohne dass ich sie eigentlich sehen wollte.

Ablenken von Kathy, die mein Blut noch immer in Wallungen brachte, obwohl wir uns hoffentlich nie wieder über den Weg laufen mussten.

Ach scheiße, ich fand immer einen Grund, warum ich mich in einer Bar aufhielt und mich betrank. Dafür musste ich mir nicht mal Mühe geben.

Es war die traurige Wahrheit über mich und das, was ich Leben nannte.

Meine Gedanken wanderten in die komplett falsche Richtung. Ich war eigentlich hierhergekommen, um abzuschalten. Um mich zu entspannen und alles zu vergessen. Nun passierte nicht nur das komplette Gegenteil, ich bekämpfte es auch mit denselben Mustern wie in New York. Ich musste also kein Hellseher sein, um zu wissen, wie es endete. Ich würde mich vollaufen lassen.

Ich wollte nur vergessen, bevor die ganzen verdammten Gedanken in meinem Kopf noch schlimmer wurden und mir komplett den Verstand raubten.

Um kurz nach Mitternacht wurde ich aus der Bar gefegt. Als letzter Gast. Wer konnte auch ahnen, dass sie schon um Mitternacht schlossen – doch das schien normal zu sein.

Irre.

Und hier gab es nicht die Möglichkeit, mal eben noch in den nächsten Schuppen zu gehen und dort weiterzumachen.

Ich hatte genug getankt, das stand fest.

Vor der Tür wartete das Taxi, wobei ich nicht besonders freundlich in Empfang genommen wurde.

»Hast du mal aufs Tacho geschaut, Mann? Das gibt ’n Preisaufschlag. Nur dass wir das schon mal klargestellt haben.« Ich winkte ab und stieg hinten ins Taxi ein, während ich wartete, dass er losfuhr.

»Was ist jetzt?«, fragte er und sah mich erwartungsvoll im Rückspiegel an.

»Was ist jetzt womit?«

»Ja, was glaubst du denn, worauf ich warte? Auf den verdammten Weihnachtsmann, oder was? Ich bräuchte vielleicht eine Adresse, wo ich deinen Arsch hinchauffieren kann.«

Einen guten Ton brauchten die Taxifahrer hier wohl nicht. Ich hatte nicht mal eine Ahnung, ob ich jetzt bei Mo oder Jo im Taxi saß, aber wahrscheinlich ähnelten sie sich sowieso von ihrer Art und Weise, Menschen zu behandeln beziehungsweise mit Fahrgästen umzuspringen. Wenn nicht, hätte dieser Kerl auf jeden Fall keinen einzigen Fahrgast.

»Zur Knight-Farm.« Hier sagte man das doch so, oder? Ich hatte keinen blassen Schimmer, wie die Adresse meines Bruders lautete, oder ob die Straßen mitten im Nichts Namen besaßen. Knight-Farm. Irgendwie hörte sich das verdammt cool an.

»Kenn ich nicht.«

Na wunderbar. Wahrscheinlich brauchte ich jetzt den alten Namen der Farm, aber den hatte ich natürlich nicht. Ich versuchte sie ihm zu beschreiben, aber ich war nicht sonderlich erfolgreich.

»Kathy Monroe, sagt Ihnen das was?« Ich wollte diesen Namen nie wieder in den Mund nehmen – ich wollte nicht einmal mehr an sie denken. Das Vorhaben hatte ja nicht lange angehalten. Aber gut, nur so würde ich irgendwann zu

Hause landen. Im Gästebett bei meinem Bruder.

»Die Monroe-Farm.«

»Ja genau, aber die meine ich nicht, sondern die angrenzende Farm.«

»In welche Richtung? Süden?«

»Was weiß ich denn, Mann. Fahr einfach.« Ich wollte nicht mehr diskutieren und auch kein Ratespiel mehr spielen. Sollte er einfach damit anfangen, mich zur ersten Farm zu fahren und von dort aus konnten wir dann alles Weitere abgrasen.

»Warum hat dich keiner von deinen Freunden nach Hause gefahren?« Ich öffnete die Augen und blickte verwirrt zu der Stimme, die ich nicht zuordnen konnte. Der Taxifahrer, der gerade angehalten hatte.

»Was?« Ich hörte jedes Mal, wenn ich dieses Fragewort aussprach, die mahnende Stimme der Lehrerin, die mich darauf hinwies, dass ich »Bitte« zu sagen hätte.

»Na, die Leute in dem Wagen hinter uns.« Ich sah mich um, konnte aber nichts erkennen. Vielleicht war Jo Mo oder Mo Jo – wer auch immer von den beiden der Taxifahrer war –nicht mehr ganz bei sich. Da war definitiv kein Wagen.

Ich klopfe und blickte nur wenige Sekunden später in das Gesicht eines älteren Herren, der die Tür öffnete.

Hä? Ich war definitiv nicht dort, wo ich hingehörte. Das war nicht die Farm meines Bruders.

»Ich wollte zu meinem Bruder«, lallte ich, was den Mann kurz auflachen ließ.

»Ich bin es nicht und außer mir gibt es keinen Mann in diesem Haus«, antwortete er.

»Dad, was ...« Ihre Stimme erkannte ich sofort. Sie verstummte automatisch, als sie mich sah.

»Das ist die falsche Adresse.«

»Du weißt nicht mal, wo du hinmusst. Also woher soll ich es dann bitte wissen?«

Ich zuckte zusammen, als die dunkle Nacht von einem Blitz erhellt wurde. Wahnsinn, ich hatte nicht gewusst, dass es heute Nacht gewittern sollte. Gut, dass ich nicht ...

Ich konnte meinen Gedankengang nicht zu Ende führen, da Kathy mich bereits hinter sich herzog ins Haus. Eigentlich war ich davon ausgegangen, sie würde dem Taxifahrer die richtige Adresse sagen, doch sie zog mich hinter sich her. Ins Haus! Vielleicht wegen des Gewitters.

Ich war viel betrunkener, als ich es mir beim Verlassen der Bar selbst attestiert hätte. Scheiße. Dabei war es in der Summe gar nicht so viel Alkohol gewesen. Aber einfach verdammt wenig zu essen – und dann die ganze körperliche Arbeit bei der Hitze. Wahrscheinlich schlug der Alkohol deshalb so an, dass ich gefühlt nichts mehr wirklich verstand.

»Was glaubst du eigentlich, wer du bist? Glaubst du, so kriegst du mich rum? Wirklich? Indem du mitten in der Nacht mit Paparazzi im Schlepptau hier auftauchst. Das hier war immer mein Rückzugsort, meine Zufluchtsstätte. Ganz egal, was in meinem Leben auch passierte, ich wusste, dass ich immer nach Hause zurückkehren konnte und dort gut aufgehoben sein würde. War es das wert, es mir kaputtzumachen? Als Rache, weil ich nicht zustimmen wollte, oder willst du mich damit erpressen, damit mir gar keine andere Wahl mehr bleibt?«

»Wegen des Gewitters?«, fragte ich und taumelte ein Stück zurück. Ich konnte ihr nicht folgen. Noch dazu sprach sie so schnell, dass ich nicht mal die Hälfte verstand.

»Lass mich raten, das ist dann wohl der Mann aus New York, gegen den du so einen Groll hast.« Eine Frauenstimme erklang, während ich mich zu ihr umdrehte und noch einmal ins Schwanken geriet. Hätte Kathy mich nicht festgehalten, gäbe es vermutlich jetzt eine Vase weniger in diesem Haushalt.

»Entschuldigung, Ma'am. Es ist bestimmt schon spät.« Ich versuchte, mich zusammenzureißen.

»Du gehörst auf jeden Fall schon lange ins Bett.« Sie besprach etwas mit Kathy, die noch immer mit verschränkten Armen dastand und mich wütend musterte. Sehr wütend.

Ich bekam zwar nicht mehr alles geregelt, aber dass diese Frau einen ordentlichen Groll auf mich hatte, konnte ich selbst betrunken erkennen.

KATHY

»Bist du irgendwie sauer? Ich meine ... ich brauche nur die Adresse, dann gehe ich einfach wieder.« Evan wirkte wie ein verletzlicher Junge und war sich anscheinend keiner Schuld bewusst.

Gewitter.

Wie konnte er nicht mitgekriegt haben, dass ihm die verdammten Paparazzi folgten? Wie konnte man sich nur so dermaßen abschießen und ...

Okay, okay, vielleicht sollte ich mich nicht zu weit aus dem Fenster lehnen, was dieses Thema anging. Ich hatte sie schließlich beim letzten Mal auch nicht bemerkt. Was warf ich ihm also gerade vor?

»Wir können ihn unmöglich wieder dort rauslassen ... bei dem Gewitter!«, sagte ich an meine Mutter gewandt, die mich mit einem breiten Grinsen musterte.

»Na dann richte ich mal das Gästezimmer her.«

»Wir lassen einen wildfremden Kerl in unserem Gästezimmer schlafen? Sind wir uns denn sicher, dass er der Bruder von James ist? Ich könnte ihn anrufen, damit er ihn abholt.«

»Lass gut sein, Dad«, wiegelte ich ab und schob Evan bereits in Richtung Gästezimmer. Wenn die Paparazzi ihn in diesem Zustand ablichten würden, wie er von seinem Bruder aus dem Haus geschleift wurde ... es wäre wieder einmal ein gefundenes Fressen. Und da sie eh schon davon ausgingen, dass zwischen uns was lief, konnten sie auch gleich bei der Meinung bleiben. Uns würde eh niemand mehr irgendetwas glauben.

Mit einem Seufzen hakte ich ihn unter, damit er beim Laufen nicht umfiel, und schob ihn die Treppen hinauf ins Gästezimmer.

Er protestierte nicht einmal oder hinterfragte, was gerade mit ihm geschah. Deshalb wunderte es mich auch nicht, dass er sofort eingeschlafen war, als er im Gästebett landete.

»Der hat aber ganz schön getankt. Wahrscheinlich nichts gewohnt als Städter.« Meine Mutter betrachtete Evan mit hochgezogenen Augenbrauen.

Ich wusste nicht, warum er sich in diesem Zustand befand, und würde es mit Sicherheit nicht erfahren. Zumindest nicht den wahren Grund.

Falls es den überhaupt gab und ich ihm nicht gerade irgendwelchen Mist andichtete. Vielleicht hatte er sich nur einen schönen Abend im Pub gemacht und ordentlich die Sau rausgelassen. Es musste nicht immer irgendwas dahinterstecken. Außerdem führte er einen ausschweifenden Lebensstil, wenn man den Klatschmagazinen Glauben schenkte.

Wie viel davon allerdings wahr war, konnte wohl nur er selbst beurteilen.

ALS EVAN am nächsten Morgen aufwachte, war ich natürlich zur Stelle und begrüßte ihn mit einem breiten Grinsen auf den Lippen. Er sah sich verwirrt in dem Raum um, bevor er den Blickkontakt mit mir suchte.

»Was zum Teufel?« Er fuhr sich durch sein müdes Gesicht. Mit den wilden Haaren und dem verschlafenen Blick sah er sexy aus.

»Das habe ich mir gestern Abend auch gedacht, als du hier aufgetaucht bist. Inklusive Paparazzi im Schlepptau.«

»Was?« Seine Gesichtsfarbe wechselte, während er mich zutiefst schockiert ansah. Ich hätte nicht mit einer solchen Reaktion gerechnet. Es schien ihm etwas auszumachen – oder ich bildete mir hier gerade ganz ordentlich etwas ein? »Wie haben die mich hier gefunden?«

»Woher soll ich das wissen? Du bist gestern Abend mit dem Taxi hier bei uns aufgetaucht und hattest diese Vollidioten im Schlepptau. Herzlichen Dank noch mal dafür. Ich kann dir gar nicht sagen, wie sehr ich mich freue. Jetzt steht garantiert in der Zeitung, dass wir zusammen Urlaub bei meinen Eltern machen und das kotzt mich an.«

»War ich bei James? Ich meine ... wissen sie von ihm?« Evan wirkte völlig durch den Wind und absolut hektisch, während er sich nach seinem Bruder erkundigte.

»Keine Ahnung. Ich habe dich einfach ins Gästezimmer verfrachtet. Du warst eh schon hier. Sie haben uns fotografiert und wahrscheinlich wäre alles nur noch schlimmer geworden, wenn du so sturzbetrunken, wie du nun mal warst, vor ihre Linsen getorkelt wärst.«

»Gott sei Dank. Ich muss James anrufen.« Er realisierte, dass er noch komplett angezogen war, und fischte in seiner Tasche nach seinem Handy. »Fuck, er hat schon mehrfach versucht, mich anzurufen. Würdest du kurz?«

»Klar, schmeiß mich ruhig in meinem eigenen Elternhaus aus dem Gästezimmer. Was hatte ich auch anderes erwartet? Eingebildeter Mistkerl!« Ich schlug die Tür hinter mir zu und holte tief Luft. Ein Dankeschön sah anders aus. Wieso hatte ich ihn nicht einfach rausgejagt? Was interessierte es mich, wie die Berichterstattung über diesen Mistkerl ausfiel?

»Kommt dein Freund zum Frühstück runter?«

Ich weitete die Augen bei den Worten meines Vaters. »Er ist nicht mein Freund, Herrgott noch mal.«

»Aber ihr kennt euch doch, oder hat ein Wildfremder bei uns übernachtet?«

Irgendwie schon und ja ... irgendwie schon. Ich wollte mit meinem Vater nicht darüber reden. Das war mir zu kompliziert. Er war eh nicht der große Gefühlsmensch und hätte mit Sicherheit überhaupt kein Verständnis für dieses Chaos. »Keine Ahnung, ob er runterkommen wird«, erwiderte ich und schob mich an ihm vorbei in die Küche, wo meine Mutter mir bereits einen Kaffee reichte. Sie wusste, was ich gerade brauchte.

»Du hast Urlaub, also grundsätzlich könnte ich dir auch einen Schluck Rum reinmischen, für die Nerven.« Sie zwinkerte mir grinsend zu.

»Danke, aber nein. Obwohl das Angebot schon verlockend ist.«

»Ich will jetzt nicht auf irgendwas rumreiten, ich bin ja schließlich nicht dein Vater, aber wie genau ist noch mal euer Verhältnis zueinander?«

»Es gibt kein Verhältnis, wir hatten kein Verhältnis und wir werden auch niemals ein Verhältnis haben. Das ist die Kurzfassung und wirklich alles, was du wissen solltest und wissen musst zu diesem Kerl und diesem Thema.«

»Okay, gut. Dann werde ich nicht weiter nachhaken. Du weißt ja, dass du es mir erzählen kannst, falls du mir etwas erzählen willst.«

»Das weiß ich, Mom. Danke.«

»Übrigens hatte ich gehofft, er würde noch mit uns frühstücken, damit ich ihm ein bisschen auf den Zahn fühlen könnte.«

»Ich denke, das wird nicht passieren. Vermutlich ist er froh, wenn er so schnell wie möglich von hier verschwinden kann.«

»Ich bin für alle Eventualitäten ausgestattet. Ich hatte es mir zugegebenermaßen nur etwas anders vorgestellt, wenn du zum ersten Mal einen jungen Mann mit zu uns bringst.« Ich funkelte meine Mutter wütend an, die sofort schallend auflachte.

»Es tut mir leid, aber der musste jetzt sein. Es ist so himmlisch zu sehen, wie schnell man dich mit diesem Thema auf die Palme bringen kann. Was ich durchaus spannend finde, denn so ganz egal kann er dir ja dann nicht sein. Zumindest nicht so egal, wie du es gern hättest.«

Mit diesen Worten ließ sie mich in der Küche stehen, während ich versuchte, einfach nicht darüber nachzudenken. Dieser Kerl bedeutete mir gar nichts – er bedeutete nur Ärger und nichts als Ärger. Garantiert standen wir schon wieder in irgendeiner Zeitung.

Mein Leben würde nie wieder normal werden, solange er sich nicht endlich von mir fernhielt. Aber genau das funtkionierte gerade nicht.

Warum auch immer.

Hallo Schicksal ... sein Bruder wohnte ausgerechnet neben meinen Eltern. Warum?

Ich war kein Mensch, der an Zufälle glaubte, aber wenn das kein Zufall war, was dann?

Wirklich Schicksal?

Eine Prüfung des Universums, damit ich lernte, mein Temperament zu kontrollieren?

Ich würde es vermutlich nie herausfinden. Hauptsache, dieser Mann verschwand bald wieder aus meinem Leben.

Ich wollte wieder ganz normal leben. Ohne irgendwelche Aufmerksamkeit, auf die ich es niemals abgesehen hatte und mit der ich nicht umzugehen wusste.

EVAN

»Wo zum Teufel bist du?«, fuhr James mich sofort an, als er sich bereits nach dem ersten Klingeln am Telefon meldete.

»Hey, Mann. Scheiße. Ich wollte nicht, dass du dir Sorgen machst, aber ...«

»Aber was? Ich bin fast durchgedreht vor Sorge, als ich heute Morgen festgestellt habe, dass von dir jede Spur fehlt. Was fällt dir eigentlich ein, verdammt noch mal? Nur weil du irgendeine Alte in der Bar aufgegabelt hast, meinst du, es geht schon okay, einfach nicht Bescheid zu geben? Fuck, Evan, dir hätte sonst was passiert sein können!« In seiner Stimme hörte ich die Wut, aber auch die unglaublich große Sorge.

Er hatte dunkle Zeiten hinter sich – er verstand etwas ganz anderes unter diesen Dingen als ich. Und es tat mir leid. Es tat mir unendlich leid, dass ich mich ausgerechnet ihm gegenüber so verhalten hatte. Fuck, es war wirklich nicht in Ordnung, aber ich konnte es nicht mehr rückgängig machen.

»Die scheiß Paparazzi haben mich aufgespürt«, sagte ich, ohne überhaupt auf den Vorfall einzugehen. Was hätte ich auch sagen sollen? Es gab keine Entschuldigung für mein Verhalten. Und wenn ich ihm nun offenbarte, dass ich total betrunken gewesen war und nichts mehr auf die Reihe gekriegt hatte, würde er ausrasten.

»Was?«

»Ich bin bei den Monroes auf der Farm nebenan. Lange Geschichte. Jedenfalls muss ich jetzt irgendwie zusehen, dass ich mein Auto bei dir abhole, damit sie erst gar nichts von dir spitzkriegen.«

»Wieso folgen dir diese Aasgeier?«

»Ich weiß nicht mal, ob sie mir gefolgt sind oder Kathy. Uns wird gerade schließlich eine Affäre angedichtet. Und ich befürchte, ich habe mit meinem Auftritt heute Nacht und der Übernachtung bei ihr nicht gerade dafür gesorgt, dass die Presse von etwas anderem überzeugt ist.«

»Du musst sie unbedingt von mir fernhalten. Evan, wenn sie herausfinden, dass ich hier bin ...«

»Ich weiß.« James musste nicht weiterreden. Ich wusste, was es bedeuten würde. Und mir waren die Konsequenzen klar, die ich jetzt ziehen musste. »Deshalb rufe ich ja an. Pack meine Sachen zusammen und fahr das Auto in eine von deinen Scheunen. Ich werde es irgendwann von einem Fahrer abholen lassen.« Es war zu riskant, falls die Paparazzi hier noch weiter rumschnüffeln würden. Ich musste einfach weg aus diesem Ort und das so schnell wie möglich.

»Mach ich. Wärst du doch bloß nicht in diese scheiß Bar gegangen.«

Er hätte diese Tatsache nicht erwähnen müssen, denn ich wusste, dass er recht hatte. Wäre ich nicht in die Bar gegangen, hätten sie mich nicht aufgespürt oder Kathy oder uns beide und ich hätte meinen Urlaub bei James nicht abbrechen müssen. Doch darum ging es jetzt nicht. Ich musste ihn vor den Paparazzi schützen und das würde ich. Um jeden Preis. Für ihn stand einfach zu viel auf dem Spiel und das wollte ich auf keinen Fall riskieren.

Ich trat aus dem Zimmer und blickte mich auf dem Gang um, auf der Suche nach dem Ausgang, wobei ich recht schnell die Treppe entdeckte, die nach unten führte. Dort kam mir bereits Kathy entgegen, die mich noch immer wütend anblickte. Oder schon wieder – das konnte ich nicht so genau festlegen.

»Können wir kurz reden?«, fragte ich, was sie mit einem Schulterzucken beantwortete.

»Ich weiß gerade nicht, ob ich sauer auf dich bin, sauer auf mich oder gar sauer auf uns beide«, sagte sie ehrlich.

»Wenn du sauer auf mich bist, dann wären wir schon zu dritt, deshalb schließ dich gern an.«

»Dein Bruder?« Ich nickte und deutete auf das Gästezimmer, da ich auf gar keinen Fall ihre Eltern stören wollte. Es war schon zu viel, dass ich in der letzten Nacht einfach so hier reingeplatzt war. Obwohl ich mich an die genauen Umstände nicht mehr wirklich erinnern konnte. Außer an das Gewitter.

»Kathy, ich meine es wirklich ernst. Niemand und wirklich absolut niemand darf davon erfahren, dass er hier ist.«

»Warum nicht?«

»Es ist kompliziert, okay? Ich kann dir darüber nichts sagen, du musst mir bitte einfach nur versprechen, dass du mich unterstützen wirst, okay?«

»Unterstützen wobei?«

»Zieh es einfach mit mir durch, würdest du das? Als hätten wir hier zusammen Urlaub gemacht ...«

»Vergiss es!«

»Kathy, bitte. Fahr mit mir zurück nach New York. Ich verspreche dir auch, dass ich dich wieder hierher zurückbringen lasse von einem Fahrer oder meinetwegen auch mit einem Heli, wie du willst. Hauptsache, wir ziehen diese Show jetzt durch und tun alles Menschenmögliche, damit kein Verdacht auf James fällt.

Ganz so, als wären wir zusammen nach Treboka Hights gefahren, damit ich deine Familie kennenlerne.«

»Ich soll was?«

»Bitte!« Ich hatte noch nie eine Frau anflehen müssen, doch in diesem Fall fiel es mir nicht schwer, denn es ging um meinen Bruder, den ich um jeden Preis beschützen würde.

Es war mir egal, was ich ihr bieten musste, egal, was sie von mir verlangen würde – und das ließ ich sie auch wissen. Hauptsache, sie kam mit mir zurück nach New York, als wäre das hier ein geplanter Trip gewesen und die Typen würden nicht mehr herumschnüffeln müssen.

»Ich hasse dich! Ich hasse es, dass du in mein Leben getreten bist, ich hasse das Chaos, das du verursachst, und ich hasse alles, aber auch wirklich absolut alles, was damit zusammenhängt. Nur damit das schon mal klar ist. Also warum um alles in der Welt sollte ich dir auch nur ansatzweise einen Gefallen tun?«

Ich stöhnte laut auf, denn sie hatte recht mit dem, was sie sagte. Deshalb konnte ich ihr auch keine guten Argumente bieten, weshalb sie mir helfen sollte. Da half nur eins: Ehrlichkeit.

»Weil ich deine Hilfe brauche«, gab ich zu, auch wenn mir diese Worte fast im Halse stecken geblieben wären. Ich war noch nie auf Hilfe angewiesen gewesen. Ich hasste es, Hilfe anzunehmen, aber es gab keine Möglichkeit. Ich musste James schützen und dafür würde ich alles tun!

»Ach verdammte Scheiße.« Ich blickte ihr tief in die Augen, doch sie sah sofort weg. Als würde sie es nicht ertragen, wenn ich sie auf diese Weise ansah.

»Es tut mir leid, okay? Es tut mir wirklich von Herzen leid und das sage ich nicht einfach nur so.«

»Dafür ist es jetzt wohl ein bisschen zu spät. Ich habe mich darauf gefreut, hierher zurückzukehren und jede Sekunde mit meinen Eltern auszunutzen. Und dann kommst du und machst es einfach alles kaputt. So wie mein Leben in New York. Mein ruhiges, beschauliches Leben, das ich liebe. Zack, zerstört, weil ich jetzt keinen Schritt mehr allein machen kann.«

»Es wird abebben. Hoffentlich ganz bald. Ich lasse mir etwas einfallen, versprochen. Wenn sie mich einmal mit einer anderen ablichten, dann gilt ihre volle Aufmerksamkeit der neuen Frau. Ich mache das schon, das schwöre ich dir.«

»Ich gehe packen und du sorgst im Gegenzug dafür, dass sie mich sofort in Ruhe lassen, wenn wir wieder in New York sind. Mir scheißegal wie. Und die Sache mit dem Helikopter nehme ich auch in Anspruch. Darauf kannst du Gift nehmen.«

Es würde schwierig sein, Liam zu erklären, wofür der Firmenheli gebraucht wurde. Aber gut, dafür würde ich eine Lösung finden.

Irgendwie.

Vielleicht.

Hoffentlich!

Was blieb mir anderes übrig?

Ich trat aus dem Zimmer raus und stand unschlüssig auf dem Flur, da ich keine Ahnung hatte, wie ich mich verhalten sollte. Ich entschied mich dazu, nach unten zu gehen, von wo aus ich Kathys Stimme vernahm. Hier oben allein im Flur zu stehen war auch keine Lösung. Obwohl ich die Konfrontation mit ihren Eltern gern vermieden hätte. Scheiße, mir war das alles hier so unglaublich peinlich.

Mit einem kleinen Seufzen schritt ich die Treppen nach unten, wo mich sofort drei Augenpaare anstarrten. Keines davon sah freundlich aus. Ich konnte es niemandem verübeln.

»Bitte entschuldigen Sie die Unannehmlichkeiten«, sagte ich ernst.

»Wenn meine Tochter sagt, dass sie nichts mit Ihnen zu tun haben will und Sie sie in Ruhe lassen sollen, dann lassen Sie sie gefälligst in Ruhe. Habe ich mich klar und deutlich ausgedrückt?« Kathys Vater war mit erhobenem Zeigefinger auf mich zugekommen, was mich automatisch einen Schritt zurückweichen ließ. Was auch ihm aufzufallen schien, denn er ging sofort rückwärts.

Ich hatte solche Ausbrüche beim großen Mister Knight schon mehr als einmal erlebt und sie waren nie gut ausgegangen. Deshalb suchte ich wahrscheinlich noch immer die Defensive, auch als erwachsener, durchtrainierter, gestandener Mann, der sich sehr gut behaupten konnte.

»Entschuldigen Sie, Sir und Ma'am. Es ... ich habe Ihre Tochter nicht wissentlich oder gar absichtlich in diese Situation gebracht. Ich ...«

»Das wissen wir bereits und wir sind Ihnen dankbar, dass Sie ihr aus dieser unpässlichen Situation herausgeholfen haben.« Kathys Mutter schenkte mir ein sanftes Lächeln, doch ihr Vater war noch nicht fertig.

»Bringen Sie die Sache in Ordnung, egal wie. Wir haben unser kleines Mädchen so lange nicht gesehen und hatten uns auf eine schöne Woche gefreut. Dann tauchen Sie hier auf ...«

»Ich weiß. Entschuldigung, Sir.«

Ich fühlte mich richtig schlecht und die ganze Situation war mir zugegebenermaßen verdammt unangenehm.

»Bring es in Ordnung. Entschuldigungen bringen uns alle nicht weiter.« Mit diesen Worten drehte er sich um und verließ das Haus, wo ich ihn ein »Haut ab!« brüllen hörte. Wahrscheinlich in Richtung der Paparazzi.

»Mein Mann ist sehr enttäuscht und wütend. Wir wollen nur das Beste für unsere Tochter und ...«

»Mom, du brauchst dich mit Sicherheit nicht für Dad entschuldigen.«

»Das brauchen Sie wirklich nicht, Ma'am. Der Einzige, der sich hier entschuldigen muss, bin ich. Aber das hilft niemandem weiter, wie Ihr Mann schon richtig festgestellt hat.«

»Möchten Sie etwas essen? Die Fahrt ist lang und eine Stärkung würde jetzt mit Sicherheit guttun.«

Ich hatte Hunger. Aber ich würde mich nicht zu dieser Frau an den Tisch setzen und essen, nach all der Unruhe, die ich in dieses Haus gebracht hatte.

Tief in meinem Inneren fragte ich mich, wann ich mich zuletzt so gefühlt hatte. Wie ein kleiner Junge, der abgestraft wurde. Es weckte keine schönen Erinnerungen in mir.

»Danke für das nette Angebot, aber ...«

»Mach ihm einfach was zu essen, ich höre seinen Magen bis hier hin knurren. Ich würde auch noch etwas nehmen. Es reicht schon, die ganze Rückfahrt nach New York jetzt über mich ergehen zu lassen, da muss ich nicht auch noch hungrig sein!« Mit diesen Worten stürmte Kathy die Treppe nach oben, während ich mit ihrer Mutter allein zurückblieb.

»Lasagne?«, fragte sie, was ich mit einem Nicken beantwortete. Ich traute mich schon gar nicht mehr, zu widersprechen. Außerdem knurrte mein Magen hörbar.

»Sie ist temperamentvoll«, sagte Kathys Mutter mit einem sanften Grinsen.

»Sie hat jegliches Recht dazu.«

»Kathy ist eine tolle Frau mit klaren Prinzipien und Vorstellungen von ihrem Leben. Sie hat sich niemals gewünscht, im Rampenlicht zu stehen, weshalb ihr diese ganze Aufmerksamkeit sehr schwerfällt.«

»Dass sie trotzdem mit mir abreist, obwohl es wirklich nicht ihr Problem ist, dass ich mich in so einen Mist hineinmanövriert habe, zeigt mir, was für eine tolle Frau sie ist«, sagte ich ehrlich.

»Vielleicht seid ihr danach auch einfach quitt. Du hast ihr geholfen, sie hat dir geholfen. Fertig. Entschuldige, ich meinte Ihnen ...«

»Wir können sehr gern beim Du bleiben. Ich bin Evan.«

»Debbie.«

»Danke, dass ihr meinen Bruder in der Nachbarschaft so gut aufgenommen habt. Er erzählt mir oft, wie gut ihr euch untereinander aushelft, und das ist einfach schön. Zu wissen, dass er hier draußen nicht ganz allein ist.«

»Das ist doch selbstverständlich unter Nachbarn. Außerdem ist dein Bruder ein anständiger Kerl. Verschwiegen, aber anständig.«

Ich nickte mit einem Lächeln. Eine interessante Beschreibung von James, die mir noch einmal ganz deutlich vor Augen führte, wie sehr er sich verändert hatte.

Kathy kam mit einer Tasche nach unten, wobei sie mich auf die Frage, ob ich ihr helfen sollte, nur wütend ansah.

»Danke, aber nein. Du hast schon genug ›geholfen‹.«

Wir aßen schweigend, wobei mein schlechtes Gewissen mich zu überrollen drohte, als Kathy sich wenig später von ihrem Vater und ihrer Mutter verabschiedete. Es flossen Tränen und genau das tat mir so unglaublich leid. Ich war eigentlich nicht der zartbesaitete Typ, aber wenn es um Familie ging ...

Fuck, ich hatte ihr so viel versaut dank meiner unüberlegten Handlungen.

Auf dem Weg zum Auto verbarg Kathy ihre Augen hinter einer Sonnenbrille, wobei ich ihr half, die Taschen zu verstauen. Gut, dass sie so viel Gepäck dabeihatte. Da fiel nicht auf, dass ich ohne Taschen ins Auto stieg. Meine Sachen lagen allesamt bei James, den ich vor meiner Abreise nicht einmal mehr sehen würde.

Scheiße, auch das machte mich traurig. Wir hatten kaum Zeit miteinander verbracht.

Kathy drückte mir die Schlüssel für ihren Leihwagen in die Hand, den ich an den Paparazzi vorbei manövrierte. Sie würden uns nicht folgen, da war ich mir sicher, denn sie hatten ihre Story. So prominent, dass es von mir an jeder Ecke und bei jeder Handlung ein Foto geben musste, war ich absolut nicht.

Aber anscheinend prominent genug, dass sie mir bis nach Treboka Hights folgten. Ich lieferte immer genug Storys. Und wenn New Yorks heißester Junggeselle, der immer für einen Skandal mit der Frauenwelt gut war, schon abdankte …

Ich hätte mir denken können, dass das mediale Interesse dann nicht so leicht verflog.

»Warum zum Teufel sind sie eigentlich dermaßen hinter dir her? Ich meine, du bist kein Popstar oder so was und trotzdem veranstalten sie so einen Aufriss.« Kathy hatte ihre Stimme wiedergefunden und irgendwie erleichterte es mich so sehr, dass sie mit mir sprach. Auch wenn sie dabei alles andere als freundlich klang.

»Genau die Frage habe ich mir gerade auch gestellt. Wahrscheinlich weil ich immer für viele Schlagzeilen gesorgt habe und es so ungewöhnlich für mich ist, eine Frau an meiner Seite zu haben. Also, nein, das ist falsch ausgedrückt. Mehrmals die gleiche Frau würde es da wohl besser treffen.«

»Dieser Deal, den du mir angeboten hast, wofür brauchst du diese positive Presse? Damit dich die Aasgeier endlich mal ein bisschen von der Angel lassen und sich auf jemand anderen stürzen?«

»Zum Beispiel. Aber hauptsächlich brauche ich sie, weil mein Bruder darauf besteht. Er ist gleichzeitig mein Chef und hat die negativen Schlagzeilen in Zusammenhang mit unserem Familiennamen einfach satt.«

»Verstehe. Obwohl ich es gleichzeitig irgendwie nicht kapiere, aber dafür bin ich wohl viel zu weit entfernt von dieser Glitzer- und Glamourwelt der Reichen und Schönen.«

»Glaub mir, das wäre ich auch gern.«

»Wirklich? Ich dachte, du stehst total auf den ganzen Scheiß.«

»Tja, das denken viele Leute. Beziehungsweise alle Leute, die mich nicht kennen.«

Ich drückte aufs Gaspedal, wobei sich das bei dieser Möhre eher lächerlich anfühlte. Normalerweise hatte ich mehr PS unter meinem Hintern.

Egal.

Das Auto würde uns nach New York bringen.

»Du brauchst mir übrigens keinen Helikopter zu besorgen, der mich zurück zu meinen Eltern bringt. Das hatte ich nur so dahingesagt.« Ich hob die Augenbrauen, denn genau über diesen Punkt hatte ich mir schon so meine Gedanken gemacht.

»Es ist kein Problem, ich halte das ein, was ich verspreche.«

»Ich werde hoffentlich irgendwann noch mal Urlaub bekommen und dann einfach einen neuen Versuch starten. Ohne dich in meiner Nähe.«

Ich lachte auf bei ihren Worten. »Dann sollten wir uns wahrscheinlich besser absprechen, wann ich mich von meinem Bruder fernzuhalten habe.«

»Muss ich mir jetzt eigentlich auch Sorgen um meinen Ruf machen?«

Ich warf einen kurzen Seitenblick auf Kathy, die nachdenklich aus dem Fenster blickte.

»Ich wüsste nicht warum. Du bist höchstens die Frau, die es für kurze Zeit geschafft zu haben schien, den Bad Boy zu bezwingen.«

Als sie mich wieder ansah, musste ich erschreckt feststellen, dass Tränen ihre Wangen herunterrollten, die sie sich mit dem Handrücken wütend abwischte.

»Ist alles okay?«, fragte ich vorsichtig.

»Nein, ganz ehrlich, nein! Nichts ist okay. Mein Leben ist eine Katastrophe dank dir und ich weiß nicht, ob ich das noch länger aushalten kann.

Ich kann keinen Schritt mehr allein machen und jetzt auch noch die Abreise von meinen Eltern. Nein ... es ist gerade nichts in Ordnung. Lass mich einfach in Ruhe. Ich will wenigstens in Würde meine Tränen vergießen können.«

Ich holte tief Luft, schluckte die Worte, die ich sagen wollte, allerdings runter. Wie hatte ich mich so in ihr täuschen können? Ich war davon ausgegangen, dass sie stärker war.

Scheiße, ich musste das wieder geradebiegen.

Irgendwie.

»Es tut mir wirklich leid«, sagte ich leise.

»Das hab ich heute schon öfter aus deinem Mund gehört.«

»Ich meine es so. Falls das etwas ändert. Es ist nicht einfach so daher gesagt.«

Sie schwieg, während ich mein Bestes tat, um mich wieder auf den Straßenverkehr zu konzentrieren.

Es tat mir wirklich leid ...

Hoffentlich glaubte sie mir das auch.

KATHY

Ich musterte Evan von der Seite, der angestrengt auf die Straße starrte. Sein Blick und die Art und Weise, wie er sich bei mir entschuldigt hatte, waren mir ehrlich vorgekommen. Verdammt ehrlich. Doch das änderte nichts daran, dass ich so unglaublich wütend auf ihn war.

Außerdem wusste ich bei ihm nicht, was ich glauben sollte und was nicht. Die Berichte in den Zeitungen, die Dinge, die ich gesehen hatte, sein unmoralisches Angebot und der Typ, der gerade neben mir saß – ich konnte das alles nur sehr schwer miteinander vereinbaren oder überhaupt irgendwie in Einklang bringen.

Scheiße, dieser Typ machte mich fertig. Ich hatte mir geschworen, keinen Gedanken mehr an ihn zu verschwenden, und nun saßen wir zusammen im Auto und fuhren nach Hause, während wir der Presse jeglichen Anlass gegeben hatten, um weiter über uns zu berichten. Als Paar, das zusammen Urlaub gemacht hatte – zur Vorstellung bei meinen Eltern.

Was auch immer mir das Schicksal damit sagen wollte, es überforderte mich.

Ich war froh, dass wir die restliche Fahrt schweigend verbrachten, denn ich hatte das Gefühl, dass jedes Wort eins zu viel sein würde ... oder gar das falsche.

Die Stimmung zwischen uns war angespannt. Vermutlich wollten wir uns beide so schnell voneinander entfernen, wie möglich. In meiner ganzen Trauer darüber, dass ich meine Familie so plötzlich verlassen musste, hatte ich nicht einmal daran gedacht, dass Evan seinen Bruder ebenfalls zurücklassen musste. Und das sogar noch überstürzter als ich, denn ich hatte mich wenigstens von meinen Eltern verabschieden können.

Andererseits fiel es mir ehrlich gesagt auch schwer, Mitleid mit ihm zu haben, denn es war schließlich seine eigene Schuld, dass er sich in diese Lage gebracht hatte. Eine Lage, die mit mir und meinem Fehlverhalten begonnen hatte. Ach scheiße, diese ganzen Überlegungen führten mich zu nichts, wieder nichts und absolut gar nichts. Ich wusste nicht, ob Evan ebenfalls so sehr grübelte wie ich.

»Hast du was gegen Musik einzuwenden?«, fragte ich und schaltete im selben Moment schon das Radio an, was ihn kurz schmunzeln ließ.

Wenigstens war der überaus ernste Gesichtsausdruck gewichen. Zumindest für einen kurzen Moment.

Vor meinem Appartement angekommen verschwand der kleine Hauch an guter Laune direkt wieder, als ich die Paparazzi sah, die auf mich warteten. Ich warf Evan einen bösen Blick zu, den er ganz genau bemerkte.

»Nur noch dieses eine Mal. Danach steht es dir frei, ob du das Angebot annehmen willst, mit mir zu diesen drei Dates zu gehen. Ist die Antwort Nein, werde ich dafür sorgen, dass sie dich vergessen.«

Ich schwieg, denn was sollte ich dazu sagen? Ich hatte meine Meinung mehr als deutlich gemacht. Es fiel ihm anscheinend immer noch verdammt schwer, sie zu akzeptieren.

Wahrscheinlich weil er ein Nein von einer Frau nicht gewohnt war.

Evan parkte das Auto so nah am Hauseingang, wie es ging, und half mir dann dabei, meine Taschen aus dem Kofferraum zu holen. Wir eilten zusammen zur Tür, wobei ich versuchte, die fremden Menschen zu ignorieren, die Fotos von uns schossen. Es wollte mir immer noch nicht in den Sinn, warum sie ihn dermaßen belagerten. Aber vermutlich brachte das der Name Knight wirklich mit sich –

diese Aufmerksamkeit der Presse in der Hoffnung, aus irgendetwas eine Story machen zu können.

Im Treppenhaus angekommen wollte ich ihm meine Tasche abnehmen, doch er stemmte sich dagegen.

»Jetzt komm schon, ich trage sie dir nur bis zur Wohnungstür«, sagte er, während wir gleichzeitig an den Henkeln zogen.

»Ich habe gesagt, ich schaffe das schon.«

»Und ich habe gesagt, dass ich dir helfen werde.«

»Warum glaubst du eigentlich immer, dass du über mich bestimmen kannst?«

»Ich will nicht über dich bestimmen, ich werde nur deine verdammte Tasche nach oben tragen, weil sie schwer ist.«

»Ich kann sie allein tragen.«

»Du bist so unglaublich dickköpfig.«

»Sagt der Typ, der einfach kein Nein akzeptieren kann oder will.«

Ich zog noch einmal am Henkel, doch natürlich war Evan stärker als ich, was mich aus dem Gleichgewicht brachte. Unsanft prallte ich gegen seinen Oberkörper und atmete unweigerlich diesen männlich herben Duft ein, den ich schon im Wagen gerochen hatte.

Erschrocken darüber, ihm plötzlich so nah zu sein, wollte ich zurückweichen, doch Evan hielt mich an meinen Oberarmen fest. Mit sanftem Druck. Ich hörte, wie sein Herz in seiner Brust klopfe. Eine muskulöse Brust, wie ich es durch das Shirt spüren konnte.

»Lass mich augenblicklich los«, flüsterte ich heiser, wobei ich diese Worte nicht einmal ansatzweise so meinte. Ich wollte nicht, dass er mich losließ. Ganz im Gegenteil. Und genau diese Einsicht machte mich wahnsinnig und brachte mich um das letzte bisschen Verstand.

Als ich meinen Blick hob, sah ich direkt in seine geheimnisvollen Augen, in denen so viel Verlangen loderte.

Sie drückten genau das aus, was auch in mir vorging ...

Verlangen.

Begierde.

Lust.

Ich wusste es besser, als mich mit diesem Kerl einzulassen. Oder besser gesagt wusste es mein Verstand besser, aber auf den schien ich gerade überhaupt keinen Zugriff mehr zu haben.

Ich wollte ihn spüren. Seine Lippen auf meinen. Und nicht nur dort.

Seit dem ersten Blickkontakt in dem Club wünschte ich mir, dass er mich berührte. Das wir uns einander offenbarten – auch wenn es genau das war, was ich nicht wollte ...

Ach verdammt, es war zu spät für jegliche vernünftige Gedanken.

Evan ließ mich los, so wie ich es von ihm verlangt hatte, doch ich kam nicht weit. Hinter mir war bereits die Wand, gegen die ich prallte, als ich einige Schritte rückwärts machte.

Weg von diesem Mann, der mein Verderben bedeutete.

Er stemmte sich gegen die Wand, seine Arme rechts und links von meinem Kopf, und beugte sich nach vorn.

Ich konnte seinen Atem spüren und schloss die Augen. Ich wusste, dass es passieren würde. Was ich nicht wusste, war, ob ich es aufhalten wollte.

Unsere Lippen trafen sich nicht sanft, nicht zärtlich, sondern mit einem Verlangen, das ich so noch nie in meinem Leben gespürt hatte. Es war der Reiz des Verbotenen, der mich alles um mich herum vergessen ließ.

Verboten, weil ich es besser wissen wollte, als ihn in mein Leben zu lassen. Ein Leben, das er schon genug auf den Kopf gestellt hatte.

Und doch war mir gerade einfach alles nur noch scheißegal.

»Bist du bescheuert?«, fragte ich in einem letzten Versuch, mich gegen ihn zu wehren, was Evan mit einem leisen, rauen Lachen quittierte.

»Vermutlich schon.«

Die Tasche war schnell vergessen – aber wenigstens setzte ich mich in diesem Punkt durch. Irgendwie. Denn nun war es nicht die Tasche, die Evan nach oben trug, obwohl ich es nicht wollte.

Er trug mich. Auf seinen Hüften. Während wir nicht aufhörten, uns zu küssen.

Er schmeckte besser, als ich es mir in meinen heißesten Träumen ausgemalt hatte, über die ich nicht mehr nachdenken wollte. Es war mir peinlich, wie sehr ich mich seit der ersten Sekunde nach ihm verzehrt hatte. Was ich nicht auf den verdammten Alkohol schieben konnte, denn dieses Verlangen war nicht mehr weggegangen. Das Gefühl war nicht abgeebbt.

Vor meiner Wohnungstür ließ Evan mich runter, damit ich nach meinem Schlüssel suchen konnte, mit dem ich die Tür aufschloss.

Sue.

Für einen kurzen Moment dachte ich darüber nach, dass wir gleich meiner besten Freundin gegenüberstehen würden.

Sie war noch bei der Arbeit.

Aber selbst wenn nicht, mir war gerade einfach alles scheißegal.

In der Wohnung angekommen, zog Evan mich sofort wieder an sich. Er schien mich genauso zu wollen wie ich ihn, wobei mich in meinem Inneren bereits wieder eine leise Stimme davor warnte, dass er genau das wahrscheinlich jeder Frau vormachte.

Ich verurteilte ihn wegen Zeitungsberichten ...

Sein Handy vibrierte in seiner Hosentasche und ich spürte, wie er einen Blick auf seine Smartwatch warf und sofort einen Schritt zurückwich.

Enttäuscht oder besser gesagt entsetzt blickte ich ihn an, während er vollkommen außer Atem nach seinem Handy griff, welches er in der Hosentasche aufbewahrte.

Er ging ans Telefon?

Jetzt?

In einer solchen Situation?

Okay, warum überraschte mich bei diesem Mann überhaupt noch etwas?

Eine Frage, die ich mir vielleicht eher hätte stellen sollen, bevor ich mich ihm so hingab.

»Entschuldige bitte. Ich muss da rangehen. Sorry!«, sagte er mit erhobenem Zeigefinger, bevor er sich mit einem tiefen »Knight« meldete.

Wow ...

Aber wenigstens schien es ihm wirklich leidzutun und nicht nur eine verdammte Floskel zu sein. Oder ich war einfach nur verdammt doof, ihm das zu glauben.

Mein Blick war noch immer auf sein Gesicht gerichtet, wobei ich automatisch zusammenzuckte, als ich sah, wie sich sein Blick veränderte. Zuerst wurde er so unglaublich kalt, dass ich eine Gänsehaut bekam, bevor ich das Gefühl hatte, ihn vor mir in tausend Einzelteile zerbrechen zu sehen.

Überfordert mit dem, was gerade vor mir passierte, fragte ich mich, ob ich ihn berühren sollte oder nicht, doch diese Entscheidung nahm Evan mir ab. Er taumelte zurück. Ich lag also nicht falsch mit meiner Vermutung, dass es sich bei diesem Telefonat um schlechte Nachrichten handelte.

Ohne ein Wort zu sagen, ging er zur Tür, die er mit einem Ruck aufriss und die Treppen nach unten stürmte.

»Was ...?« Kopfschüttelnd setzte ich mich in Bewegung. Ich wusste, dass ich ihm folgen musste, denn irgendetwas stimmte gerade nicht.

Seine Reaktion.

Dieser Gesichtsausdruck.

Seine Augen.

Ich kam gerade unten an, als er die Tür zur Straße aufriss und gegen die Hauswand taumelte, wo er sich direkt übergab. Vor den Kameras der Paparazzi. Das Handy war ihm aus der Hand gefallen und lag nun auf der Straße.

Auf dem Display stand der Name Erin, mit dem ich natürlich nichts anfangen konnte.

Ich wusste nicht, was hier gerade geschah. Ich wusste nicht, was mit ihm los war. Ich wusste nur, dass ich ihn von hier wegschaffen musste. Irgendwie.

»Evan. Komm, lass uns gehen«, sagte ich leise, bevor ich

den Blick hob und die Paparazzi ansah. »Zeigt ein bisschen Respekt und haltet Abstand, verdammt noch mal!«, brüllte ich sie an, obwohl ich mir geschworen hatte, nie ein einziges Wort mit diesen Aasgeiern zu wechseln. Wie konnten sie die Nerven haben, diesen Mann zu belagern, wenn sie doch sahen, dass es ihm nicht gut ging? Nichts war offensichtlicher als das. Aber wahrscheinlich besaßen diese Leute kein Gewissen, kein Mitgefühl, oder sie nahmen die Promis, die sie verfolgten, nicht als Menschen wahr. Anders konnte ich mir das nicht erklären.

»Evan«, sagte ich drängend. Ich hatte ihn am Arm gefasst und konnte spüren, wie sehr er zitterte. Wir mussten weg von hier. Er musste weg von hier – und das verdammt dringend.

Doch er reagierte gar nicht auf mich. Ohne ein Wort zu sagen, nahm er mir das Handy aus der Hand und taumelte zum Auto. Zu meinem Mietwagen, dessen Schlüssel er noch immer hatte.

»Evan. Warte. Du kannst so nicht fahren. Evan!« Doch er hörte mir nicht zu. Ohne sich noch einmal umzudrehen oder irgendwie auf mich zu reagieren, setzte er sich ins Auto und brauste davon. Viel zu schnell. Viel zu unüberlegt, ohne Rücksicht auf Verluste.

Ich blieb allein zurück. Mitten auf der Straße. Umgeben von fremden Menschen.

Ohne noch weitere unnötige Sekunden vergehen zu lassen, drehte ich mich um und ging zurück zur Eingangstür, als wäre gerade rein gar nichts Besonderes vorgefallen, was natürlich absoluter Bullshit war.

Ich nahm meine Tasche, die unten vor der Treppe lag, und trug sie nach oben zum Appartement, wo ich die Tür hinter mir schloss und augenblicklich in Tränen ausbrach.

Das alles war zu viel für mich.

Dieser Mistkerl!

Auch wenn ich keine Ahnung hatte, was gerade los war. Er hätte mit mir reden müssen, verdammt noch mal. Zumindest eine kurze Erklärung wäre angebracht gewesen.

Erin.

EVAN

Ich fuhr wie ein Wahnsinniger zurück zu meinem Appartement, mit einem Auto, das mir nicht mal gehörte.

Ich wollte nur weg. Weg von Kathy und den Paparazzi, weg von allem, damit ich ganz in Ruhe versuchen konnte, einen klaren Gedanken zu fassen. Die Nachricht war ein Schock. Die Worte ... ich konnte und wollte nicht darüber nachdenken. Ich wollte nicht wissen, was geschehen war und doch musste ich es wissen. Schon allein, um vielleicht irgendwann mit diesem Thema abschließen zu können. Ach verdammt, ich wusste, dass dieser Moment nie kommen würde.

Der Schmerz, den ich gerade empfand, legte sich über alles. Er hüllte mich ein und zog mich in einen Abgrund, dessen Existenz ich gern verleugnet hätte. Einen Abgrund, von dem ich wusste, dass er tief in mir existierte und nur darauf wartete, mich in seine Klauen zu bekommen.

Seit Jahren.

Die Autos vor mir bremsten und bei Gott, hätte dieses Auto keine Sicherheitssysteme gehabt, die rechtzeitig eingriffen, wäre ich ungebremst auf das vor mir fahrende Auto aufgefahren.

So katapultierte mich das viel zu starke und plötzliche Bremsen nur kurz nach vorn, bevor ich wieder in meinem Sitz landete. Ich spürte, wie heftig mein Herz in meiner Brust klopfte.

Es ging hier nicht nur um mich. Was, wenn in dem Wagen vor mir eine Familie mit Kindern saß? Ich war eine Gefahr und musste von der Straße.

Mit hektischem Blick sah ich mich um, wobei ich zum ersten Mal meine Umgebung wirklich wieder wahrnahm. Ich war nicht mal auf dem Weg nach Hause, sondern auf dem Weg zu einer Bar, von der ich wusste, dass ich dort alles bekam, von dem ich ganz dringend die Finger lassen sollte.

Ich war seit jenem Abend nicht mehr dort gewesen. Genau genommen war ich nur dort gewesen, um meinen Bruder aus der Scheiße zu holen. Eine Scheiße, mit der ich nie etwas zu tun haben wollte. Doch gerade musste ich vergessen. Dank ihm wusste ich wie. Auch wenn ich mich vermutlich auf direktem Weg in die Hölle katapultierte.

Ich war kein Engel, was Alkohol anging, aber mit Drogen war ich bis jetzt erst ein einziges Mal in Berührung gekommen. Ich hatte mir geschworen, diesen Scheiß niemals in meinem Leben wieder anzufassen und bisher war ich diesem Vorsatz treu geblieben.

Bis heute. Denn heute fand ich für mich jegliche Art der Entschuldigungen, warum ich mich in diesen gefährlichen Sog begeben durfte. Obwohl es falsch war. Falsch und gefährlich. Wie gefährlich, wusste ich schließlich noch aus nächster Hand. Die Bilder waren mir fest ins Gedächtnis gebrannt, auch wenn ich sie gern vergessen würde.

All das Chaos. All der Streit. All das Elend ...

Ich parkte den Wagen vor der heruntergekommen Bar und war für einen Moment froh, nicht mit meinem Sportwagen hier zu sein. Das Auto fiel definitiv nicht auf in dieser Gegend.

Das Velvet Inn war noch immer so heruntergekommen, wie ich es in Erinnerung hatte. Wahrscheinlich würden auch keine Renovierungen mehr helfen, aus dieser abgewrackten Bruchbude eine ansehnliche Bar zu machen.

Ich ließ meinen Blick durch den Raum schweifen, weil ich genau wusste, nach wem ich suchen musste.

Der kleine Mann mit den schwarzen, zurückgegelten Haaren hörte auf den Namen Fausto. Keine Ahnung, wie er richtig hieß, aber das interessierte mich auch nicht.

Er erblickte mich ebenfalls und kam mit einem mürrischen Gesichtsausdruck auf mich zu.

»Verpiss dich von hier, du Arschloch!«, rief er sofort. Die Blicke aller anderen Barbesucher waren uns sicher. Doch wirklich wahrnehmen konnte uns hier mit Sicherheit niemand mehr. Obwohl es noch so früh am Tag war.

»Reg dich ab, wir müssen reden.«

»Einen Scheiß muss ich. Willst du mir wieder die Nase brechen? So wie beim letzten Mal, als wir uns gesehen haben?« Ich konnte mich noch gut an den rechten Haken erinnern, den ich ihm mit voller Wucht verpasst hatte. Blind vor Wut und Hass. »Deinen Bruder habe ich nicht gesehen. Er war seitdem nicht mehr hier, von daher kannst du dich verpissen.«

»Ich brauche was, okay?«, raunte ich ihm zu, was ihn sofort aufhorchen ließ.

»Und warum sollte ich ausgerechnet dir etwas geben?«

»Weil ich doppelt so viel zahle wie deine normalen Kunden.«

Es war rekordverdächtig, in welcher Geschwindigkeit der kleine Mann seine Prinzipen über Bord warf und mir andeutete, ihm zu folgen. Plötzlich war ich nicht mehr sein Feind, den er gern rauswerfen würde, sondern ein zahlender Kunde, aus dem er sogar Profit schlagen konnte.

Fausto war ein kleiner, unwichtiger Dealer. Einer von vielen in dieser Stadt. Auch wenn er sich für den großen Boss hielt und das gern heraushängen ließ. Nicht dass ich ihn gut kannte, aber es gab einfach Dinge, die einem schnell auffielen.

»Was brauchst du?«

»Keine Ahnung. Wäre ja nicht so, als würde ich mich mit dem Scheiß auskennen. Ich muss meinen Kopf ausschalten. Ganz dringend. Damit ich danach wieder frisch denken kann.«

»Interessant. Weil man nach Drogen ja auch immer so richtig frisch im Kopf ist. Vollidiot«, murmelte er und holte etwas aus einem Versteck in der Wand des Hinterzimmers, in das er mich mittlerweile mitgenommen hatte. Ein sehr originelles Versteck, auf das man bei einer Razzia wahrscheinlich niemals kommen würde. Erst recht nicht, weil es so unauffällig verputzt war.

Fausto breitete eine ganze Reihe von Dingen auf dem Tisch aus und griff dann nach einem Päckchen.

»Hier. Zwei von den Pillen und du wirst die Welt wieder bunt sehen. Wenn es das ist, was du willst.«

»Macht die Scheiße schnell abhängig?«

»Alter, das sind keine Smarties, das ist dir schon bewusst, oder? Aber nein, zu deiner Beruhigung und meinem geschäftlichen Nachteil, machen sie nicht schnell abhängig. Wir sprechen hier ja nicht über Heroin, was ich dir auch ballern könnte, wenn du wirklich so richtig vergessen willst. Dein Bruder hat da ja so seine Erfahrungen gemacht. Vielleicht solltest du ihn um Rat fragen, was man am besten ...«

»Halt die Fresse!« Ich wollte nicht, dass er über ihn sprach oder überhaupt nur an ihn dachte.

»Schon gut, schon gut. Da ist aber jemand ganz empfindlich heute. Lebt er noch?«

»Ich habe gesagt, du sollst die Fresse halten und mir einfach was verkaufen. Es geht dich einen Scheiß an, was mit ihm ist.«

»Bisschen verspannt heute, was? Willst du jetzt die Pillen, oder was?«

Ich nickte und bezahlte ihm hundert Dollar für zwei von den Pillen, die meine Welt wieder bunter machen sollten.

Ich schob sie in meine Hosentasche und verließ das Hinterzimmer, in dem Fausto zurückblieb, um seinen Scheiß wieder zu verstauen. Es war eigentlich ein Weltwunder, dass man ihn und diesen ganzen Laden hier noch nicht hochgenommen hatte, aber wahrscheinlich war er für die Drogenfahndung einfach ein viel zu kleiner und uninteressanter Fisch.

An der Theke bestellte ich mir Whiskey und Tequila und sank auf einen der abgenutzten Barhocker. Eine Szene, die mich an damals erinnerte. An uns, wie wir geschlossen hier reinmarschiert waren, um unseren Bruder aus der Scheiße zu holen.

Keine Ahnung, wie viele Tage und Nächte er hier verbracht hatte. Und nun saß ich hier. Ausgerechnet hier. Auf genau demselben Barhocker wie er damals. Allein, verzweifelt, überfordert mit der Realität, vor der ich nur noch fliegen wollte.

Als hätte ich nichts gelernt aus seinem Beispiel. Vielleicht hatte ich das auch nicht. Oder es war die typische Knight-Reaktion, um mit Dingen umzugehen, die selbst für uns einfach zu viel waren.

Erin.

Ich konnte das alles nicht glauben.

Ich wollte es nicht glauben.

Meine Gedanken fuhren Achterbahn, weshalb ich mir weitere Drinks bestellte. Die Pillen schienen sich durch meine Hosentasche zu brennen und ein Verlangen zu entfachen, all den Gedanken einfach schnell und mit Wucht ein Ende zu setzen.

Doch wie schwer würde die Realität danach werden? Scheiße, war ich wirklich zu vernünftig dazu, mir diese harmlos aussehenden Pillen einzuwerfen, um zu vergessen? Warum war ich dann hierhergekommen?

»Lass einfach die verdammte Flasche hier«, sagte ich zu der Frau hinter der Bar, die mich hämisch auslachte. Ich zog einen weiteren Hunderter aus der Tasche und knallte ihn auf die Bar. Ein Wink, den sie wohl verstanden hatte, denn statt noch etwas zu sagen, drehte sie sich um und verschwand in eine andere Richtung. Mit dem Geld natürlich, das nicht in der Kasse, sondern in ihrem BH landete. Mir scheißegal, was hier für ein Film ablief, Hauptsache, ich hatte meinen Ausweg aus dem heutigen Tag. Meine kleine Flucht, weil die Realität zu schmerzhaft war, um mich damit auseinanderzusetzen.

»EVAN!« Ich hob den Kopf, als ich heftig durchgeschüttelt wurde. »Komm schon, verdammt.« Die tiefe Stimme kam mir bekannt vor. Viel zu bekannt. Ich versuchte, meine

Augen auf etwas zu fokussieren, doch es fiel mir zu schwer, weil sich die ganze Welt um mich herum in einer Geschwindigkeit drehte, die ich nicht kontrollieren konnte.

Scheiße, irgendetwas war geschehen, aber ich konnte einfach keinen klaren Gedanken fassen. Ich war fertig. Fertig mit der Welt. Fertig mit diesem Leben. Aber nicht fertig mit meinen Gedanken an Erin – doch genau das war es, was ich erreichen wollte.

Fuck.

Ich spürte, wie ich hochgehoben wurde, und versuchte, mich zur Wehr zu setzen, doch ich scheiterte. Außerdem war es mir egal. Mir war alles egal.

Alles, außer Erin.

KÄLTE. Ich japste und versuchte, zu Luft zu kommen, als mich eine unglaubliche Kälte traf, die mir jegliche Luft zum Atmen raubte.

Doch egal, wie sehr ich auch haderte, ihr zu entweichen, es gelang mir nicht. Mit Armen und Beinen ruderte und wedelte ich unkontrolliert, bis ich die Augen aufriss. Noch immer panisch nach Luft schnappend.

»Bist du wieder bei mir?«, fragte die tiefe Stimme aus der Bar, während ich auf meinen Bruder blickte, der mit einem Brauseschlauch auf mich zielte. Ich saß in seiner Badewanne. Fuck, ich hatte nicht mal eine Ahnung, wie ich überhaupt hierhergekommen war. »Bist du wieder bei mir oder muss ich deinen alkoholisierten Arsch ins Krankenhaus fahren, damit sie dir den Magen auspumpen?« Ich schüttelte mit dem Kopf, denn ins Krankenhaus musste ich ganz bestimmt nicht.

»Hör auf mit der Scheiße!«, brummte ich, als Liam den Strahl noch einmal auf mich richtete. Ich saß voll angezogen in der Badewanne und zitterte unkontrolliert, dank der Tatsache, dass er mich mit kaltem Wasser abgespritzt hatte.

»Zieh deine nassen Sachen aus. Ich hab dir Wechselklamotten hingelegt.« Mit diesen Worten verließ er das Badezimmer und ließ mich in der Badewanne zurück. Es vergingen einige Sekunden, bevor ich genug Energie fand, um mich aufzurappeln. Ich wusste nicht mal, wie ich mich fühlte, da die Kälte und der Schmerz, den meine Erinnerungen verursachten, alles andere überlagerten.

Meine Hand glitt in meine Hosentasche, wo sich das Päckchen nicht mehr länger befand. Also hatte ich sie doch geschluckt?

Als ich noch im Besitz meiner geistigen Kräfte gewesen war, hatte ich wirklich versucht, dagegen anzukämpfen. Aber wohl erfolglos.

Warum war ich sonst auch im Velvet Inn gelandet, wenn nicht mit dem Vorhaben, diese Dinger einzuwerfen.

Ich trocknete mich ab und zog die Sachen an, die Liam mir hingelegt hatte. Eine Sweathose mit einem dicken Pullover. Ich wusste nicht mal, dass er so was überhaupt besaß. Ich sah ihn schließlich immer nur perfekt gekleidet in seinen maßgeschneiderten Anzügen.

Fuck, ich hatte keine Lust auf die Konfrontation mit ihm. Ich hatte keine Lust, überhaupt mit irgendjemandem zu reden. Und wenn ich es schon tun musste, dann auf keinen Fall mit Liam. Er würde mir garantiert gleich offenbaren, dass ich meinen Job und den Namen Knight für immer aus meinem Gedächtnis streichen sollte.

Worauf ich mich innerlich bereits einstellte, als ich das Badezimmer verließ und in das große Wohn- und Esszimmer ging, wo er mit verschränkten Armen in einem der ausladenden Ledersessel saß und mich musterte.

Er wirkte nicht wütend. Nicht genervt. In seinem Blick lag Sorge, was ich seit Ewigkeiten nicht bei ihm gesehen hatte. Sorge, die mir galt. Und das gefiel mir ganz und gar nicht.

Er spielte mit etwas zwischen seinen Fingern, was er auf den Tisch vor mich warf, nachdem ich mich auf das Sofa gesetzt hatte. Es waren die Pillen. Also hatte ich sie doch nicht genommen.

»Geh ins Gästezimmer und schlaf deinen Rausch aus. Wir sprechen morgen.«

»Ich will nicht in dein verdammtes Gästezimmer und ...«

»Das war keine Bitte, okay? Ich kann dich auch immer noch ins Krankenhaus bringen oder in eine verdammte Entzugsklinik. Schwing deinen Arsch jetzt einfach nach oben, leg dich ins Bett und schlaf deinen Rausch aus. Wir reden morgen.« Mit einem Ruck drückte er sich aus dem Sessel hoch und verschwand in seinem Büro. Natürlich, wo auch sonst.

Ich würde mir nichts von ihm sagen lassen. Absolut gar nichts. Statt mich nach oben auf den Weg ins Gästezimmer zu machen, nahm ich die Pillen vom Tisch und steuerte den Fahrstuhl an, mit dem ich dieses Appartement verlassen konnte. Ich drückte den Knopf, doch nichts geschah. Ich drückte ihn erneut. Wieder nichts.

Dieses Appartement verfügte noch über einen Notausgang. Ein Treppenhaus. Und ich wusste ganz genau, wo ich hergehen musste, wenn Liam meinte, mich auf diese Art hier einsperren zu können. Natürlich wäre Liam nicht Liam, hätte er dafür nicht auch vorgesorgt. Einer seiner bulligen Wachleute versperrte mir den Weg.

Ich wusste es besser, als mit ihm zu diskutieren. Er würde keinen Millimeter zur Seite weichen, wenn Liam es ihm anders aufgetragen hatte.

Auf dem Weg zu Liams Büro wurde mir erst bewusst, wie sehr ich taumelte. Ich war noch stockbesoffen. Meine Hand lag bereits an der Klinke, doch ich drückte sie nicht runter. Ich kannte ihn zu gut. Ich wusste, wie er reagieren würde, wenn ich nicht klein beigab. Wir hatten diese Situation schon einmal erlebt. Wir alle ...

Nur dass ich dieses Mal auf der anderen Seite stand.

Fuck!

Ich ging nach oben, suchte mir eines der beiden Gästezimmer aus und fiel auf das Bett, das so einladend aussah. Ich würde kein Auge zumachen. Mir so etwas nur zu wünschen, war schon schwachsinnig. Und doch hatte ich meine Rechnung ohne den ganzen Alkohol gemacht, der in meinem System gelandet war.

Keine Ahnung, wie viel ich aus der Flasche getrunken hatte, aber es musste genug gewesen sein.

Erin.

EVAN

Ich öffnete meine Augen und blickte mich verwirrt in dem Raum um, der mir für den Bruchteil von Sekunden rein gar nicht bekannt vorkommen wollte. Bis ... ja, bis die verdammten Erinnerungen mit einer Wucht zurückkamen, die mir den Atem raubte.

Kathy.

Unser Kuss.

Erin.

Der Anruf.

Die Bar.

Fausto.

Liam.

Oh, verdammte Scheiße ...

Ich schloss meine Augen wieder, da ich nicht darüber nachdenken wollte, was mir wohl blühte.

Er war mein Bruder. Nicht mein Vater. Aber scheiße noch mal, er war der Älteste von uns. Er war der Boss. So einfach war das alles nicht und das war mir verdammt klar, als ich die Treppen nach unten ging.

Liam saß mit seinem Laptop und einem Kaffee am Tisch. Er blickte auf, als er meine Schritte auf der Treppe hörte und klappte seinen Rechner zu.

»Kaffee?«, fragte er knapp, was ich mit einem Nicken beantwortete.

Erst als er sich erhob, fiel mir auf, dass er leger gekleidet war. Vom maßgeschneiderten Anzug keine Spur. Es war mitten in der Woche und schon nach zehn.

Mein Bruder verpasste niemals einen Tag im Büro. Aber heute war dann wohl alles anders.

Heute lag sein Fokus nicht auf der Arbeit, sondern auf mir.

Fuck.

Er stellte die Tasse mit Kaffee auf den Tisch und deutete auf den Kühlschrank.

»Frühstück kannst du dir ja selbst zusammenstellen.«

»Ich habe keinen Hunger.«

»Habe ich mir fast gedacht.«

Widerwillig nahm ich auf dem Stuhl Platz, der Liam genau gegenüberstand. Dieses ganze Setting hier. Die Art und Weise, wie er schwieg und mich dabei anstarrte, während ich meine Kaffeetasse umklammerte ...

»Woher wusstest du eigentlich, wo ich bin?«, fragte ich, da ich den Abend noch einmal Revue passieren ließ und sich diese Frage besonders in den Vordergrund gedrängt hatte.

»Nicht nur du hast einen Privatdetektiv angeheuert. Ich habe die Nachricht ebenfalls gestern Abend bekommen und konnte mir den Rest einfach denken.«

»Du hast einen Privatdetektiv wegen Erin angeheuert?« Ich traute meinen Ohren nicht. Was zum Teufel? Woher wusste er ... ich ...

»Natürlich habe ich das. Glaubst du, ich weiß nicht, wie sehr dich all diese Fragen beschäftigen?«

»Aber woher ... ich meine ... wir haben doch verdammt noch mal nie darüber geredet.«

»Weil du nie darüber reden wolltest, aber ich weiß solche Sachen einfach. Ich habe sie auf dem Schirm. Als älterer Bruder habe ich vieles mitgekriegt und ich wusste, dass dich die Fragen nach ihrem Verbleib quälen.«

Ich konnte nicht fassen, was er mir gerade offenbarte. »Als der Privatdetektiv, den du übrigens nach mir ebenfalls angeheuert hast, mir die Nachrichten überbrachte, wusste ich, dass du Mist bauen wirst. Auch in diesem Bereich kann ich dich einschätzen. Die Frage ist jetzt nur, hast du die Pillen nicht genommen, weil du zu besoffen warst oder gibt es da noch ein kleines Fünkchen Vernunft in deinem Kopf, das dich davon abgehalten hat? Bei Letzterem könnte ich wenigstens in diesem Punkt ein wenig durchatmen.«

»Ich weiß es nicht«, gab ich ehrlich zu, denn ich wollte und würde ihn nicht anlügen. Das hatte ich noch nie getan. So etwas gab es unter uns Brüdern nicht. Nicht mehr seit jener Nacht, in der alle Geheimnisse ans Tageslicht befördert worden waren.

»Okay, gut. Dann sollten wir dir vielleicht früh genug Hilfe besorgen, bevor es noch zum Problem wird. Du weißt ja selbst, wovon ich rede.«

Ich nickte stumm, denn das wusste ich.

»Ich habe alles unter Kontrolle, okay?«

»Hast du das? Nach der Nachricht? Ist es also einfach okay so für dich und du wirst keine weiteren Nachforschungen mehr anstellen?«

Ich öffnete den Mund, schloss ihn allerdings wieder.

Keine Lügen.

Und scheiße, ich wollte auf jeden Fall Antworten. Ich brauchte Antworten.

»Erin ist tot und das schon seit vielen Jahren, Evan.« Liams Worte zerrissen mich erneut in tausend Einzelteile. So wie gestern nach dem Anruf des Privatdetektivs, der mir die Nachricht überbracht hatte.

Meine kleine Schwester war gestorben. Vor fünf Jahren. An einer Überdosis Drogen. In einer Gosse.

Weil ich sie im Stich gelassen hatte.

Weil ich so egoistisch war, dieses wundervolle Leben zu genießen, ohne sie aus allem rausholen zu können. »Es war ihr Weg, den sie selbst gewählt hatte. Auch wenn du das jetzt nicht hören willst und es auch nicht akzeptieren kannst, aber dich trifft keine Schuld, Evan! Dich trifft überhaupt keine Schuld daran. Du hättest sie nicht retten können.«

»O doch verdammt, das hätte ich! Damals, als unser Vater mich aus diesem ganzen Elend geholt hat. Ich hätte sie nicht einfach zurücklassen und vergessen dürfen.«

»Du warst ein Kind und dein Gehirn hat reagiert, wie es

bei einem verdammten Trauma nun mal reagiert. Du hast dich abgeschottet vor all den Erinnerungen. Vor den Gräueltaten, die bis dahin dein Leben bestimmt hatten.

Deine Schwester ist ebenfalls in eine Unterkunft gekommen. Was hättest du also tun sollen? Was, Evan? Es hätte keine Möglichkeit gegeben, sie zu uns zu holen. Das hätte Vater doch gar nicht mitgemacht.«

»Aber ich hätte sie früher suchen können, um ihr einfach eher zu helfen. Vielleicht wäre das dann alles gar nicht passiert. Vielleicht wäre alles anders gekommen und sie wäre nicht elendig in dieser Gosse an einer Überdosis verreckt!«

Ich hatte sie zurückgelassen.

Meine eigene kleine Schwester.

Erin.

Das süße Mädchen mit den blauen Augen, das ich einfach aus meinem Gedächtnis gestrichen hatte, während ich ein Leben im Reichtum bei den Knights lebte.

Keine Ahnung, wie es ihr ergangen war. Nun würde ich es auch nicht mehr erfahren, denn es gab keine Möglichkeit mehr, noch einmal mit ihr zu reden. Ob sie mich wohl ebenfalls vergessen hatte?

Keine Antworten.

Niemals.

Und schon allein das war zu viel, um überhaupt damit umzugehen.

Es gab in meinem Leben viel zu viele Themen, die ich nicht kontrollieren konnte. Alle hingen mit meiner Vergangenheit zusammen.

Erin verloren zu haben, bevor ich irgendwelche Antworten kriegen konnte, würde mich in Kombination mit den Schuldgefühlen wahrscheinlich um den Verstand bringen.

»Du warst ein Kind, Evan. Noch einmal: Dich trifft keine Schuld. Aber das kann ich dir auch noch tausendmal vorbeten. Solange du es nicht selbst verstehen möchtest, wirst du es nicht verinnerlichen können. Du musst mit diesem Thema jetzt abschließen.«

»Abschließen?« Ich lachte höhnisch auf. Wie sollte ich

denn mit diesem Thema abschließen? »Es ist keine Akte, die ich einfach zurück in den Schrank schieben kann, Liam. Auch wenn dein Leben immer so funktioniert. Meins tut es nicht, okay?«

»Was bringt es dir, dich in diesen Abgrund zu stürzen, der deine Schwester das Leben gekostet hat? Was, Evan? Willst du dich mit diesen Leuten anlegen, mit denen du besser nichts zu tun haben solltest?«

»Der Detektiv hat gesagt, dass nie aufgeklärt worden ist, ob es Fremdverschulden war oder nicht.«

»Es war eine Überdosis. Es kann alles gewesen sein, Evan. Aber was bringt es dir, das herauszufinden?«

»Gerechtigkeit für meine Schwester.«

Eine Gerechtigkeit, die sie schon viel früher hätte erfahren sollen. Vielleicht würde es einen Unterschied machen, wenn ich nach ihrem Tod nun dafür sorgen würde. Vielleicht war es aber auch nur vollkommener Schwachsinn, was mir gerade durch den Kopf ging.

Erin war tot.

Gestorben.

Weg.

Ich würde sie nie wieder sehen und hatte auch nicht die Chance, zu sehen, was aus ihr geworden war. Meine kleine Schwester, die ich immer hochstilisiert hatte in meinen Fantasien. Ich hatte sie nie als prostituierten Junkie gesehen, der im Dreck auf der Straße lebte. Aber das war dann wohl genauso sehr die Realität, wie dass sie tot war und mir keine Antworten mehr über unser früheres Leben liefern konnte.

Ein Leben, an das ich mich einfach nicht mehr zurückerinnern konnte, weil mein Kopf es mir verbot.

Wie viele Psychoklemptner hatte ich deshalb schon besucht ... Dieser dunkle Punkt meines Lebens war verschlossen und versiegelt und vermutlich wäre es das Beste, wenn er das für immer bleiben würde.

Nur Erin hatte ein Loch in diese Dunkelheit gerissen, das ich einfach nicht mehr schließen konnte, egal wie sehr ich es auch versuchte.

KATHY

Ich hatte nicht eine Sekunde lang geschlafen, weshalb ich die Bettdecke zurückschlug und in die Küche ging, als ich Sue hörte, die leise Frühstück machte.

Gestern Abend war mir nicht mehr nach Gesellschaft gewesen. Ich hatte ihre Fragen nicht beantworten wollen, weil ich sie vermutlich nicht hätte beantworten können. Doch heute Morgen fühlte ich mich bereit dazu. Außerdem wollte ich sie nicht nur sehen, ich brauchte eine ihrer langen und herzlichen Umarmungen, die mich wenigstens für ein paar Sekunden glauben ließen, dass mein Leben noch immer einfach und wunderschön war, so wie ich es liebte.

»Süße, was um alles in der Welt machst du denn hier?«, rief sie sofort, als sie mich erblickte. Sie hatte mit ihrem Handy am Tisch gesessen und ihr morgendliches Müsli gefrühstückt. Vielleicht war ich doch eingeschlafen, denn mir war es so vorgekommen, als hätte sie gerade erst angefangen, sich Frühstück zu machen.

»Mein Leben ist das größte Desaster und ich will nicht mehr!«, sagte ich sofort, was sie die Augenbrauen heben ließ.

»Okay, dann bekomme ich wohl auch Antworten auf die Schlagzeilen im Internet, die Mister Sexy kotzend vor unserem Haus zeigen – dich mit dabei. Und die Schlagzeilen, dass ihr zusammen bei deinen Eltern im Urlaub wart. Ich verstehe hier nämlich so langsam, aber sicher gar nichts mehr.«

»Hab ich heute Morgen schon erwähnt, dass mein Leben ein verdammtes Desaster ist?«, fragte ich und versank für einige Sekunden in der Umarmung, nach der ich mich so sehr gesehnt hatte, bevor wir zusammen auf unserer Couch landeten.

»Ich habe noch reichlich Zeit für alles, was du mir erzählen möchtest. Der Einkauf kann definitiv bis morgen warten«, sagte sie, nachdem ich einen prüfenden Blick auf die Uhr geworfen hatte. Sie war sehr früh aufgestanden. Umso besser für mich und alles, was mir auf der Seele brannte.

Und so begann ich zu erzählen, von dem Treffen in Treboka, bis zu unserer heißen Begegnung, meinem Wunsch nach unvergesslichem Sex mit diesem Mann und dem jähen Ende, über das ich noch immer nicht hinweggekommen war.

»Wow. Das ist ...« Ich hatte Sue noch nie sprachlos erlebt, aber nun schwieg sie und blickte mich für einige Sekunden an, bevor ein weiteres »Wow« über ihre Lippen kam.

Ich hätte es nicht besser ausdrücken können.

Wow für: Wow, was für einen Scheiß, und wow, was für eine heiße Nummer.

Beides stimmte.

»Dieser Mann raubt mir den Verstand und ich habe keine Ahnung, was ich dagegen tun soll. Verstehst du, was ich meine?«

»Ich verstehe auf jeden Fall, was du meinst, und wünschte, ich könnte dir einen guten Ratschlag liefern, aber den habe ich leider nicht auf Lager.«

»Schon gut. Ich weiß ja selbst nicht mal, was in meinem Kopf gerade vor sich geht. Da kann ich garantiert nicht von dir erwarten, dass du irgendwelche Lösungen parat hast. Ich hätte mich von Anfang an von diesem Typen fernhalten sollen. Das Problem ist, dass mein Kopf das ganz genau weiß, aber manno ...«

»Er hat halt diese Anziehung auf dich. Ich verstehe das. Du hast immer nach einem Kerl gesucht, der etwas Besonderes in dir auslöst und ich glaube, das ist bei ihm der Fall.«

»Ja, aber ich wollte einen Kerl, der etwas Besonderes in mir auslöst – im positiven Sinne. Das ist jetzt alles außer positiv.«

»Och, meinst du? Dieses Verlangen und dieses Gefühl, das du mir gerade erklärt hast, als es um den Kuss ging klang da aber irgendwie ganz anders.«

Mir war selbst gar nicht aufgefallen, dass ich derartig ins Detail gegangen war, aber so war es wohl.

»Süße, so gern ich jetzt noch mit dir hier sitzen bleiben würde …«

»Ich weiß. Mach, dass du zur Arbeit kommst. Wir können auch heute Abend noch quatschen.«

»Bei einer riesigen Portion Eis mit ordentlich Karamellsoße?« Ich grinste bei Sues Worten.

»Worauf du dich verlassen kannst! Ich gehe gleich einkaufen.«

»Perfekt. Zettel hängt an der Pinnwand. Lass dich nicht unterkriegen, Süße.« Sie umarmte mich fest, bevor sie die Wohnung verließ und somit die Stille eintrat, die mich schon in der gesamten Nacht fertiggemacht hatte.

Na wunderbar. Also fertig machen und einkaufen. Anders würde ich es sowieso nicht aushalten.

Natürlich waren die Aasgeier draußen heute wieder besonders heiß darauf, irgendwelche Details aus mir herauszubekommen, doch das konnte ich Gott sei Dank ignorieren.

ZWEI TAGE später riss Sue mich morgens aus dem Schlaf, besaß allerdings so viel Anstand, mich erst wach werden zu lassen, bevor sie tief Luft holte.

»Ich glaube, ich kann dir auf jeden Fall dabei helfen, Licht ins Dunkle zu bringen, was seinen Ausraster und das plötzliche Verschwinden angeht.«

»Wirklich?« Ich wollte es eigentlich gar nicht mehr wissen – und doch ließ mich die Frage danach, was es wohl mit diesem Anruf auf sich gehabt hatte, irgendwie nicht mehr los. Ganz egal, wie sehr ich auch versuchte, nicht darüber nachzudenken.

»Ja und es ist ... heftig. Die Presse ist voll davon. Ob es stimmt, weiß ich allerdings nicht. Es geht darum, dass seine

Schwester wohl gestorben ist.«

»Was?« Ich schluckte und sank auf der Couch zurück. Ich wusste nicht mal, dass er eine Schwester hatte, aber hey, was wusste ich schon über ihn?

Nichts!

»Es ist wohl schon länger her. Eine leibliche Schwester, die schon vor Jahren verstorben ist. Sie beziehen sich da auf irgendwelche ›sicheren, aber anonymen Quellen‹. Keine Ahnung, ob was Wahres dran ist. Du kennst das ja.«

Ich konnte mir vorstellen, dass etwas Wahres da dran war aufgrund seiner Reaktion gestern und des absolut überstürzten Verschwindens.

»Außerdem gab es dann noch diese Bilder.« Ich seufzte, als ich ihn darauf sah. Betrunken, vollkommen neben sich stehend. Es tat mir weh, auch wenn das wahrscheinlich lächerlich war. Schließlich kannte ich ihn nicht! Das sollte ich mir vielleicht öfter in Erinnerung rufen.

Ein Vorhaben, mit dem ich nicht erfolgreich war. Statt ihn und diese Bilder aus meinem Gedächtnis zu streichen, nahm ich das Telefon zur Hand und rief bei meinen Eltern an, um mir die Nummer von seinem Bruder geben zu lassen.

Ich hatte keine Ahnung, wo Evan wohnte. Ich besaß noch nicht mal seine Handynummer, während New York davon ausging, dass er der Mann an meiner Seite war. Oder besser gesagt, ich die Frau an seiner Seite.

Bei diesen Gedanken konnte ich seine Lippen noch immer auf meinen spüren. Ein Gefühl, das ich vehement zur Seite schob. Ich musste es vergessen, denn es würde keine Fortsetzung mehr geben.

Nach langem Hin und Her meldete sich meine Mutter am Nachmittag endlich mit der Handynummer von James, den ich bis abends erfolglos zu erreichen versuchte. Ich hatte die Hoffnung schon aufgegeben, als er sich endlich am anderen Ende der Leitung meldete.

»Ja?«, fragte er, ohne seinen Familiennamen zu benutzen.

»James? Hier ist Kathy. Kathy Monroe, wir haben uns auf dem Feld getroffen.«

»Kathy. Hey. Ja, das werde ich nicht so schnell vergessen. Ist ... geht es um Evan? Ist alles in Ordnung bei ihm?« Ich konnte die Sorge in seiner Stimme hören. Wusste er noch nichts davon?

»Ich weiß es nicht. Deshalb melde ich mich bei dir. In der Zeitung steht, dass seine Schwester verstorben ist, aber das wohl schon vor längerer Zeit. Er war neulich bei mir, als er einen Anruf bekam, der ihn total aus dem Gleichgewicht gerissen hat und ... ich versuche, mir das alles zu erklären und wenn ich ehrlich bin, würde ich gern selbst nachsehen, wie es ihm geht. Aber ich habe weder seine Adresse noch seine Handynummer.«

Am anderen Ende der Leitung war Stille eingekehrt. Entweder überlegte James gerade, ob er mir irgendetwas von diesen Daten geben sollte oder aber er hatte es nicht gewusst. Meine Befürchtung bestätigte sich, als er tief durchatmete.

»Kathy, ich hatte keine Ahnung«, presste er hervor.

Ich konnte hören, dass er mit sich haderte.

»Es ... es tut mir leid, ich wollte nicht ...«

»Nein, nein. Ich bin froh, dass du angerufen hast. Sehr froh sogar. Hast du etwas zu schreiben? Dann gebe ich dir Evans Nummer und seine Adresse. Ich kann nicht einfach hier weg ... Wenn du mir Bescheid geben würdest, sobald du bei ihm warst ...«

»Ja, natürlich. Das mache ich auf jeden Fall!«

Ich notierte mir die Adresse und die Telefonnummer, wobei ich beschloss, ihn nicht anzurufen, sondern persönlich vorbeizufahren. Was sollte ich am Telefon denn auch sagen?

»Hey, hier ist Kathy. Ich wollte mal fragen, wie es dir geht?« Das war platt und dumm. Ich musste ihn schon persönlich sehen – obwohl ich nicht mal wusste, ob er mich sehen wollte. Irgendwie war die ganze Idee noch nicht ausgereift, weil ich nicht wusste, wie er überhaupt auf mich reagieren würde.

Ich schob die Gedanken beiseite und nahm meine Wohnungsschlüssel. Ich würde jetzt zu ihm fahren. Und ja, dabei war mir bewusst, wie das für die Paparazzi wieder aussah.

Aber dieses Mal war es mir einfach scheißegal. Ich machte mir Sorgen um Evan und ich würde mich jetzt davon überzeugen, ob alles in Ordnung war oder nicht.

EVAN

Ich versuchte, das Klingeln zu ignorieren, doch es hörte nicht auf.

Liam.

Nein, der hätte sich bereits Zutritt verschafft. Er wartete nicht, bis man aufmachte und blieb penetrant auf der Klingel liegen.

Außerdem hatte ich heute schon mehrmals mit ihm telefoniert, da er gefühlt stündlich anrief, um mich zu überprüfen. Was mir verdammt noch mal auf den Sack ging. Genauso sehr wie die Tatsache, dass er mir einen Termin beim Seelenklempner verschafft hatte.

Ob ich dort auch wirklich hingehen würde, bezweifelte ich allerdings stark.

»Ich komme ja schon«, raunte ich und öffnete die Tür. Es konnte nur einer meiner Brüder sein, denn sonst hätte der Portier sie bestimmt nicht bis zu meiner Etage kommen lassen. Umso überraschter war ich, als ich nicht in das Gesicht von Logan oder Christian blickte, sondern Kathy gegenüberstand.

»Was zum Teufel?«, entfuhr es mir sofort.

»Tja, der Portier hatte keine Lust, sich mit dir anzulegen, weil er deine ›Freundin‹ nicht nach oben gelassen hat. Dafür war da unten auch viel zu viel Presse.«

»Woher weißt du überhaupt, wo ich wohne?«

»Ich habe James angerufen. Jetzt hast du dir aber ganz schön beschissene Absturz Schlagzeilen eingehandelt, was? Positive Schlagzeilen sehen irgendwie anders aus.«

Ohne auf eine Einladung zu warten, schob Kathy sich einfach an mir vorbei, hinein ins Loft.

Diese Frau ...

Ich konnte nicht fassen, dass sie einfach so hier aufgetaucht war. Und dann besaß sie noch diese Dreistigkeit, sich einfach an mir vorbeizuschieben, als wäre ich Luft.

»Kathy, mir ist jetzt wirklich nicht nach Besuch.«

»Das denke ich mir, aber ich bin hier, damit du mit mir über früher sprichst.«

»Bitte?« Ich glaubte, mich verhört zu haben. Ich hatte noch nie mit jemandem über früher gesprochen, warum sollte ich das mit dieser wildfremden Frau tun? Wahrscheinlich war ihr der Kuss zu sehr zu Kopf gestiegen.

»Wenn man nicht irgendwann darüber redet, dann frisst es einen auf.«

»Ich kann mich nicht daran erinnern, dich um deine Meinung gebeten zu haben.«

»Hast du auch nicht. Aber um meine Hilfe, damit du nicht mehr so viele negative Schlagzeilen produzierst. Du brauchst keine Frau, die dich für 10.000 Dollar zu Events begleitet, sondern jemanden, der dir in den Arsch tritt und dir zuhört.

Was nützt es dir, für drei Events mal positiv dazustehen, wenn danach alles so weitergeht, wie es zuletzt aufgehört hat? Die Bilder aus der Bar waren alles andere als vorteilhaft. Aber das wird dir immer wieder passieren, wenn du nicht endlich lernst, die Dinge, die in dir vorgehen, zu verarbeiten.«

»Was bildest du dir eigentlich ein?« Ich war so unglaublich wütend auf diese Frau, die sich gerade dermaßen hier aufspielte.

Sie blickte mich fordernd an, während ich ihr in meiner Wut verdammt nah gekommen war. Doch zurückweichen ... das würde ich bei ihr vermutlich nicht erleben. Sie bot mir die Stirn – und das so sehr, wie es sich noch nie ein Mensch in meinem Leben gewagt hatte.

»Das fragt der Richtige. Du weißt schon, dass diese Frage

aus deinem Mund vollkommen lächerlich ist, oder?«

Ohne noch ein weiteres Wort zu sagen, überbrückte ich die letzte kleine Distanz zwischen uns und presste meinen Mund auf ihren. Ich wollte sie zum Schweigen bringen, denn mir gingen die Argumente aus. Aber vor allem wollte ich sie spüren. So wie an jenem Tag, bevor dieser noch immer unbegreifliche Anruf meine ganze Welt ins Wanken gebracht hatte.

»Du Mistkerl«, schimpfte sie, während ich sie bereits auf meine Hüften hob, um sie zum Glastisch im Esszimmer zu tragen.

»Sag mir, dass du es nicht willst, und ich höre sofort auf.«

»Ach, halt die Klappe.«

Diese Frau ...

Ich würde nicht aufhören, weil ich es verdammt noch mal selbst nicht erwarten konnte, sie endlich komplett zu spüren.

Ich unterbrach unseren leidenschaftlichen und verlangenden Kuss nur, um ihr das Oberteil über den Kopf zu ziehen, bevor ich meine Hände an den Verschluss ihres BHs legte.

Ein widerspenstiges Teil, doch er musste sich meinen geschickten Fingern geschlagen geben.

Langsam drückte ich Kathy nach hinten, die kurz zusammenzuckte, als die Kälte der Tischplatte sie traf.

Sie öffnete die Augen und für einige Sekunden sahen wir uns nur an. Es war ein wunderschöner Moment, der so vertraut wirkte, dass er mich innehalten ließ.

Ich hatte noch nie zuvor einen außenstehenden Menschen so nah an mich herangelassen wie Kathy. Wobei das nicht zuletzt daran lag, dass ich bei ihr einfach keine Wahl hatte. So wie jetzt, als sie in meine Wohnung hereingeplatzt war und mir gesagt hatte, was ich wirklich in meinem Leben brauchte. Lächerlich, dass sie sich so etwas überhaupt anmaßte, und eigentlich regte es mich auf. Wahrscheinlich vor allem deshalb, weil sie recht hatte.

»Gefällt dir nicht, was du siehst?« Ihre Frage holte mich ins Hier und Jetzt zurück und ließ mich sofort heftig den

Kopf schütteln.

»Denk so was nie wieder. Um Gottes willen, Kathy, du bist wunderschön. Absolut wunderschön!« Ich strich mit meinen Fingern über ihre Brüste und fuhr sanft über ihre Nippel, die sich mir entgegenreckten. »Ich frage mich gerade nur, was du mit mir machst.«

»Denkst du immer so viel, wenn eine Frau nackt vor dir liegt?« Ihre Frage ließ mich auflachen. »Dachte ich mir. Dann schalt deinen verdammten Kopf jetzt endlich aus und sorg dafür, dass mir auf diesem beschissenen Glastisch endlich wärmer wird, sonst tauschen wir gleich die Positionen und du legst dich nach unten.«

»Das wird nie passieren.«

»Oh, das werden wir ja noch sehen.«

Sie forderte mich heraus. Immer und immer wieder. Und ich war mehr als bereit, diese Herausforderung anzunehmen.

Mit meinen Lippen glitt ich über ihren Hals, wobei ich direkt feststellen durfte, wie empfindlich sie an der rechten Seite war. Was ich ausnutzen würde, doch erst einmal setzte ich meine Reise fort. Ich versank zwischen ihren Brüsten, bevor ich ihre harten Nippel kostete. Diese Frau schmeckte eindeutig nach mehr. Zum ersten Mal in meinem Leben weckte sie das Verlangen, jeden einzelnen Zentimeter ihres perfekten Körpers kennenzulernen.

Fuck.

All meine Alarmglocken schrillten, doch es war mir einfach nur scheißegal. Ich musste sie spüren und ich wollte sie verdammt noch mal in meiner Nähe haben.

Mit meinen Fingern glitt ich zwischen ihre Beine, wo nur noch ein kleiner schwarzer Slip aus sündhaft dünnem Material mich davon abhielt, in sie einzudringen. Ich ließ meine Finger über ihren Kitzler gleiten und genoss, wie feucht dieses Stückchen Stoff wurde.

Ich würde ihn ihr erst ausziehen, wenn er wirklich nass war. Kathy wand sich unter meinen Berührungen, doch das spornte mich natürlich nur noch mehr an, sie wahnsinnig zu machen.

Ich presste meinen Mund auf ihre Lippen, bevor ich erneut an ihrem Hals entlangwanderte.

Der Slip näherte sich in rasanter Geschwindigkeit dem Zustand, in dem ich ihn ihr ausziehen würde. Kathys Becken reckte sich mir bereits willig entgegen. Sie wollte von ihren süßen Qualen erlöst werden.

Noch war es nicht an der Zeit, irgendwelche Spielzeuge einzusetzen, die ich beim Sex durchaus gern verwendete. Mit Kathy war es anders, weil ich ihren Körper kennenlernen wollte. Ganz pur. Ganz so, wie sie war.

Außerdem wusste ich bei ihr nicht, wo ihre Grenzen lagen. Sie war keine dieser Frauen, die ich sonst vögelte. Kathy war anders. Etwas Besonderes und genauso würde ich sie auch behandeln. Nicht wie ein Objekt, mit dem ich meine Lust befriedigte.

Verdammt, es war wirklich das allererste Mal in meinem Leben, dass ich so dachte. Und so sehr es mich auch ängstigte, so sehr forderte es mich auch, weil ich für sie besser sein wollte. Liebevoller. Mehr der Mann, der ich sein konnte, und nicht der Mann, den ich verkörpern wollte.

Ich schob meine Finger unter ihren durchnässten Slip und zog ihn ihr aus, sodass uns endlich nichts mehr trennte.

»Evan«, flehte sie leise, als ich ihre Beine spreizte und meinen Kopf dazwischen abtauchen ließ. Sie hatte keine Ahnung, was ich mit meiner Zunge anstellen würde. Das würden süße Qualen für sie werden. Qualen, die ich so lange fortführen würde, bis sie nicht mehr konnte.

Manchmal ließ ich Frauen kommen, ohne in sie einzudringen. Doch ich wollte, dass Kathy kam, während ich in ihr war. Ich wollte, dass mein Schwanz sie zum Äußersten trieb. Deshalb ließ ich meine Zunge ruhen, als sie sich in meinen Haaren festkrallte, und lauschte ihrem frustrierten Schimpfen, das sich schnell wieder in Flehen verwandelte, während ich meine Finger in sie eindringen ließ.

Sie war schon viel zu bereit, doch scheiße, ich war es ebenfalls. Mit hektischen Fingern zog ich mir das Kondom über, bevor ich in sie eindrang. Obwohl ich dieses Spiel gern noch viel weiter getrieben hätte.

Ich hatte Angst, dass sie beim ersten Mal, das wir zusammen erlebten, ohne mich kam.

Noch nie hatte es mehr als das mit einer Frau in meinem Leben gegeben.

Einmal und dann auf Nimmerwiedersehen, doch bei Kathy würde es anders werden. Das spürte ich und wahrscheinlich war es mir gerade deshalb so wichtig, alles richtig zu machen.

Sie zuckte zusammen, als ich in sie eindrang, entspannte sich dann allerdings augenblicklich, sodass sich ihr Körper dem sanften Rhythmus bedingungslos hingab.

Ihr schien mittlerweile alles egal zu sein, Hauptsache, sie wurde endlich von ihren Qualen erlöst. Normalerweise war das der Punkt, um aufzuhören und ihr genau diese Qualen zuzufügen. Doch nicht heute. Nicht bei diesem wundervollen ersten Mal, das etwas so Besonderes war.

Zumindest für mich.

Ich schlief mit dieser Frau mit der festen Überzeugung, noch lange nicht genug von ihr und ihrem Körper zu haben.

Mit den Händen stützte ich mich auf dem Glastisch ab, als ich zeitgleich zu ihrem lustvollen Schrei ebenfalls kam und den Orgasmus auf mich wirken ließ. Er war so heftig, dass ich froh war, mich abzustützen, denn sonst hätte er mir vielleicht die Beine unter meinem Körper weggezogen.

So intensiv.

So wundervoll.

So unglaublich speziell.

Was auch immer diese Frau mit mir anstellte, ich musste wirklich vorsichtig sein. Nur setzte sie genau dieses Denken bei mir außer Kraft. Ich wollte nicht vorsichtig sein, ich wollte sie einfach nur spüren.

Und das am liebsten vierundzwanzig Stunden an jedem einzelnen Tag.

O fuck.

Diese Erkenntnis war nicht gut.

Rein gar nicht gut!

KATHY

Auf seinen starken Armen trug Evan mich in sein Schlafzimmer. Weg von diesem eiskalten Glastisch, auf dem mir trotzdem heiß genug geworden war. Dank ihm und dank der Dinge, die er mit seinen Fingern, seinem Mund, seiner Zunge, seinen Zähnen und nicht zuletzt seinem Schwanz anstellen konnte.

Ich hatte in meinem Leben schon viel Sex gehabt. Guten, schlechten, aber noch nie so phänomenalen wie mit ihm. Er hatte mich um den Verstand gebracht und würde es wahrscheinlich gleich wieder tun.

Warum sonst sollte er mich in sein Schlafzimmer tragen?

Sein Bett war weich und gemütlich und ich genoss die Wärme, die die Laken meinem kalten Körper spendeten. Die Hitze meines unfassbaren Orgasmus war verflogen und jetzt war ich froh um die Wärme von außen.

Mein Blick schweifte durch den Raum, während ich hörte, wie Evan im angrenzenden Badezimmer das Wasser einschaltete.

Sein Schlafzimmer war schlicht gehalten. Die Wände hatten einen interessanten blauen Farbton. Sehr dunkel, aber trotzdem wirkte der Raum noch einladend und freundlich. Das lag vermutlich auch an der ausgesprochen hübschen Dekoration. Wahrscheinlich hatte jedes einzelne Teil ein Vermögen gekostet und war von einer Innendesignerin genauestens aufgestellt und angebracht worden, so stimmig wie alles in diesem Raum war.

Ich drehte mich zur Seite und blickte auf Evan, der splitterfasernackt im Türrahmen lehnte und mich mit einem sanften Lächeln auf den Lippen musterte. Er war so unglaublich schön. Unter seinen Klamotten hatte sich ein noch definierterer Körper gefunden, als ich es mir ohnehin schon vorgestellt hatte.

Er war ein verdammt kaputter Kerl in einer makellosen und wunderschönen Hülle.

»Du läufst schon wieder vor deinen Problemen davon, das ist dir klar, oder?«, fragte ich und stützte mich mit einem Arm ab, um ihn besser ansehen zu können. Das Lächeln auf seinem Gesicht wich einem unschuldigen Ausdruck.

»Ach, scheiß auf Probleme. Außerdem bin ich gerade eher davon überzeugt, dass ich nicht vor ihnen davonlaufe, sondern mir nur noch neue Probleme schaffe.«

»Bezeichnest du mich gerade etwa als Problem?« Ich glaubte, mich verhört zu haben.

»Das hast du gesagt. Aber zugegebenermaßen sehe ich das alles hier skeptisch, ja. Du bist fordernd, vorlaut, hast null Einsicht, selbst wenn du im Unrecht bist …«

»Ich habe null Einsicht? Wann bitte war ich denn mal im Unrecht?«

»Du hast ein unglaubliches Temperament, lässt dir überhaupt nichts sagen …«

»Weil du mir rein gar nichts zu sagen hast!«

»Unterbrichst mich andauernd und bist noch dazu die erste Frau, die einen solch privaten Einblick in mein Leben bekommen hat. Und scheiße, ja, du bist die erste Frau, mit der ich in meinem Appartement gevögelt habe, und die erste Frau, mit der ich mir durchaus vorstellen könnte, noch mal zu vögeln.«

»Wow, war das jetzt so etwas wie ein Kompliment?«

»Keine Ahnung. In Bezug auf dich weiß ich echt nichts mehr und das beunruhigt mich.«

»Weil ich dich aus deinen immer gleichen Mustern hole und dich vor neue Herausforderungen stelle? Oder weil du es gewohnt bist, den Ton anzugeben und bei mir einfach keine Schnitte hast, was das angeht? Wenn du eine Frau suchst, bei der du der große Macker bist und die kompromisslos zu dir aufsieht, nur weil du den Namen Knight trägst, dann sollte ich wirklich besser gehen.«

»Und was ist, wenn ich genau das nicht will?«

»Dann solltest du mich gleich in einem heißen Bad, das du für uns einlaufen lässt, noch einmal so richtig rannehmen.«

Wieder grinste er und schüttelte kurz den Kopf.

Ich hatte keine Ahnung, wohin uns das alles führen würde und ob ich mich nicht wirklich auf ein Spiel einließ, das viel zu heiß für mich war.

Dieser Mann stand für Ärger. Das hatte ich schließlich schon genug zu spüren bekommen. Aber gleichzeitig war mir das bewusst gewesen, bevor ich mich von ihm hatte küssen und heute Abend sogar vögeln lassen.

»Du hast keine Ahnung, was ich noch alles mit dir vorhabe«, raunte er.

»Dann hoffe ich mal, dass du keine leeren Versprechungen machst.«

Ich wusste bereits, dass er genau das nicht tat, schließlich hatte ich auf dem Esszimmertisch schon zu spüren bekommen, was in diesem Mann steckte. Doch die Nummer in dem heißen Whirlpool war noch einmal eine Steigerung, die ich nicht für möglich gehalten hätte.

Unsere leidenschaftlichen, heißen Küsse vermischten sich mit dem sprudelnden Wasser, das unsere Körper schwerelos erscheinen ließ.

Evan stellte Dinge mit mir an, die ich vermutlich niemals vergessen würde, und ich war mehr als bereit, ihn machen zu lassen. Obwohl ich es selbst liebte, die Fäden in der Hand zu halten, doch dafür würden wir immer noch Zeit haben.

Ich rechnete nicht damit, dass das zwischen uns nur für diesen einen Abend war. Doch ich wusste es nicht. Er war Evan Knight. Er war bekannt dafür, dass er Frauen vögelte und dann verschwand.

Ich musste mit allem rechnen.

Statt mich rauszuschmeißen, landete ich mit ihm nach dem heißen Whirlpool in seinem Bett, wo wir dort weitermachten, wo wir zuvor aufgehört hatten. Ich zählte nicht mit, wie oft er mich zum Äußersten trieb, bevor er mich wieder abkühlen ließ, nur um erneut von vorn zu beginnen. Ich wusste nur, dass ich irgendwann vor lauter Erschöpfung in seinen Armen einschlief. Eine Erschöpfung, die so herrlich war, so erfüllend, so absolut perfekt.

»OH! Oh. Entschuldigung. Hach, nein, nein, nein. Ich habe Sie nicht gesehen.« Ich riss die Augen auf bei der fremden männlichen Stimme und blickte in das Gesicht eines mir vollkommen unbekannten Mannes, der die Bettdecke in der Hand hielt und sie sofort wieder fallen ließ.

»Pawel!« Evan kam aus dem Badezimmer gelaufen und blickte den übergroßen Kerl mit weit aufgerissenen Augen an.

Wer um alles in der Welt war dieser Mann und wieso stand er in Evans Schlafzimmer? Scheiße, er hatte gerade die Decke von mir gezogen, während ich splitterfasernackt in diesem Bett lag.

»Mister Knight, ich wusste nicht, dass Sie noch zu Hause sind oder dass Sie ... ich ... wahrscheinlich werden Sie mich jetzt rauswerfen. Ich kann mich nur entschuldigen. Die Decke lag einfach so auf dem Bett, dass ich die Dame nicht sehen konnte.

Entschuldigen Sie bitte. Um Gottes willen, entschuldigen Sie. Das ist ein so unangenehmer Moment. Hilft es etwas, wenn ich Ihnen versichere, dass ich auf Männer stehe?«

Ich verstand nichts. Mein Kopf war noch gar nicht richtig wach, während ich verwirrt von dem einen zum anderen Mann blickte.

»Pawel, kümmern Sie sich einfach um das Frühstück.«

»Ja, Sir. Entschuldigen Sie, Sir. Entschuldigen Sie auch, Ma'am. Es ist mir so überaus unangenehm und ich wollte keine Grenzen überschreiten.« Mit diesen Worten verschwand der Kerl, während ich Evan mit anstarrte.

Er stand wieder im Türrahmen. Dieses Mal mit Boxershorts bekleidet. Wassertropfen perlten an seinem Körper herab. Vermutlich war er sofort aus der Dusche gelaufen gekommen, als er meinen Aufschrei gehört hatte.

Ich musste verdammt laut gewesen sein, denn ich konnte den Schmerz noch immer in meinem Hals spüren.

»Was zum Teufel? Ist das einer deiner Sexfreunde, mit dem du morgens mal schnell tauscht, oder was geht hier vor? Ich verstehe nichts.«

»Sexfreunde, mit denen ich morgens tausche? Also ich weiß ja nicht, was in deinem hübschen Köpfchen so vor sich geht, aber nein.«

»Entschuldige, aber mir hat gerade ein wildfremder Kerl mit sonderbarem Akzent die Bettdecke vom Körper gerissen. Da wird man ja wohl noch fragen dürfen, wer zum Teufel das ist und was er hier macht.«

»Das ist Pawel. Pawel Rapruninsky. Mein Haushälter.«

»Dein ... was?«

»Sagen wir mal so, es war irgendwann der Punkt gekommen, an dem die Haushälterinnen nicht mehr für mich arbeiten wollten.«

»O Gott, dein Ernst? Hast du sie alle gevögelt, oder was? Ich dachte, ich wäre die erste Frau, die du in deinen eigenen vier Wänden genommen hast?«

»Hey, das stimmt. Es gibt eine Angestelltenwohnung.«

»Das ist armselig.«

»Ach komm schon. Tu nicht so, als würdest du von mir erwarten, dass ich ein Engel war oder ein Engel werde. Du kennst die Wahrheit.«

»Kenne ich sie? Eigentlich habe ich mir die Dinge nur aus den Klatschzeitungen zusammengereimt.«

»Okay, vieles von dem, was darin steht, ist nichts als erfundener Blödsinn. Außer vielleicht die Tatsache, dass ich kein Kind von Traurigkeit bin und die ein oder andere Affäre hatte.«

»Wäre mir gar nicht in den Sinn gekommen. Aber hey, ich beschwere mich nicht, denn gestern Abend und in der letzten Nacht habe ich definitiv von deinen Erfahrungen profitiert.«

Evan lachte auf und schüttelte beinah fassungslos den Kopf.

»Du bist echt eine verdammt einzigartige Frau. Hat dir das schon mal jemand gesagt? Mit dem Konter hatte ich jetzt nicht gerechnet.«

»Meine beste Freundin sagt mir das sehr häufig. Aber meist, wenn es um meine Essgewohnheiten geht.«

»Die werde ich dann wohl auch noch kennenlernen, was?«

»Keine Ahnung. Wenn du es so lange mit mir aushältst …« Der Satz war mir rausgerutscht, ohne dass ich auch nur ansatzweise darüber nachgedacht hatte. In seinen Augen sah ich, dass meine Worte ihn komplett überforderten, weshalb ich die Hände hob. »Bleib ruhig, du sollst mich nicht gleich heiraten oder so was. Du guckst, als hätte ich genau das gerade von dir verlangt.«

»Das ist es nicht.« Er schüttelte den Kopf und sank zu mir aufs Bett, wobei er wieder einmal die Hände rechts und links neben meinem Kopf abstützte. Was er verdammt gern tat und was ich wirklich heiß fand.

Im Bett war es allerdings noch viel prickelnder als im Treppenhaus meines Appartementkomplexes.

Evan ließ sich noch ein Stück weiter sinken, wobei ich nun einen ganz leichten Druck seines Körpers auf mir spürte. Uns trennte nichts als dieses weiße Seidenlaken, mit dem ich meinen Körper eingehüllt hatte.

Die Muskeln an seinen Armen waren angespannt, während er sich abstützte und mich noch immer musterte.

Er schien mit sich zu hadern, doch ich verstand nicht, warum ...

»Was ist es denn?«, hakte ich nach, auch wenn ich mir gar keine Hoffnung darauf machte, dass er antworten würde.

»Scheiße, es ist die Tatsache, dass ich nicht weglaufen will, wenn du so was sagst. Rein gar nicht. Du bist die erste Frau, neben der ich in diesem Bett geschlafen habe, und die erste Frau, die ich fragen werde, ob sie mit mir frühstücken möchte. Das ist besorgniserregend.«

»Ich finde es eher besorgniserregend, dass du so etwas mit deinen Mitte dreißig sagen kannst. Du hast ganz schön was verpasst im Leben – auf der anderen Seite hast du dich allerdings auch vor den ätzenden Seiten einer Beziehung beschützt. Keine Ahnung, wie ich das finden soll.«

Ich schlang meine Beine um Evan und drückte ihn zu mir runter, damit ich ihn wieder komplett auf mir spüren konnte. Das kleine Laken verbarg ebenso wenig wie seine Boxershorts, wie bereit er schon wieder war.

Und ich war es ebenfalls.

Obwohl ich schon gestern Abend davon überzeugt gewesen war, dass ich mit ihm einen riesigen Fehler machte ...

Tja, für diese Einsicht war es nun spät. Da spielte es auch keine Rolle, ob wir einmal mehr oder einmal weniger miteinander schliefen. Außerdem wollte ich es genießen.

Es würde mit Sicherheit schnell Geschichte sein und das machte mich schon jetzt traurig. Ich wollte nicht zulassen, dass mir seine Worte von gerade irgendwelche falschen Hoffnungen machten.

Er war kein Mann für eine Beziehung – und definitiv waren wir nicht füreinander geschaffen. Dafür waren wir viel zu unterschiedlich.

Eigentlich.

Auch wenn wir gerade genau dasselbe wollten.

EVAN

Ich hielt Kathy fest, die keuchend in meinem Arm lag und ihren Kopf an meiner Brust vergrub.

Ich hatte schon viel Sex in meinem Leben gehabt. Oft, ausgefallen, leidenschaftlich, aber noch nie hatte es sich so angefühlt wie mit dieser Frau. Und genau diese Erkenntnis jagte mir eine Heidenangst ein.

Als sie gestern Abend vor der Tür stand mit ihren klugen Sprüchen und der Art und Weise, wie sie mir begegnete ... scheiße, ich hatte direkt gewusst, dass ich sie besser auf Abstand halten sollte. Stattdessen waren wir auf dem Glastisch gelandet und schlussendlich in meinem Bett, in dem wir nun immer noch zusammen lagen.

»Gehst du jetzt eigentlich mit mir auf die Firmenveranstaltungen, wenn ich dir verspreche, dich mit Sex zu bezahlen?«

»Was?« Kathy hob ihren Kopf und lachte, was mir direkt wieder ein Grinsen auf die Lippen trieb. Ihr Lachen war ansteckend.

»Du hast es wirklich dringend nötig, oder?«

»Den Sex?« Ich wackelte mit den Augenbrauen, was sie erneut auflachen ließ. Scheiße, allein dieses Angebot bedeutete, dass ich nicht nur weiterhin mit ihr schlafen, sondern auch Zeit mit ihr verbringen wollte.

Klar konnte ich mir das schönreden und es nur auf gute Publicity schieben, aber ich wusste es besser. Vielleicht war es schlauer, ehrlich zu mir zu sein.

»Ich dachte eher die positiven Schlagzeilen. Aber ja, den Sex anscheinend auch. Erzählst du mir davon, was passiert ist?« Ich spannte meinen Körper an bei ihren Worten, was Kathy dazu bewog, sich auf einem Arm abzustützen und mir direkt in die Augen zu sehen. »Du musst nicht mit mir darüber reden, aber ich höre dir zu, falls du es tun willst.«

In meinem Leben hatte es immer meine Brüder gegeben, aber nie Leute von außerhalb, die ich in mein Leben ließ, was unserem Vater und seiner Erziehung zu verdanken war.

Es hatte keine Partys gegeben, auf die wir Knights im jugendlichen Alter gehen durften. Es hatte keine Freunde gegeben, die wir einladen durften oder zu denen wir gehen konnten.

Er mochte diese Art der Einwirkung Außenstehender nicht. Und nun lag Kathy hier in meinem Bett, in meinen Armen und bot mir an, über das zu reden, was mich gerade innerlich zerriss.

Fuck, ich wusste nicht, wie ich reagieren sollte. Wie armselig war das bitte? Wie armselig war ich?

In meinem Kopf kämpfte das Engelchen auf der rechten Seite gegen das Teufelchen auf der linken. Eine absolut irrsinnige Pro- und Contraargumentation, was passieren könnte, wenn ich ihr mein Herz ausschüttete. Einer Frau, die ich kaum kannte. Einer Frau, die noch keine Verschwiegenheitsvereinbarung unterschieben hatte und sich trotzdem in meinem Appartement befand.

»Es gab in meinem Leben immer nur meine Brüder. Ich habe noch nie einfach so mit einer fremden Person über Dinge gesprochen, die mich beschäftigen.«

»Okay, kein Problem. Das musst du nicht. Es war wahrscheinlich auch anmaßend von mir, überhaupt zu fragen, aber ich dachte, vielleicht würde es dir guttun, wenn du dir alles von der Seele reden kannst. Aber da habe ich vermutlich zu sehr Frauenlogik angewandt. So ticken Sue und ich nämlich. Wir reden über alles und es hilft immer.«

»Ich möchte gern mit dir darüber reden ...«

»Aber du hast Angst, ich könnte irgendwelche Informationen weitergeben. Verstehe schon. Darauf hätte ich auch selbst kommen können.«

»Es hat nichts mit dir zu tun ...«

»Es tut mir so leid, dass dein Leben so ist, Evan, und das meine ich vollkommen ernst. Ich weiß, du kennst es nicht anders, aber für mich wirkt es so unglaublich fremd.«

Ihre Worte trafen mich unerwartet. Normalerweise hörte ich nur immer, wie sehr mich Menschen beneideten. Mit all dem Geld, all den materiellen Dingen, mit denen ich mich umgab. Bemitleidet hatte mich noch nie jemand.

»Du machst dir nicht viel aus Geld, oder?« Sie hatte mein Angebot ausgeschlagen, sich spielend leicht einen Haufen Geld zu verdienen. Und nun diese Ehrlichkeit in ihren Augen, mit der sie mich für mein Leben bemitleidete ...

Fuck.

»Ich bin lieber glücklich und Geld macht definitiv nicht glücklich. Dafür muss ich nicht mal einen Doktortitel besitzen, um das verstanden zu haben. Klar ist es manchmal bestimmt schön, ein Polster zu haben oder sich alles leisten zu können, aber ich glaube, im Wesentlichen ist es einsam und das ist genau das Gegenteil von dem, was ich sein will. Ich lebe mit Sue in dieser viel zu kleinen Wohnung, wir hängen viel zu oft auf dem Sofa rum und ich hasse meinen neuen Chef, aber ich liebe das alles auch irgendwie. Das Gesamtpaket stimmt und das ist es, worauf es für mich ankommt.«

»Ich liebe meinen Job ebenfalls und hasse meinen Boss«, erwiderte ich lachend.

»Warte, du hasst deinen Boss? Aber ... er ist doch dein Bruder, oder?«

»Du hast es erfasst. Als Bruder kann er schon schwierig sein, aber als Boss ist er einfach nur ein Arschloch.«

»Ernsthaft? Das stelle ich mir ja dann auch richtig harmonisch vor bei euch. Könnt ihr das denn trennen? Also Arbeit und Privatleben?«

Ich holte tief Luft, denn diese Frage war nicht einfach zu beantworten.

»Der Name Knight bedeutet das Knight-Imperium und die Arbeit, deshalb nein, eigentlich können wir es nicht trennen. Also zumindest Liam und ich nicht. Bei den anderen ist es kein Problem, denn wir stehen uns insgesamt alle sehr nah.«

»Verstehe. Ja, das macht Sinn, weil die anderen Brüder dir nichts zu sagen haben, richtig? Liam allerdings schon. Puh, das stelle ich mir echt schwierig vor. Auch für ihn. Ich meine, er würde sich doch bestimmt manchmal auch wünschen, nicht der Älteste zu sein. Muss einsam sein, wenn es sonst keine Kontakte nach außen gibt und er mit euch auch nicht auf die Art und Weise zusammen sein kann, wie ihr es untereinander sein könnt.«

Kathy und ihr verdammt scharfer Verstand machten mich fertig. Sie kombinierte messerscharf und brachte Dinge auf den Punkt und zum Vorschein, die ich noch nie auf diese Art und Weise betrachtet hatte.

War Liam einsam?

Fuck, ich wusste es nicht und ich hatte mir ehrlich gesagt auch noch nie Gedanken darum gemacht. Er war ... Liam.

Waren meine anderen Brüder einsam? James definitiv, aber das hatte er auf eine Art selbst gewählt. Christian, Logan ... ich wusste es nicht.

Genau so lief das in unserer Familie ab. Wir sprachen nicht über solche Dinge wie Gefühle, denn das passte nicht zu uns. Alte Weisheit meines Vaters. Gefühle waren immer ein Zeichen von Schwäche – und Schwäche konnte und würde der Gegner ausnutzen.

»Erin war meine kleine Schwester. Meine leibliche Schwester«, begann ich zu reden. Ich vertraute dieser Frau und wenn es sich hinterher als Fehler herausstellen sollte, dann musste sie mich halt ans Messer liefern und meine Geschichte überall breittreten. Die Leute hatten so oder so ihr kaputtes Bild von mir, was leider in viel zu großen Teilen stimmte ... »Unsere Wege trennten sich, als ich zu den Knights kam.«

»Das muss schrecklich gewesen sein.« In Kathys Augen

konnte ich die Traurigkeit lesen, die ich ebenfalls empfand.

»Keine Ahnung. Ich kann mich an so viele Dinge aus meiner Kindheit und der Anfangszeit bei den Knights nicht erinnern, dass ich nicht mal sagen kann, wie ich mich gefühlt habe oder wie überhaupt alles abgelaufen ist.«

»Wahrscheinlich war es so traumatisch, dass du es verdrängt hast. Haben deine Eltern, also die Knights, denn nie darauf bestanden, dass du deine Geschichte aufarbeitest? Also professionell aufarbeitest?«

Ich lachte bitter auf.

»Ganz im Gegenteil. Sie haben darauf bestanden, dass ich all meine Erinnerungen an ein Leben vor ihnen aus meinem Gedächtnis streiche. Ich glaube, das beschreibt es am besten. Sie haben sich damals die Kinder ausgesucht, die sie haben wollten. Oder besser gesagt die Jungs aus dem ganzen Pool der Heimkinder ausgesucht, die sie für die Firma am geeignetsten hielten.«

»Das hört sich schrecklich an.«

»Ja, das war es wahrscheinlich auch.«

»Wie gehen deine Brüder damit um? Haben sie auch diese Lücken?«

»Ja, alle. Wir haben nie ausführlich darüber gesprochen, aber es war für uns alle traumatisierend und einschneidend, was passiert ist und wie wir dann im Endeffekt aufgezogen worden sind.«

»Das tut mir leid.«

»Ja, mir auch«, erwiderte ich ehrlich.

»Vor allem, weil es deinen Adoptivvater wie einen Helden dastehen lässt, obwohl er dahinter so perfide Pläne verborgen hat. Es war doch sein Plan, euch alle als Nachfolger heranzuziehen, richtig?«

»Richtig. Wir waren allesamt trotz unserer Herkunft gut in der Schule. Pflegeleichte, angepasste Kinder. Nur ich habe irgendwann als Einziger damit angefangen, zu rebellieren.«

»Deshalb die ganzen Tattoos?«

»Genau. Es war meine Art, mir klarzumachen, wer ich bin. Dass ich nicht nur den Namen Knight trage und in dieser Glitzer- und Glamourwelt lebe.«

»Hat jedes dieser Tattoos eine Bedeutung?«

Ich sah an meiner nackten Brust herab und auf das Stacheldrahtherz, über das Kathy gerade ihre Finger gleiten ließ. Es zierte meine linke Brust in einer stattlichen Größe.

»Das war mein erstes Tattoo. Es steht dafür, dass ich gern ein offenes Herz hätte, aber dass es mit Stacheldraht versehen ist, damit niemand eindringen kann.«

»Das habe ich mir schon gedacht.«

»Das Auge steht für einen wachsamen Blick, geschmückt mit den Blumen rechts und links. Es war dafür gedacht, dass ich immer offen sein wollte, falls mir im Leben doch einmal etwas Schönes begegnet. Tja ... irgendwie habe ich mich an dieses Vorhaben nicht gehalten.«

Kathy küsste das Tattoo zwischen meinen Brustmuskeln sanft, bevor sie mit den Fingern zum großen Bilderrahmen fuhr. Er war dem Wappen der Knights nachempfunden, nur ohne das große K in der Mitte. Stattdessen herrschte dort Leere. Auch das erklärte sich von selbst, nachdem ich Kathy erzählt hatte, was es darstellte.

»Über die restlichen Tattoos würde ich dir jetzt gern ebenfalls etwas erzählen, aber ich befürchte, das kann ich nicht. Sie haben für mich keinerlei Bedeutung, sahen aber einfach scheiße gut aus beim Tätowierer.«

»Du bist verrückt.« Sie schüttelte den Kopf, wobei ihre Finger wieder über das Stacheldrahtherz glitten.

»Das macht mich irgendwie traurig.«

»Das Tattoo?«, fragte ich verwundert.

»Nein, die Bedeutung dahinter.« Kathy presste ihr Lippen auf meinen Mund. Zärtlich, nicht verlangend. Dieser Kuss war nicht zu vergleichen mit den vorausgegangen.

Er war so viel inniger, obwohl er nichts mit sexuellem Verlangen zu tun hatte.

»Ich werde deine Freundin spielen, aber nur, um dich davon zu überzeugen, dass dieser verdammte Stacheldraht in dem Herz durch viele kleine Herzen ersetzt werden sollte.

Du bist ein toller Mann, der es verdient hat, geliebt zu werden.«

»Du hast keine Ahnung.«

Liebe.

Ich wusste nicht, was dieses Wort bedeutete, wie es sich anfühlte. Vermutlich würde ich das auch niemals erfahren. Ganz egal, wie sehr ich mich zu Kathy hingezogen fühlte. Liebe existierte für mich nicht und das würde sie auch niemals.

Es war ein Gefühl – und Gefühle waren ein Ausdruck von Schwäche.

KATHY

Ich schwang mich auf den Barhocker vor der Kücheninsel, wo Evan ein hohes Glas unter den Kaffeevollautomaten stellte und mir einen Latte macchiato zubereitete.

Wir waren relativ plötzlich aufgestanden, nachdem ich ihm meine Zusage gegeben hatte, doch ich wusste, dass es nichts damit zu tun hatte. Eher mit den Dingen, die ich danach zu ihm gesagt hatte und die ich genau so meinte.

Der Ausdruck von Panik und Flucht war in seine Augen zurückgekehrt und ich hatte ihm den Abstand gegeben, den er augenscheinlich so dringend brauchte.

Ich konnte mir nicht vorstellen, wie es war, so isoliert aufzuwachsen – und dann von diesem Verlust zu erfahren, den er nie wiedergutmachen konnte.

Er hatte eine Familie außerhalb des Knight-Imperiums gehabt, sie aber nie kennenlernen dürfen. Es musste schrecklich für ihn sein und erklärte auch seine heftige Reaktion auf den Anruf und die unendliche Traurigkeit in seinen dunklen Augen.

Allgemein hatte ich in diesen Stunden, die wir zusammen verbracht hatten, viel über ihn gelernt. Nicht nur, wie unglaublich sexy er war, wie sehr er mich um den Verstand bringen konnte und wie verfallen ich ihm war, obwohl ich es dringend verhindern wollte. Nein, auch Dinge, die er nicht ausgesprochen hatte, aber auch nicht aussprechen musste.

Die geheimnisvollen Augen, die nichts über ihn preisgaben, waren kein Zufall. Sie waren das Produkt aus viel Leid, Schmerz und einer Erziehung, die ich wahrscheinlich niemals in meinem Leben würde nachempfinden können.

Mit einem Lächeln auf den Lippen stellte er den Latte macchiato vor mich, während er sich an den Küchentresen lehnte und mich beobachtete. Schon wieder. So wie gestern im Türrahmen. Oder heute Morgen.

Apropos heute Morgen.

»Ist Pawel jetzt eigentlich gefeuert?«, fragte ich, was Evan zum Lachen brachte. Das Lachen ließ ihn so viel jünger aussehen, so viel unbeschwerter. Ich liebte es, wenn er so gelöst wirkte.

»Um Gottes willen, nein! Ich glaube, ich würde ihn niemals feuern. Er ist die einzige Chance auf eine aufgeräumte und saubere Wohnung, die ich noch habe.«

»Selbst putzen ist in deinen Kreisen nicht so ein Ding, was?«

»Ich habe selbst geputzt und aufgeräumt, aber scheiße, ja. Meine Sachen sind mir schon immer hinterhergetragen worden. Da ist es ehrlich gesagt nicht ganz so einfach, wenn man sich plötzlich umgewöhnen soll. Um nicht zu sagen, es ist völlig unmöglich.«

»Beängstigend.«

»Besorgniserregend. Wenn Pawel kündigt, bin ich am Arsch. Außerdem kann ich ihm keinen Vorwurf machen. Normalerweise bin ich um diese Uhrzeit immer auf der Arbeit und Frauenbesuch in meinen eigenen vier Wänden gibt es schlicht und ergreifend nicht ... eigentlich.«

»Uhhh, ich liebe es, wenn du mit mir und wegen mir die Regeln brichst.« Ich grinste in triumphierend an.

»Bild dir bloß nichts darauf ein.«

»O doch, das werde ich. Und ich genieße es.«

»Ich werde dir dann die Termine für diese Firmenveranstaltungen schicken, okay?«

»Wird das so langweilig werden, wie es sich anhört?«

»Langweiliger als das. Versprochen. Aber es gibt wirklich gute Cocktails. Die Martinis der Cateringfirma, die mein Bruder immer anheuert, sind der absolute Oberhammer.«

»Okay, gut. Deal. Ich mag Martinis.«

»Aber in Maßen, nicht dass ich dich wieder zum Auto tragen darf.«

»Arsch.«

»Ach komm, das war eine Steilvorlage, die ich ausnutzen musste. Hast du Lust, was essen zu gehen?«

»Gern.« Ich hatte Hunger und die Vorstellung, mit Evan zusammen noch ein wenig Zeit zu verbringen, gefiel mir. Auch wenn es sonderbar war. Was war das zwischen uns?

Ein Arrangement? Nur Sex, aber kein One-Night-Stand? Eine Bekanntschaft?

Darüber würde ich immer noch nachdenken können, nachdem wir die Showauftritte hinter uns gebracht hatten. Auftritte, die ich nur für ihn tun würde ... okay, das war verdammt gelogen. Ich freute mich darauf, mehr Zeit mit ihm zu verbringen, obwohl es ein Spiel mit dem Feuer war.

Was mir auch Sue mehr als deutlich in Erinnerung rief, als ich am Abend in unsere Wohnung zurückkehrte.

»Du weißt, was sein Ruf über ihn sagt, oder?«, fragte sie ernst.

»Ja, schon. Aber viele Dinge aus den Klatschblättern sind auch einfach erstunken und erlogen.«

»Die Bilder, wo er auf der Tanzfläche eine Frau vögelt? Wo er kokst, wo er betrunken in der Ecke liegt ... das sind keine Fotoshoparbeiten, Kathy. Süße, ich habe dich viel zu lieb, um dich einfach so ins Verderben rennen zu lassen – und ich befürchte, das ist es, was gerade passiert.«

»Blödsinn.«

»Also hast du nicht die letzte Nacht bei ihm verbracht? Du hast nicht zugesagt, noch mehr Zeit mit ihm zu verbringen, und du warst auch gerade nicht mit ihm essen, richtig?«

»Sue ...«

»Ich mache mir nur Sorgen um dich. Das ist alles. Ich will nicht, dass dir so ein Typ das Herz bricht. Du hast doch selbst so sehr über ihn geschimpft und jetzt?«

»Jetzt hat sich das Blatt halt gewendet, weil ich ihn besser kennenlernen durfte.«

»Das macht ihn aber noch lange nicht zu einem besseren Menschen.«

»Ich weiß nicht, ob er ein guter oder ein schlechter Mensch ist, okay? Aber ich weiß, dass er eine Chance verdient hat. Anders werde ich das nicht herausfinden. Keine Ahnung, was sich da gerade zwischen uns entwickelt und ob sich da überhaupt etwas entwickelt. Ich weiß nur, dass wir eine schöne Zeit zusammen hatten und dass ich sie noch nicht enden lassen möchte.«

»Okay. Pass nur bitte auf dich auf, okay? Versprich es mir.«

»Das verspreche ich dir«, erwiderte ich ehrlich und hoffte, dass ich dieses Versprechen auch würde einhalten können. Er hatte mir schon viel zu sehr den Kopf verdreht. Aber wie sollte ich mich bitte dagegen wehren? Diese Anziehung, dieses Prickeln, wenn ich ihn nur ansah.

Ich war unfähig, dagegen anzukämpfen.

Sues Zweifel waren alles, außer unbegründet.

So weh diese Erkenntnis auch tat.

Evan war kein Engel und ich würde bestimmt nicht die Frau sein, die es schaffte, ihn zu zähmen. Er war kein Mann, der sich zähmen ließ. So viel war mir in der letzten Nacht mit ihm bewusst geworden.

Ich durfte mich nicht verrennen und doch hatte ich mich schon längst verlaufen.

EVAN

Ich war gerade wieder in meinem Appartement angekommen, als das Handy in meiner Tasche vibrierte.

James.

Insgeheim hatte ich schon auf seinen Anruf gewartet. So wie er wahrscheinlich auf meinen. Aber ich wusste nicht, was ich ihm sagen sollte. Mir war selbst nicht klar, was überhaupt gerade in meinem Kopf vor sich ging, wenn ich an Erin dachte.

Alles, was für mich präsent war, drehte sich um den Wunsch nach Rache. Rache an den Menschen, die sie in die Gosse gebracht hatten. Doch mein Privatdetektiv arbeitete gerade daran, mir nähere Informationen zu besorgen. Auch wenn Liam wahrscheinlich alles daransetzen würde, ihn davon abzuhalten.

Damit ich mich nicht noch tiefer in die Scheiße reinritt.

Er sollte es besser wissen, als zu glauben, dass ich es dabei belassen würde.

Ganz egal, in welche Gefahr mich das auch brachte. Ich hatte keine Angst.

Niemals.

Ich brauchte noch immer Antworten. Das war gerade das Wichtigste.

»Ich hatte gehofft, du rufst mich an«, sagte James, wobei mir der vorwurfsvolle Unterton nicht entging.

»Ich habe Kathy gerade nach Hause gebracht und komme jetzt erst wieder in mein Appartement.«

»Oh, warte, sie war über Nacht bei dir? Oder ist sie gestern Abend nicht mehr zu dir gefahren, so wie sie es vorhatte?«

»Scheiße, Mann, ich wüsste nicht, was dich das angeht.«

»Na komm schon, erst Futter streuen und dann nicht fressen lassen, oder was? Aber Spaß beiseite. Es geht mir gerade nicht um Kathy und auch nicht darum, was zwischen euch eigentlich ist. Wie geht es dir? Das sind komplette Scheißnachrichten.«

»Sind es. Ich ... ach, keine Ahnung.«

Wir Knights redeten nicht über Gefühle. Nie. Außer James. Er war eines Besseren belehrt worden und manchmal beneidete ich ihn darum. So wie in diesem Moment.

Wenn ich mir einfach alles von der Seele reden könnte, doch es blieb mir im Halse stecken. Weil man diese Dinge für sich behielt. Punkt.

Fuck, warum war ich nur so verkorkst?

»Keine Ahnung ist keine Antwort.«

»Ich weiß aber nicht, wie es mir geht, okay? Ich bin traurig und unglaublich wütend. Auf diese Leute. Auf meine leiblichen Eltern, auf unsere Eltern, auf mich, auf Erin, auf die ganze verdammte Welt. Ich weiß also gerade nicht, wie ich mich fühle oder was ich denken soll.«

»Okay, das kann ich nachvollziehen. Aber Evan, ich habe mir online die Berichte angesehen ...«

»Ich weiß.«

»Die Bar ...«

»Ich habe nichts angerührt, okay?«

»Aber du warst da und das zeigt mir, dass dieses Verlangen auf jeden Fall in deinem Kopf war. Liam hat dich rausgeholt?«

»Ja.«

Wir mussten beide nicht weiterreden. Es war klar, woran wir dachten. An jene Nacht. Über die wir nie wieder ein Wort verlieren würden.

»Besorgst du dir Hilfe?«

»Ich brauche keine Hilfe. Ich brauche gerade einfach noch ein paar Antworten, damit ich dieses Thema für mich bearbeiten kann.«

»Du weißt, dass das Bullshit ist.«

»Ach komm schon, James. Kannst du mir bitte ein bisschen Zeit geben? Ich hab echt noch keine Ahnung, wie ich mit diesen ganzen News umgehen soll. Oder damit, dass jetzt die verdammte Klatschpresse alles daransetzen wird, meine Vergangenheit auszugraben, was wahrscheinlich zusätzlich jede Menge Erinnerungen in mir hochbringen wird, die ich gar nicht haben will. Wenn ich so weit bin, dann sage ich dir schon Bescheid.«

»Bevor oder nachdem du in der Gosse gelandet bist?«

Ich atmete tief durch. Ich hatte keine Lust auf diese Art von Gespräch, weshalb ich schwieg.

»Dann erzähl mir mehr von Kathy. War es richtig, dass ich ihr deine Adresse gegeben habe?« Es war eine einfache Frage, auf die ich ihm allerdings keine einfache Antwort geben konnte, denn die Wahrheit war, dass ich es nicht wusste.

Sie brachte nur noch mehr Chaos in mein Leben, auf eine Art und Weise, die ich niemals für möglich gehalten hätte. Aber darüber wollte ich nun ebenfalls nicht sprechen. Ich wollte nicht mal darüber nachdenken.

»Klar. Wieso nicht? Wir werden einige offizielle Auftritte zusammen absolvieren. Damit Liam die positive Presse bekommt, die er sich wünscht – in Bezug auf mich. Außerdem ist das jetzt gerade wahrscheinlich wichtiger als jemals zuvor. Vielleicht vergessen sie dann ja auch ihr Vorhaben wieder, irgendwas über mich auszugraben.«

»Und nur deshalb ist Kathy über Nacht geblieben, ja? Damit ihr einen Masterplan für eure öffentlichen Auftritte ausarbeiten könnt? Scheiße, ich glaube dir einfach kein einziges Wort, Evan.«

Ich lachte auf. Wir hatten nicht über diese gemeinsamen Termine geredet, die mir gerade als vollkommener Schwachsinn erschienen. Durch den Sex war nun alles scheiße kompliziert, weil wir bestimmt nicht wissen würden, wie wir uns verhalten sollten.

Nicht mal ich wusste es.

Küsste ich sie, wenn ich sie wiedersah? Warum sollte ich das tun? Gleichzeitig hatte ich sie auch mit einem Kuss verabschiedet. Aber wir waren schließlich kein Paar, wir würden nur eins spielen.

Dass ich mir jemals über so eine Scheiße Gedanken machen musste ... Aber in der jetzigen Situation vielleicht auch ein Rettungsanker, weil es mich ablenkte.

»Glaub doch, was du willst«, erwiderte ich, denn was sollte ich für Argumente bringen?

»Jetzt Spaß beiseite, ich stehe kurz davor, mich ins Auto zu setzen und nach New York zu fahren. Die Berichte haben mir eine Scheißangst gemacht.«

Ich wusste, dass James hierher zurückkehren würde, um mich zu unterstützen, doch das wollte ich nicht. Es ging ihm gut in Treboka Hights und das war wichtig. Wenn er nun zurück nach New York kam und alles den Bach runterging ...

»Du musst nicht herkommen, okay? Es ist wirklich alles in Ordnung. Es war nur der erste Schock, ich fange mich schon wieder. Außerdem bin ich ja nicht allein.«

»Versprich mir, dass du dich bei mir meldest, bevor du irgendeine Scheiße baust, okay?«

»Versprochen. Mach dir keine Gedanken.«

Ich war froh, als ich das Telefonat mit meinem Bruder beenden konnte, denn ich wusste nicht, ob all diese Dinge stimmten, die ich ihm versichert hatte. War alles in Ordnung? Es fühlte sich jedenfalls nicht so an.

MEINE RÜCKKEHR zur Arbeit verlief absolut unspektakulär, denn es gab nichts, was in der Zeit, in der ich nicht da war, schiefgelaufen wäre. Meine Vertretung und mein ganzes Team hatte wahnsinnig tolle Arbeit geleistet, weshalb ich mich entspannt in meinem Bürostuhl zurücklehnen und meine E-Mails durchgehen konnte.

Mein Handy vibrierte und ich spürte, wie sich ein Grinsen auf meinen Lippen ausbreitete, als ich Kathys Namen auf dem Display las.

Wir schrieben seit Tagen und ich musste zugeben, dass es mich jedes Mal freute, etwas von ihr zu lesen. Natürlich ging es in der Nachricht um den heutigen Abend, wo wir den ersten der geplanten Auftritte zusammen absolvieren würden. Auf einer Spendengala, auf die ich wirklich keine Lust hatte. Doch es half alles nichts. Ich musste genauso dadurch wie meine Brüder.

Es klopfte an meiner Tür, wobei ich mein Erstaunen nicht verbergen konnte, als ich sah, wer mein Büro betrat.

»Du hast dich ganz schwer in der Etage geirrt«, sagte ich, während Liam sich auf den Stuhl vor meinem Schreibtisch setzte. Er hatte sich in all den Jahren noch nie zu mir ins Büro begeben. Normalerweise rief der große Boss und ich musste springen.

»Ich wollte wissen, ob hier alles läuft und ob du für heute Abend gerüstet bist.« Natürlich verpackte er es im typischen Liam-Style. Er würde nie zugeben, dass er hier war, um zu sehen, wie es mir ging.

»Ich kann tiefenentspannt in den Arbeitstag starten, weil keine Katastrophen angefallen sind während meiner Abwesenheit. Und ja, für heute Abend ist alles geregelt. Ich werde für positive Publicity sorgen und in Begleitung erscheinen.«

Ha! Es war mir gelungen, Liam zu überraschen, denn damit hatte er nicht gerechnet.

»In Begleitung? Ich hoffe, du hast ihren Background checken lassen, nicht dass es die nächste böse Überraschung gibt. Ist der Escortservice seriös genug, dass die Presse nichts herausfinden wird?«

»Du bist doch immer so gut über meine Presse informiert. Also weißt du auch von Kathy, die gerade als meine Freundin gehandelt wird. Sie wird mich begleiten.« Liams Mundwinkel zuckten, während er mich musterte.

»Du wirst doch wohl nicht sesshaft werden, oder?«

»Das würde ja bedeuten, jemand von außen in den elitären Kreis der Knights einzuführen und das ist wohl noch keinem von uns gelungen, oder?« *Nicht mal dir, Liam*, dachte ich im Stillen.

»Wie dem auch sei, sorg dafür, dass du endlich mal positiv erwähnt wirst«, wiegelte er meine Feststellung ab und erhob sich wieder. »Wenn etwas ist, ich bin in meinem Büro.«

»Natürlich. Wo auch sonst? Ich glaube, wenn ich dich irgendwo suchen müsste, dann auf jeden Fall dort.«

»Besser als in einer heruntergekommenen Kneipe.«

»Du bist ein Arsch, Liam.«

»Ich bin vor allem froh, dass es dir einigermaßen gut zu gehen scheint.« Mit diesen Worten verließ er mein Büro und ließ mich ehrlicherweise überrascht zurück.

Wobei, überraschte er mich wirklich?

Er hatte nach mir gesucht, einen Privatdetektiv arrangiert, um auf dem neusten Stand zu sein. Er war dort gewesen, als mein schlimmster Absturz seit Jahren drohte, und er war da gewesen, als der Schmerz mich an jenem Morgen zu überrollen drohte.

Vielleicht sollte ich das Bild, welches ich seit Jahren von meinem Bruder in meinem Kopf abgespeichert hatte, dringend noch einmal überdenken ...

Liam war Liam. Er war speziell. Aber die Kombination aus den Dingen, die er in den letzten Tagen für mich getan hatte, und Kathys Worten über ihn, obwohl oder vielleicht gerade, weil sie ihn nicht mal kannte ...

Ich hatte keine Zeit, über Liam nachzudenken. Ich musste arbeiten, mich auf die ganze hochgradig verwirrende Sache mit Kathy einstellen und vor allem Rücksprache mit dem Privatdetektiv halten.

Er war mir noch weitere Informationen schuldig, damit ich meinen Plan endlich in die Tat umsetzen konnte. Der Tod meiner Schwester würde nicht ungestraft bleiben, und wenn ich selbst dabei vor die Hunde ging.

Ich hatte sie im Stich gelassen, aber vielleicht konnte ich jetzt noch etwas wiedergutmachen. Ich musste es einfach versuchen.

Für sie. Vielleicht auch für mich ...

Ach fuck. Ich durfte nun nicht darüber nachdenken.

Dieser Sog machte mir selbst Angst.

Ich musste ihn ignorieren, solange ich es noch konnte. Er würde mich früh genug in die Tiefe ziehen.

KATHY

Mit hämmerndem Herz betrachte ich mich im Spiegel und versuchte zufrieden zu sein mit dem, was ich sah. Auch wenn es mehr Dinge gab, die mir nicht gefielen.

Meine Oberweite wirkte zu flach, mein Hintern zu dick und irgendwie hätte ich mich doch für etwas Farbe entscheiden sollen, statt das kleine Schwarze anzuziehen. Evan kannte meine Figur, er wusste, wie es unter diesem Stoff aussah. Gedanken, die mir nicht dabei halfen, mich zu entspannen.

Die letzten Tage waren für mich definitiv eine Achterbahnfahrt der Gefühle gewesen, die ich noch immer nicht deuten konnte.

Von einer klaren Einstellung dazu, dass es nur ein Gefallen war, den ich Evan tat, bis hin zu dieser immer präsenter werdenden Hoffnung, dass sich aus uns doch noch etwas entwickeln würde. Und genau das machte mir Angst.

Ich wollte so nicht denken. Es war klar, dass es nur ein Businessarrangement für Evan war, damit sein Bruder ihn in Ruhe ließ. Obwohl, war es so klar? Wahrscheinlich ja, aber bevor wir miteinander geschlafen hatten.

Wir hätten echt darüber reden sollen, denn so raubten mir die Gedanken irgendwann noch den Verstand und das machte mich wahnsinnig.

Nach außen hin gab ich mir größte Mühe, relaxt zu wirken. Als wäre ich mit der ganzen Sache im Reinen, auch wenn ich das nicht war. Sue machte sich Sorgen um mich. Sie hatte Angst, dass ich mich in etwas verrannte. Wobei ich ihr nur recht geben konnte, denn ich hatte mich schon längst verrannt. Worauf ich rein gar nicht stolz war. Diese Gefühle, die in mir tobten, ließen mich nicht mehr klar denken.

Wenn ich nur an Evans Augen dachte, an seine Hände auf meinem Körper, an die Küsse an Stellen, an denen mich zuvor noch nie ein Mann geküsst hatte … Seufzend schüttelte ich den Kopf und blickte erneut in den Spiegel.

»Kathy Monroe, du bist am Arsch. Aber so richtig!«, teilte ich meinem Spiegelbild mit, bevor ich mich abwandte.

Es würde nichts nützen, mich weiter anzustarren oder meine Hochsteckfrisur noch einmal zu überprüfen. Es saß alles perfekt. Das Make-up war mir so gut gelungen wie seit Jahren nicht mehr und der rote Lippenstift wirkte als Farbtupfer zu meinen sonst so dunklen Farben.

»Hola Schwester! Wow, da wird Mister Knight aber Augen machen.«

»Meinst du? Ich bin gerade mit allem unzufrieden.«

»Wozu es absolut keinen Grund gibt. Du siehst wunderschön aus. Auch wenn ich ehrlich gesagt ein freudigeres Strahlen auf deinen Lippen erwartet hätte. Bist du dir doch nicht mehr sicher?«

Ich schüttelte den Kopf, während ich Probleme hatte, nicht loszuheulen. Ich würde jetzt nicht mein verdammtes Make-up ruinieren, nur weil meine Gefühle gerade meinten, mit mir durchgehen zu müssen. Nein, nein und absolut nein!
»Ach Süße. Ich wünschte, ich könnte dir irgendwie helfen.«

»Ja, das wünschte ich auch, aber dafür müsste ich vielleicht erst einmal selbst wissen, was ich denke, und davon bin ich meilenweit entfernt.«

»Denk dran, dass du jederzeit die Reißleine ziehen kannst, wenn es dir zu viel wird. Du bist nicht auf diesen Kerl angewiesen. Auf nichts von dem, was er dir bieten möchte, okay? Du führst dein eigenes Leben, triffst deine eigenen Entscheidungen und stehst auf deinen eigenen Beinen. Evan Knight hin oder her.«

Sues Worte taten mir gut. Sie waren wahrscheinlich genau das, was ich hören musste, um mir noch einmal darüber klar zu werden, was hier passierte und was das für mich bedeutete.

Ich würde nichts verlieren durch diesen Auftritt mit ihm. Für Evan allerdings würde er sich positiv auswirken. Und das war doch eine gute Sache nach all dem Mist, den er durchstehen musste und aktuell durchstand. Ich konnte verstehen, dass er den Halt verloren hatte.

Die Paparazzi belagerten mich sowieso noch, ob ich mit ihm zusammen auftrat oder nicht.

Ach, scheiß drauf. Ich schüttelte die ganzen Gedanken ab, die mich lähmten, und konzentrierte mich darauf, wie ich diesen Abend professionell über die Bühne bringen würde.

Als Begleitung von Evan. Einen Mann, den ich nicht kannte, aber mit dem ich den besten Sex meines bisherigen Lebens verband.

O verdammt, wie sollte dieser Abend nur ablaufen?

Es klingelte pünktlich um halb sieben an der Tür, wobei es kurze Zeit später klopfte.

»Du schaffst das. Bleib dir einfach treu. Sei du selbst, bleib du selbst und tu nichts, was du nicht möchtest«, flüsterte Sue mir während einer kurzen Umarmung ins Ohr, bevor sie sich in ihr Zimmer zurückzog.

Ich atmete tief durch, bevor ich die Tür öffnete, um Evan in Empfang zu nehmen. Und da stand er. In einem schwarzen Smoking, mit einer Fliege.

Bis zum heutigen Tag hätte ich es vehement abgestritten, dass mich Männer in Anzügen anturnten.

Jetzt wäre es nur noch eine verdammte Lüge.

»Wow«, sagte er, als er mich erblickte. Ich kam gar nicht dazu, mich zu fragen, wie wohl unsere Begrüßung ausfallen würde, denn er legte mir direkt eine Hand in den Nacken und küsste mich mit einer Leidenschaft, die ich gern in meinem Bett weiter mit ihm ausdiskutiert hätte.

Doch da gab es dieses Event, zu dem wir uns nicht verspäten durften.

»Wenn wir nicht losmüssten ...«, raunte Evan in mein Ohr, bevor er einen großen Schritt zurücktrat. Seine Augen wanderten über meinen Körper, was eine weitere Hitzewelle in mir aufsteigen ließ.

»Ich bin nervös«, gab ich ehrlich zu, was Evan den Kopf schütteln ließ.

»Das musst du nicht sein. Dort sind nur ein haufen Leute, die sich extrem wichtig nehmen und davon überzeugt sind, dass sich die Erde nur um sie dreht. Nimm sie einfach nicht ernst oder mach dich innerlich über sie lustig.«

»Krieg ich hin. Wie soll ich denn deinen Brüdern begegnen? Ich meine, das ist doch eine komische Situation. Wissen sie alle, dass ich deine Freundin spiele?«

»Nur Liam. Die anderen werden wahrscheinlich große Augen machen. Glaub mir, Liam ist von allen der Schwierigste. Mit dem Rest wirst du gut klarkommen. Mach dir nicht zu viele Gedanken. Ich bin die ganze Zeit an deiner Seite und wenn du gehen möchtest, dann verschwinden wir, okay?«

»Okay.« Seine Worte halfen mir dabei, tief durchzuatmen. Wenn mir alles zu viel wurde, gab es also eine Möglichkeit, diesem ganzen Irrsinn zu entfliehen.

Wir verließen das Haus, wobei wir natürlich fotografiert wurden, und stiegen in eine schwarze Limousine, deren Tür bereits von einem groß gewachsenen Mann aufgehalten wurde. Der Fahrer, wie ich feststellen musste, als er hinter dem Steuer Platz nahm.

Evan umfasste meine Hand, die ich auf meinen Schoß gelegt hatte, und drückte sie fest, wobei er mir ein sanftes Lächeln schenkte. Keine Ahnung, ob er spüren konnte, wie aufgeregt ich war, aber er erweckte mit seinem Verhalten den Eindruck. Wieso sollte er sonst meine Hand nehmen?

Die Fahrt zum Festsaal im Roosevelt Hotel dauert nicht allzu lange, wobei ich froh war, als ich den kurzen Weg vom Auto zum Eingang betrachtete. In meinen schlimmsten Vorstellungen hatte ich mich auf einen langen Weg eingestellt, auf dem wir mit Fragen durchlöchert wurden.

»Am Eingang rechts steht mein Bruder Liam. Er begrüßt alle Gäste persönlich«, erklärte Evan kurz, bevor er aus dem

Auto ausstieg und nur Sekunden später meine Tür öffnete.

Er reichte mir galant seine Hand, die ich fester umklammerte, als ich es eigentlich vorgehabt hatte.

Die Nervosität ging definitiv mit mir durch, während mein Herz wie wild in meiner Brust hämmerte. Wie konnte ich nur so nervös sein? Diese ganze Situation war unglaublich fremd für mich.

Die Situation war mir unbehaglich, doch ich versuchte ,mir nichts davon anmerken zu lassen.

Hand in Hand schritt ich mit Evan auf die große Eingangstür zu, wobei Liam mich mit einem Lächeln auf den Lippen musterte. Er wirkte freundlich. Wobei, nach all den Erzählungen von Evan konnte es auch sein, dass er nur freundlich wirkte.

»Schön, dich hier begrüßen zu dürfen, Kathy«, sagte er und begrüßte mich mit einem Wangenkuss, bevor er Evan die Hand schüttelte.

Es war eine reichlich förmliche Begrüßung unter Brüdern, die mich aber nicht wunderte nach allem, was Evan mir schon berichtet hatte.

Erst als wir im Inneren angekommen waren, spürte ich, wie sich meine Nerven etwas beruhigten. Hier handelten wir wenigstens nicht mehr unter den Augen dieser Aasgeier, die nur darauf warteten, etwas in den Zeitungen abdrucken zu können.

Der Festsaal wirkte wie aus einem anderen Jahrzehnt. Er spiegelte ohne großen Schnickschnack die Eleganz des alten New Yorks wider, die mich schon immer auf eine ganz eigene Art und Weise fasziniert hatte.

Umso schöner war es, einmal selbst hier in diesem altehrwürdigen Festsaal feiern zu dürfen.

»Ich glaube, mein Schwein pfeift. Evan, ist dir bewusst, dass du da eine Frau an deiner Hand hast?« Ich blickte auf, als ein Mann auf uns zukam, der Evan mit einer Umarmung begrüßte, bevor er mir die Hand entgegenstreckte. »Ich bin Christian. Evans Bruder und verdammt erstaunt darüber, dass er es wirklich einmal geschafft hat, in Begleitung zu kommen.«

»Ja, er hat schon durchklingen lassen, dass diese Tatsache den ein oder anderen verblüffen dürfte«, erwiderte ich, während ein weiterer Mann zu uns kam. Er wirkte deutlich ernster als Christian und hatte einen Blick, der mich einschüchterte. Hätte ich es nicht besser gewusst, wäre ich sofort davon ausgegangen, dass es sich bei diesem Mann um Liam handeln musste. Doch es war Logan, der zweitälteste Bruder, von dem Evan mir ebenfalls erzählt hatte.

Er schüttelte mir mit einem verkniffenen Gesichtsausdruck die Hand, bevor er Evan umarmte.

Keine Ahnung, warum Evan Liam als einschüchternd beschrieben hatte. Bei mir erzeugte Logan durch sein unfassbar kaltes Auftreten viel mehr Unbehagen, als es bei Liam der Fall gewesen war.

»Sollen wir uns was Anständiges zu trinken holen oder habt ihr vor, den Champagnerfusel zu trinken, den sie rumbringen?«, fragte Christian und deutete auf eine Kellnerin, die sich uns näherte.

»Ich würde den Champagnerfusel nehmen«, erwiderte ich, was ihn auflachen ließ.

»Alles klar, ich gehe mit Christian kurz zur Theke. Logan, wie immer?« Mein Herz rutschte mir in die Hose, als mir klar wurde, dass sie mich jetzt mit ihm allein hier stehen lassen würden. Doch noch ehe ich mir dieser ganzen Sache richtig bewusst war, umklammerte ich den dünnen Stiel des Champagnerglases und fragte mich, ob es unhöflich war, Logan nicht anzusehen, oder eher genau das, was man jetzt tun sollte.

»Evan macht gerade eine verdammte beschissene Zeit durch«, begann er mit tiefer Stimme zu reden, was mich aufblicken ließ. Nun wollte er mir bestimmt predigen, dass ich mich von ihm fernhalten sollte. Keine Ahnung, ob seine Brüder in den Deal eingeweiht waren, dass ich nur seine Freundin spielen sollte. Vielleicht ein Detail, über das Evan und ich uns vorher hätten unterhalten sollen.

Tja, eine Erkenntnis, die reichlich spät kam.

»Ich weiß«, sagte ich ehrlich, denn ich wusste schließlich wirklich darüber Bescheid, was gerade alles um ihn herum geschah.

»Hab Geduld mit ihm, okay? Ich weiß, dass diese ganze Sache hier nur arrangiert sein soll, aber ich sehe, wie er dich anschaut. Und ich sehe, wie du seine Blicke erwiderst. Keine Ahnung, wo ihr gerade steht, aber hab einfach Geduld mit ihm. Es ist für uns alle nicht leicht, jemand Außenstehendes an uns heranzulassen.«

Ich erinnerte mich wieder an die Worte von Evan, der mir genau das erklärt hatte, was mir Logan gerade durch die Blume ebenfalls mitteilte.

Gleichzeitig schien er davon auszugehen, dass zwischen Evan und mir mehr war, was mich verunsicherte. Schließlich wusste ich selbst nicht, wo wir standen.

»Okay«, erwiderte ich daher lediglich.

Logan war also aufgefallen, dass da zwischen uns wohl mehr war ... an der Art und Weise, wie wir uns ansahen?

Ich kam nicht dazu, weiter darüber nachzudenken, da Christian und Evan bereits zurückkamen. Sie alle tranken Whiskey und verloren sich für einige Minuten in ein Gespräch über die Whiskeysorten, die an diesem Abend angeboten wurden, und das Liam natürlich wieder gegeizt hatte, so wie es immer war.

»Oh, Achtung, der Big Boss schreitet zum Mikro«, sagte Christian, sodass wir uns alle zur Bühne umdrehten, auf der Liam mit einem Glas Champagner erschienen war.

Seine Präsenz war unglaublich. Er war der geborene Chef – oder man hatte ihn besser gesagt genau dazu geformt, so wie Evan es mir erzählt hatte. Mit Sicherheit keine leichte Aufgabe, doch es lag nicht an mir, darüber zu urteilen.

Er hielt eine Ansprache über die charitative Seite von Knight Industries und wie wichtig es seiner Familie schon immer gewesen war, zurückzugeben. Er warf mit Zahlen um sich, die mich schwindelig werden ließen, und wurde dafür von allen Anwesenden mit Beifall überhäuft.

»Der haut aber heute wirklich raus«, sagte Christian, während Logan ihn direkt eines Besseren belehrte mit irgendwelchen steuerlichen Dingen und Wirtschaftssachen, von denen ich nicht mal die Hälfte verstand.

»Mach dir nichts draus, Kathy. Logan ist in dieser Sache viel zu sehr wie Liam und redet gern über Geschäftliches.«

»Ich versuche nur, meinen unwissenden Brüdern etwas mehr über die wirtschaftliche Seite der Firma beizubringen.«

»Also bist du für die Finanzen zuständig, richtig?«, hakte ich nach, doch Logan schüttelte sofort den Kopf.

»Ich bin für alles zuständig als Liams Vertretung, auch wenn er noch nie vertreten werden musste. Die Finanzabteilung war James' Sektor. Evan ist der kreative Kopf, für irgendwas muss seine Verrücktheit ja gut sein, und Christian ist für die Personalentscheidungen zuständig, weil er wahrscheinlich als Einziger von uns Knights mit Menschen umgehen kann.«

»Ist das Zufall, dass ihr alle eure Fachgebiete habt?«

»Das Wort Zufall gibt es in der Familie Knight nicht«, erwiderte Logan ernst. Ich hatte mir so was bereits gedacht.

DIE PARTY VERLIEF SEHR RUHIG, ganz anders, als ich es mir vorgestellt hatte, denn ich wurde nicht durch die Menge geschleift und irgendwelchen Menschen vorgestellt, sondern hielt mich bei Evan und seinen Brüdern auf.

Wenigstens hatte ich eine Entscheidung für mich getroffen, die ich Evan nur noch mitteilen musste.

Ich konnte nicht länger seine Freundin spielen und so tun, als wäre das zwischen uns echt, während ich nicht mal selbst wusste, ob es das war oder nicht. Die Blicke, die wir uns zuwarfen, die kleinen Zärtlichkeiten, die wir austauschten, die Art, wie er den Arm zwischendurch immer wieder zärtlich über meinen Rücken gleiten ließ.

Ich fühlte mich zu wohl. Zu geborgen. Obwohl ich nichts davon zulassen wollte. Doch es geschah einfach ganz von allein und das war das Gefährliche daran. Ich begann, an die perfekte Lüge zu glauben, und das durfte nicht passieren. Ich wollte nicht verletzt werden.

Und doch würde es passieren. Darüber war ich mir bereits im Klaren.

»Tanzt du mit mir?«, fragte Evan und riss mich mit dieser Frage aus meinen Gedanken.

Er hielt mir seine Hand bereits entgegen, die ich nach kurzer Überlegung ergriff. Wahrscheinlich war das Teil des perfekten Schauspiels.

»Seit wann kannst du tanzen?«, ertönte Christians Stimme, gefolgt von einem lauten Lachen.

»Ich kann tanzen. Nur damit du jetzt nicht denkst, es würde eine Vollkatastrophe folgen. Ich kann nur nicht behaupten, dass ich es gern tue«, erklärte Evan mir die Umstände, während er mich zur Tanzfläche führte.

Auf der Bühne des Saals spielte mittlerweile eine Band, wobei der Takt gerade langsamer wurde, als wir die Tanzfläche betraten. Das war nichts, was Evan dazu bewog, umzudrehen. Im Gegenteil. Mit einem Ruck zog er mich nah an sich und begann dann, mich im Takt der Musik zu bewegen. Er führte mit einer solchen Präsenz, dass ich mir keine Sorgen darum machen musste, eine schlechte Figur abzugeben, denn er hatte mich vollkommen unter Kontrolle.

Und das nicht nur bei diesem Tanz.

»Ist das alles hier für das perfekte Schauspiel?«, fragte ich ihn, während er mir tief in die Augen blickte. So tief, dass ich mich darin verlor. Wie so oft.

»Weißt du, wie sehr ich mir jetzt wünschen würde, diese Frage einfach mit einem Ja beantworten zu können?«

»Aber?«

»Du machst es mir unmöglich, das zu tun.« Seine Lippen fühlten sich unglaublich sanft an, als er mich mitten auf der Tanzfläche küsste und mich einfach alles um mich herum vergessen ließ.

Er küsste mich anders. Nicht so fordernd, sondern eher zurückhaltend und irgendwie ... ängstlich. Als würde ihm gerade ebenfalls bewusst werden, dass wir diese Sache zwischen uns nicht einfach ignorieren konnten.

Auch wenn das der deutlich bequemere Weg wäre. Zumindest für Evan, da er doch felsenfest davon überzeugt war, kein Beziehungsmensch zu sein.

Hoffentlich bildete ich mir das alles nicht nur ein. Ich dachte an Sue. An ihre mahnenden Worte, mich nicht in etwas zu verrennen, weil Evan Knight für Ärger stand – und nicht für die große Liebe, für Treue oder eine Beziehung.

Wie sollte ich es nun noch schaffen, Distanz zwischen uns zu bringen? Nach dem Kuss, mit dem er mir so viel mehr von sich offenbart hatte, als ihm vielleicht selbst bewusst war.

Evan besaß eine unglaublich verletzliche Seite, die er sonst vielleicht gut im Griff hatte, doch nicht vor mir.

»Ich habe Angst davor, dass du mir wehtun wirst«, sagte ich ehrlich, während mein Kopf an Evans Brust ruhte und wir uns langsam im Takt der Musik bewegten. Ich hatte darauf gehofft, dass er irgendetwas beteuern würde. Dass es niemals so weit kommen würde oder Ähnliches. Doch stattdessen erwiderte er nur ein leises »Ich auch«, was mich die Augen schließen ließ.

Es war so oder so schon zu spät, um mich vor irgendetwas zu schützen.

Er hielt mein Herz schon längst fest in seiner Hand – und ich war ihm machtlos ausgeliefert.

EVAN

Ich hatte Angst. Zum ersten Mal in meinem Leben. Angst davor, einen Menschen zu verletzen. Kathy zu verletzen.

Ich war nicht nur für mich persönlich ein Wagnis damit eingegangen, sie so nah an mich heranzulassen, sondern automatisch auch für sie. Ich hatte gemerkt, dass ich ihr nicht egal war, und doch hatte ich sie nicht weggestoßen, sondern sie noch näher an mich gezogen. Und hier standen wir...

Auf der Tanzfläche dieses Charityevents, um eigentlich nur eine perfekte Rolle zu spielen. Doch es war kein Schauspiel mehr.

Dieser Kuss, diese Nähe zwischen uns, dieses Verlangen, das ich empfand, wenn ich sie ansah. Das alles war echt.

Kein Wunder also, dass diese Angst mich zu erdrücken versuchte. Es ging nicht mehr nur um mich.

Und das ausgerechnet jetzt. Ausgerechnet an diesem Punkt in meinem Leben.

Erins Tod ... ich würde nicht einfach die Füße stillhalten und nichts unternehmen. Für mich war es vollkommen in Ordnung gewesen, jegliches Risiko einzugehen, um Antworten zu bekommen. Doch nun war da Kathy mit ihrer Angst, dass ich sie verletzen könnte.

Fuck!

Ich umfasste ihre Hand und zog sie von der Tanzfläche. Eigentlich wollte ich mit ihr weg von hier. Weg aus der Öffentlichkeit. An einen Ort, wo es nur uns beide gab, um mir hoffentlich über einige Dinge klar zu werden, doch

Logan hielt uns auf. Oder besser gesagt mich, denn Kathy verschwand in Richtung Toiletten.

Ich hatte erwartet, dass Logan einen dummen Spruch machen würde, doch in seinen Augen konnte ich sehen, dass etwas vollkommen anderes in ihm vorzugehen schien.

»Was läuft da wirklich?«, fragte er mich ohne Umschweife.

»Logan ...«

»Nein! Ich sehe diese Panik in deinen Augen und ich will wissen, wie es dir geht.«

»Ich ... es ist alles ungewohnt für mich, okay?«

»Vor allem ist es kein Schauspiel mehr für dich, habe ich recht?«

Nervös fuhr ich mir mit der Hand durch die Haare. »Du hast gerade ziemlich schlimme Nachrichten erhalten, die dich aus der Bahn geworfen haben. Dazu ändert sich gerade dein ganzes Leben, weil diese Frau dir endlich mal zeigt, dass nicht alle dort draußen gleich sind.«

Logan traf mit seinen Worten genau ins Schwarze, wobei es hart war, wie er mir den Spiegel vorhielt. »Ist sie eine Ablenkung für dich oder ist da was? Darüber solltest du dir schnell klar werden, weil jeder noch so verkorkste Mensch sehen kann, dass sie auf jeden Fall etwas für dich empfindet.«

»Das weiß ich, okay?«, raunte ich, doch Logan ließ mich noch nicht weiterziehen.

»Ich weiß nicht, ob das okay ist. Diese Frage solltest du dir allerdings beantworten können. Kannst du es mit dir selbst vereinbaren, wenn du ihr das Herz brichst, weil du nicht weißt, wo du gerade stehst? Krieg erst mal eine Sache auf die Reihe, damit du wirklich frei bist, diese Frau so zu behandeln, wie sie es verdient hat.«

»Meine Fresse, Evan. Ich hätte ja nie gedacht, dass in dir ein solcher Tänzer steckt!« Christian unterbrach unser Gespräch, wofür ich ihm unendlich dankbar war, denn ich wusste nicht, was ich entgegnen sollte. Ich konnte nicht mal einen klaren Gedanken fassen.

»Könntet ihr Kathy bitte ein Taxi rufen und ihr sagen,

dass es mir leidtut?«, fragte ich und setzte meinen Weg in Richtung Ausgang unbeirrt fort. Ohne mich noch einmal aufhalten zu lassen, ohne zurückzublicken, ohne die Reaktion meiner Brüder abzuwarten.

Ich brauchte frische Luft, die mir hoffentlich dabei helfen würde, einen klaren Kopf zu bekommen.

Ich beschloss, nach Hause zu laufen, statt mich fahren zu lassen, in der Hoffnung, Antworten zu finden. Antworten auf Fragen, die mir noch gar nicht wirklich klar waren.

Nach etwa einer halben Stunde strammen Fußmarsches, in der ich meine Umgebung nicht einmal wahrgenommen hatte, wurde mir klar, dass es eine beschissene Idee war, in diesen unbequemen Scheißschuhen und diesem Smoking so weit nach Hause zu laufen. Doch natürlich setzte ich meinen Weg unbeirrt fort. Ich war kein Typ, der aufgab.

Das hatte ich noch nie getan.

In meiner Sakkotasche vibrierte mein Handy, wobei ich davon ausging, dass es Kathy war, die mit mir reden wollte, oder Logan, der mit seiner Predigt noch nicht fertig war.

Ich erstarrte, als ich Erins Namen auf dem Display las. Ich hatte den Privatdetektiv unter ihrem Namen eingespeichert.

Fuck, ich war nicht bereit für Neuigkeiten und doch wollte ich unbedingt alles wissen, weshalb ich das Telefonat entgegennahm.

»Hier ist Vasquez. Können wir uns treffen?«, fragte er mit rauer Stimme.

»Klar. Ich bin in einer halben Stunde da«, erwiderte ich und rief nun doch meinen Fahrer an, damit er mich aufgabelte.

Vasquez hatte sich laut eigener Aussage wohl eher den nächsten Tag vorgestellt, aber das war mir scheißegal. Schließlich bezahlte ich ihn fürstlich für seine Arbeit, da konnte ich auch Antworten von ihm verlangen, egal zu welcher Tages- oder Nachtzeit.

Mein Fahrer kam schnell und wusste es besser, als irgendwelche Fragen zu stellen, als ich in die schwarze Limousine einstieg und mich von ihm in einen eher heruntergekommenen Teil dieser glitzernden Stadt bringen ließ.

»Soll ich mitkommen, Boss?«, fragte er mich, als er den Wagen vor einem dreckigen Gebäude stoppte, doch ich winkte ab.

Das hier war meine Angelegenheit, genau wie alles, was noch folgen würde. Ich wollte und würde niemanden mit hineinziehen.

Der Flur zum Büro des Privatdetektives stank nach Pisse, weshalb ich meinen Schritt beschleunigte, bevor ich die klapprige Tür aufstieß. Er verdiente schon allein durch mich ein wahnsinniges Geld und da ihn auch mein Bruder beauftragt hatte, konnte es ihm finanziell nicht so schlecht gehen, um diese heruntergekommene Scheiße zu rechtfertigen. Außerdem eilte ihm sein Ruf weit voraus, weshalb er auch außerhalb der Knights mit Sicherheit gut verdienen musste.

»Was ist das für ein Drecksladen?«, fragte ich ihn, als ich in sein Büro eingetreten war. Er saß hinter einem alten Schreibtisch, wobei sich im ganzen Raum irgendwelche Unterlagen und Überwachungsequipment stapelte.

»Ich fliege gern unter dem Radar. Außerdem treffe ich meine Kunden eigentlich nie hier, aber so weit, um das klarzustellen, sind wir ja bei dem Telefonat gar nicht gekommen, nicht wahr?«

»Komm zum Punkt, Vasquez.«

»Ich habe weitere Nachforschungen angestellt, ganz so wie beauftragt.«

»Weiß davon auch wieder mein Bruder alles?«

»Sorry, aber ich bin keine Plaudertasche. Bei mir wird Schweigepflicht noch verdammt großgeschrieben.«

»Ach ja, interessant. Hör zu, ich hab gerade wirklich beschissene Laune, also liefer mir jetzt irgendwelche brauchbaren Informationen bitte.«

»Ich weiß, wo Erin gearbeitet hat, und kenne ihren Obduktionsbericht.« Ich nickte und verschränkte die Arme vor der Brust. Die Einladung von Vasquez, mich hinzusetzen, schlug ich somit rein körpersprachlich schon einmal aus. Ich wollte mich nicht hinsetzen, ich wollte es mir nicht gemütlich machen. Ich brauchte nur Antworten von ihm. Genau das, wofür ich ihn bezahlte.

»Sie hat bei einem zwielichtigen Zuhälter als Prostituierte gearbeitet. Der Typ ist dafür bekannt, seinen Mädchen Drogen zu besorgen, weil es sie gefügiger macht. Außerdem entsorgt er auch gern welche von ihnen, wenn sie ihm nicht mehr gut genug sind.«

»Also hat irgendein kranker Wichser dort draußen ...«

»Hey, so weit war ich noch nicht. Das sind jetzt Dinge, die du in meine Worte interpretierst, und das sollte dir klar sein, bevor du durchdrehst oder irgendeine unüberlegte Scheiße verzapfst.«

Ich biss die Zähne aufeinander.

»Die Todesursache ist eine Überdosis. Mehr ist nicht bekannt. Es gibt keinerlei Beweise, dass der Zuhälter etwas damit zu tun hat. Mehr kann ich nach all den Jahren auch nicht mehr herausfinden. Das ist alles, was ich dir präsentieren kann.«

»Falsch, ich habe den Namen dieses Wichsers noch nicht gehört.«

»Hör zu, wir reden hier nicht von irgendeinem Kleinkriminellen. Genau genommen ist das ein Typ, mit dem du dich verdammt noch mal nicht anlegen solltest. Ganz egal, wer du bist, verstanden?«

»Namen. Der Rest ist meine Sorge, verstanden?«, fragte ich zurück.

Wer war dieser Kerl, dass er so mit mir redete, verdammt noch mal? Es war meine Entscheidung, ob ich Rache für meine Schwester üben würde oder nicht.

»Vincent Stone. Er operiert aus der Bronx heraus. Halt dich von ihm fern, Knight! Das ist mein gut gemeinter Rat in dieser Sache.«

»Adresse?«

»Evan, ich meine es ernst.«

»Und ich reiße dir gleich deinen verdammten Arsch auf, wenn du mir nicht sofort alle Details gibst, die ich haben will. Dafür bezahle ich dich schließlich und nicht für irgendwelche Ratschläge, mit welchen Menschen ich mich besser nicht anlegen sollte.«

Er reichte mir einen Zettel, den ich sofort in meinem Anzug verschwinden ließ.

»Ich wünsche dir viel Glück. Aber sag hinterher nicht, dass ich dich nicht gewarnt hätte.«

Ohne auf seine Worte einzugehen, verließ ich das kleine Büro und war froh, als ich wieder in meinem Wagen saß.

»Wohin?«, wollte Alessandro wissen. Ich konnte nicht einfach so zu diesem Kerl, ohne jegliche Vorbereitung und erst recht nicht ohne Waffe, weshalb ich mich einfach nach Hause bringen ließ.

Obwohl mein Verlangen danach, mit Kathy zu sprechen und ihr alles zu erklären, riesig war. Sie hatte mich gebeten, sie nicht zu verletzen, und genau das hatte ich mit meinem überstürzten Abgang von der Party getan – ohne sie nach Hause zu bringen oder mich von ihr zu verabschieden.

Scheiße ... aber es war vermutlich besser so. Für sie auf jeden Fall. Ich hatte sie schon viel zu sehr mit in meine Welt hineingezogen. Auch wenn sie die erste und wahrscheinlich für immer einzige Frau war, mit der ich mir mehr vorstellen konnte als nur eine wilde Nacht in irgendeinem anonymen Hotelzimmer.

Für Kathy war es besser. Lieber jetzt, als wenn wir noch mehr Gefühle füreinander entwickelten.

Gefühle füreinander.

Verdammt, ich hatte Gefühle für diese Frau. Für eine vollkommen Fremde.

Gefühle, die ich dorthin verbannen musste, wo sie hingehörten.

Gefühle waren nur was für Verlierer – und ich war kein Verlierer!

KATHY

Ich zog meinen Lippenstift nach und betrachtete mich für einige Sekunden im Spiegel, während ich versuchte, meinen Herzschlag zu beruhigen. Dieser Tanz mit Evan, dieser Kuss. Meine Wangen glühten vor Hitze.

»Netter Tanz.« Die Stimme einer Frau ließ mich aufblicken, während ich mir die Hände trocknete.

»Vielen Dank«, erwiderte ich lächelnd, wobei ich erst jetzt in ihr Gesicht blickte und darin nicht einen Hauch Freundlichkeit entdecken konnte. Ganz im Gegenteil. Sie musterte mich eher belustigt.

»Du bist dann also seine Frau für heute Nacht, ja?«

»Und Sie sind?« Die blonde Schönheit zog sich nun ebenfalls in aller Seelenruhe die Lippen nach.

»Seine Frau für alle anderen Nächte«, erwiderte sie, was mich die Augenbrauen heben ließ.

»Ah ja. Komisch, davon hat er gar nichts erwähnt.«

»Schätzchen, bild dir nichts ein. Dort draußen auf der Party befinden sich so viele von Evans Betthäschen, die alle geglaubt haben, sie wären etwas Besonderes für ihn. Sie alle haben gedacht, sie hätten den wilden Knight-Bruder gezähmt, aber ein Evan Knight lässt sich nicht zähmen. Er spielt mit dir, bis er genug hat und dann lässt er dich fallen. So war es bei uns allen und so wird es auch bei dir sein.«

»Wenn du das meinst.«

»Ich meine es nicht nur, ich weiß es. Er ist gegangen, das hat dir nur noch keiner mitgeteilt, was? Während du dir hier die Nase puderst, um dich für ihn aufzuhübschen, ist er schon längst verschwunden. Evan steht nicht auf diese offiziellen Anlässe. Ich bin mir sicher, er ist auf dem direkten Weg in einen Klub, um eine Frau aufzureißen, die er vögeln kann. Hoffentlich hast du deine drei Minuten Ruhm mit ihm genossen. Du bist nämlich Geschichte, Süße.« Mit diesen Worten und einem schäbigen Grinsen auf dem Gesicht verschwand sie aus dem Raum, während ich für einige Sekunden unsicher zurückblieb.

Er war gegangen?

Ganz sicher nicht.

Wir hatten gerade auf der Tanzfläche doch noch ...

O verdammt. Dieser Ausdruck in seinen Augen. Die Art und Weise, wie er den Tanz unterbrochen hatte. Er war davongelaufen, weil ihm das alles zu viel geworden war.

Oh, bitte nicht.

Ich riss die Tür auf, wo mich die Musik, die Luft und das Stimmengewirr beinah erschlugen. Mein Blick hielt suchend nach Evan Ausschau, doch außer der Frau von der Toilette mit drei anderen, hämisch grinsenden Frauen, sah ich kein bekanntes Gesicht. Bis Logan plötzlich vor mir stand.

»Kathy ...«

»Er ist weg, oder?«, fragte ich und versuchte, mich zusammenzureißen.

»Ja, das ist er. Weißt du noch, was ich dir über ihn gesagt habe? Er ist ein guter Kerl, aber momentan macht er einfach zu viel durch. Dann diese Sache mit dir, das verunsichert ihn. Ich möchte mich jetzt gar nicht für Evan entschuldigen, aber ich kann ihn vielleicht besser als jeder andere Mensch in diesem Raum verstehen. Ich weiß, dass er Gefühle für dich hat – und das ist etwas, das ihm eine Scheißangst einjagt. Gib ihn jetzt bitte nicht auf, aber gib ihm Zeit, okay? So kompliziert dir das jetzt vielleicht auch erscheint. Er ist ein guter Kerl. Wir sind nur alle ein wenig ...«

»Verkorkst? Wenn du das gerade sagen wolltest, dann kann ich dir verdammt noch mal nur zustimmen!« Mit diesen Worten drehte ich mich weg von ihm und verließ den prachtvollen Ballsaal, in dem ich wenigstens für eine Weile verdammt glücklich gewesen war.

Viel zu glücklich.

Ohne jegliche Vorsicht.

Scheiße, ich war einfach selbst schuld daran, dass ich mich nun so fühlte.

Ich konnte das Grinsen der blöden Tussen in meinem Rücken spüren. Wie sie ihren Triumph feierten, weil Evan mich hängen lassen hatte.

Sollten sie sich doch über mich lustig machen und sich ihre Mäuler zerreißen. Ich konnte sie eh nicht davon abhalten.

Gott sei Dank stand vor Tür direkt ein Taxi, in das ich einstieg, während ich fröstelnd meine Hände über die Oberarme rieb.

»Soll ich die Heizung aufdrehen, Ma'am?«, fragte der aufmerksame Fahrer sofort, was ich allerdings verneinte. Es war keine Kälte, gegen die eine Heizung irgendetwas ausrichten könnte.

Ich fror innerlich. Überfordert von der Kälte, die auf unsere Hitze gefolgt war.

Auf der Tanzfläche hatte ich mir so viele Hoffnungen gemacht. Verdammte scheiße, ich hatte diesen Mann darum gebeten, mir nicht wehzutun, und er hatte nichts Besseres zu tun, als abzuhauen?

Welcher Mann tat denn bitte so was?

Ich schluckte die Tränen runter, die sich in meinen Augen gebildet hatten, allerdings mit wenig Erfolg.

Gut, dass der Weg nach Hause nicht so weit war. Nachdem ich den Fahrer bezahlt hatte, eilte ich aus dem Taxi in mein Appartementkomplex, wobei dort zum ersten Mal niemand wartete. Vielleicht waren wir durch diesen bewussten offiziellen Auftritt uninteressant geworden. Oder Evan hatte sich bereits wieder mit einer anderen Frau in der Öffentlichkeit gezeigt oder lieferte den Paparazzi mit einem peinlichen Auftritt in einer Bar alles, was sie brauchten. Womit alle positiven Schlagzeilen direkt zunichtegemacht worden wären.

Ich stieß die Appartementtür auf und blickte sofort auf Sue, die auf der Couch saß und mich entgeistert ansah. Garantiert hatte sie nicht einmal damit gerechnet, dass ich heute überhaupt nach Hause kam. Ich ehrlich gesagt auch nicht.

Aber worin konnte man sich bei Evan Knight schon sicher sein?

»Er ist ein dummes Arschloch«, entfuhr es mir, was Sue kurz aufstöhnen ließ. Sie verkniff sich ein »Ich habe dich gewarnt« oder »Ich habe es dir gesagt« und zog mich stattdessen einfach nur in eine sehr lange Umarmung.

Eine Umarmung, die dazu führte, dass ich losheulte. Wie ein Teenager, dem gerade das Herz gebrochen worden war.

Ich hatte gedacht, zwischen Evan und mir würde sich irgendwas entwickeln. Dass wir eine Chance haben würden.

Ich war so blind gewesen. So dumm und naiv.

Dieser Mann gab Frauen keine Chance.

Er benutzte sie nur. Bis sie ihren Zweck erfüllt hatten. So wie ich meinen.

Es würde dauern, bis ich mich von dieser Sache erholen würde, soviel stand für mich bereits fest.

Logans Worte spukten mir wieder durch den Kopf. Seine Bitte, Geduld mit Evan zu haben.

Er war abgehauen und hatte mich auf der Party stehen lassen, zu der ich ihn so dringend begleiten sollte.

Weil er Gefühle für mich hatte, die ihm Angst einjagten?

Ach scheiße!

Wieso konnte nicht einfach alles einmal leicht sein?

Zwei Menschen, die sich kennen- und lieben lernten und dann glücklich wurden bis zum Ende ihrer Tage. War das zu viel verlangt? Anscheinend schon ...

Zumindest für mich.

»Du bist ein bisschen verknallt, oder?«, fragte Sue leise, während ich mir wütend die Tränen abwischte.

Ein bisschen verknallt ... wahrscheinlich war das die Untertreibung des Jahrtausends. Ich war diesem Mann Hals über Kopf verfallen. Ich war so eine verdammte Idiotin!

EVAN

Ich schlief keine einzige Sekunde in dieser Nacht. Aber darauf hatte ich auch gar nicht gehofft.

Stattdessen durchforstete ich das Internet, um alles über diesen Vincent Stone herauszufinden. Informationen, die ich mir nicht von meinem Privatdetektiv besorgen lassen wollte, denn das würde zu lange dauern.

Außerdem hatte er seine Meinung zu diesem Mann und meinen Plänen ganz klar und deutlich zum Ausdruck gebracht.

Gut, dass ich mich von so etwas nicht beeinflussen ließ oder auch nur irgendetwas auf seine Meinung gab.

Ich wusste, was sich für mich richtig anfühlte, und das war alles, was zählte.

Stone war ein absoluter Dreckskerl, der schon mindestens die Hälfte seiner fünfzig Jahre hinter Gittern verbracht haben dürfte, wenn man den ganzen Berichten im Internet glaubte. Er war einer dieser zwielichtigen Menschen mit einem riesigen Netzwerk von Geschäften um sich herum, von denen wahrscheinlich nur er selbst wusste, welche davon wirklich existierten und welche nur Fake für Geldwäschen waren.

Mich jedenfalls schüchterte er nicht ein. Obwohl ich mir schon darüber im Klaren war, dass ich einen guten Plan brauchte, um diesem Dreckskerl gegenüberzutreten. Natürlich stellte ich mir in einigen klaren Sekunden die Frage, was es mir überhaupt bringen sollte, ihn zu konfrontieren, doch diese Gedanken schob ich immer schnell beiseite, denn darum ging es nicht. Ich wollte die Wahrheit über meine Schwester wissen und er war wahrscheinlich der einzige Typ, der mir etwas dazu sagen konnte.

Mitten in der Nacht führte ich einige Telefonate mit Kontakten aus meiner Anrufliste, auf die ich nicht stolz war, aber von denen ich wusste, dass sie mir irgendwann vielleicht einmal nützlich sein würden.

Noch vor dem Morgengrauen setzte ich mich deshalb in meinen Wagen und fuhr zu einer Adresse in der Bronx, die mir einer meiner Kontaktmänner besorgt hatte. Es war genau die Gegend, in der Leute wie ich mit einem verdammten Lamborghini nichts zu suchen hatten.

Ich parkte den Wagen vor der Hausnummer 1623, wo ich mit einem fest vereinbarten Zeichen an die Tür klopfte.

Ein Mann übergab mir eine braune Papiertüte im Gegenzug für das Bündel Scheine, das ich ihm überreichte.

Ich konnte nicht abstreiten, dass mein Herz nervös klopfte und jede Menge Adrenalin durch meinen Körper beförderte, als ich wieder im Auto angekommen war.

Als Erstes ließ ich den Wagen an und verriegelte die Türen, bevor ich einen Blick in die Tüte warf.

In ihr glänzte im Licht des Wagens eine silberne 9 Millimeter Glock. Genau wie bestellt.

Fuck, was machte ich hier überhaupt?

Vielleicht hatte Liam recht und ich verlor den Verstand.

Aber war es wirklich verwerflich, dass ich Antworten bekommen wollte? Antworten auf Fragen, die mir sonst niemand mehr beantworten konnte, außer dieser Vincent Stone. Er schien der einzige Mensch in ganz New York zu sein, der meine Schwester gekannt hatte.

Ein trauriges Leben, an dem ich nicht unschuldig war. Hätte ich sie rausgeholt, sie würde mit Sicherheit noch leben.

Es waren Vorstellungen in meinem Kopf, von denen mir niemand sagen konnte, ob sie wirklich so gekommen wären. Ich hatte sie mir immer im Haus neben mir mit einem Mann und süßen Kindern vorgestellt.

Mein Herz schmerzte in meiner Brust, während ich zurück in mein Appartement fuhr. Ich musste zur Arbeit. Das Letzte, was ich wollte, war Liams Aufmerksamkeit auf mich zu ziehen.

Im Büro angekommen versuchte ich, mich auf die Arbeit zu konzentrieren, was sich natürlich als absolut unmöglich erwies. Ich konnte keinen klaren Gedanken fassen, doch dafür arbeitete mein Team wieder einmal für mich mit. Was war ich nur für ein beschissener Chef? Ich musste mich bald dringend wieder in den Griff kriegen, damit sie mich wieder als solchen wahrnahmen und nicht mehr nur als das Wrack, so wie in diesem Moment.

Liam bestellte mich heute nicht zu sich und kam auch nicht vorbei, dafür gesellte sich Logan zu mir, kurz bevor ich in den Feierabend aufbrechen wollte.

»Du hast der Kleinen gestern Abend das Herz gebrochen«, sagte er und setzte sich auf den Stuhl vor meinem Schreibtisch.

»Warst du eigentlich schon mal in meinem Büro? Liam war neulich hier, da konnte ich die Frage ganz sicher mit Nein beantworten. Bei dir weiß ich es nicht. Normalerweise kommen doch die großen Bosse aus der Führungsetage nicht zu uns kleinen Bossen, oder?«

»Hör auf, abzulenken. Du hast ganz genau gehört, was ich gesagt habe.«

Ich presste die Kiefer aufeinander und starrte Logan für einige Sekunden einfach nur an, bevor ich ihn fragte, was ihn das eigentlich so genau anging.

»Ich war derjenige mit der Arschkarte, der Kathy gestern Abend die frohe Kunde überbringen konnte. Ich dachte, ich nutze die Gelegenheit, um dir den Arsch aufzureißen und dir ins Gewissen zu reden, weil du gerade dabei bist, dir diese unglaublich kluge, nette und hübsche Frau durch die Lappen gehen zu lassen, für die du anscheinend wirklich etwas empfindest.«

»Ich empfinde nichts für sie.«

»Ach komm schon. Wenn das gestern Abend alles ein Schauspiel war, dann solltest du dich in Hollywood bewerben, denn dann verschwendest du hier auf jeden Fall Talent.«

»Logan, können wir das eigentlich irgendwann anders besprechen? Mir steht jetzt gerade wirklich nicht der Sinn danach.«

»Schon klar, ist ja auch ziemlich unbequem, darüber zu reden. Verstehe ich schon. Du siehst übrigens scheiße aus.«

»Bin so geboren worden.«

»Evan ...«

»Logan, lass mich einfach eine Weile in Ruhe, okay? Bitte. Das ist doch nicht zu viel verlangt, oder? Ich brauche nur ein bisschen Ruhe.«

Er hob abwehrend die Hände, bevor er sich von dem Stuhl erhob.

»Ich behalte dich im Auge, darauf kannst du dich verlassen. Garantiert werde ich nicht dabei zusehen, wenn es noch einmal bei einem von uns den Bach runtergeht. Den Fehler habe ich einmal gemacht. Und du sendest mir gerade alle Vibes, die meine Alarmglocken zum Schrillen bringen.«

Ich schwieg, denn ich wollte ihn nicht anlügen. Es war das eine zu behaupten, dass alles in Ordnung war, aber es war etwas anderes, ihn davon zu überzeugen, dass es mir gut ging ... denn es ging mir nicht gut.

»Denk an den Ball morgen.« Mit diesen Worten verließ er mein Büro, was mich kurz die Augen schließen ließ.

Fuck! Morgen war noch eine von diesen dusseligen Benefizveranstaltungen. Nicht selbst organisiert von unserer Firma, aber eine Veranstaltung, zu der wir Knights immer geschlossen gingen. Eine Veranstaltung, zu der ich Kathy ebenfalls eingeladen hatte.

Ob ich ihr absagen sollte? Sie würde bestimmt nichts mehr mit mir zu tun haben wollen nach meinem Abgang, was wahrscheinlich auch besser war. Vor allem in dem Zustand, in dem ich mich gerade befand.

Mit jedem Satz, den ich über Vincent Stone im Internet gelesen hatte, war meine Verbitterung größer und meine Wut stärker geworden. Es war für mich keine Frage mehr, ob ich ihn zur Rede stellen würde, sondern nur noch wann.

Und wenn morgen nicht der richtige Zeitpunkt war, dann halt übermorgen.

KATHY

Ich saß im Bademantel im Wohnzimmer und starrte die Uhr in der Küche an, deren Zeiger sich unweigerlich immer weiter auf die Uhrzeit zubewegten, zu der ich eigentlich auf dem Ball sein sollte.

Er hatte mich sitzen lassen. Das bedeutete doch, dass ich nicht mehr kommen sollte, oder? Gleichzeitig hatten wir diese Abmachung, uns dort zu treffen. Eine Abmachung, der ich zugestimmt hatte.

Ich wollte ihn nicht hängen lassen, obwohl er genau das mit mir getan hatte. Was stimmte eigentlich nicht mit mir?

Vielleicht war es aber auch nur meine Art und Weise, vor mir selbst zu rechtfertigen, dass ich ihn sehen wollte. Ich wollte mit ihm sprechen, ihn durchschütteln oder ihm vielleicht sogar direkt eine Ohrfeige verpassen, um ihn zur Besinnung zu bringen. Und natürlich dazu, mir meine Frage zu beantworten, wie man sich bitte so verhalten konnte.

Wenn mir eins in den letzten Stunden klar geworden war, dann, dass ich mich nicht so einfach abservieren ließ.

Aus diesem Grund erhob ich mich von der Couch und ging zum Badezimmer, wo ich mich kurz im Spiegel betrachtete, bevor ich mit meinem Make-up begann. Ich würde strahlen heute Abend und so wunderschön aussehen, wie es mir nur möglich war. Sollte der Typ doch direkt sehen, was er verpasste.

Hoffentlich würde der Schuss nicht nach hinten losgehen. Ich wollte mich nicht selbst quälen und das konnte mit diesem Vorhaben durchaus passieren.

Ich wartete darauf, dass mich der Fahrer abholte, doch niemand kam. Gut, dann nahm ich mir halt ein Taxi und fuhr zu der Veranstaltung.

Wie er wohl gucken würde, wenn ich dort auftauchte? Wahrscheinlich schockiert, aber ich hielt mich an unsere Absprachen und würde ihn dafür bluten lassen.

Zehntausend Dollar.

Auch wenn diese Summe für ihn wahrscheinlich lächerlich war.

Wenn ich mich schon ausnutzen und verarschen ließ, dann wollte ich auch etwas davon haben. Selbst wenn ich mir nichts aus Geld machte.

Ich erreichte die Veranstaltung pünktlich, wobei es Liam war, den ich vor dem Eingang zu dieser Veranstaltung vor der Tür abfangen konnte. Ich wusste nicht mal, was hier heute gefeiert wurde – so weit waren Evan und ich in unserer Unterhaltung nie gekommen.

»Kathy. Wo ist Evan?«, fragte er, was mich kurz die Augenbrauen hochziehen ließ.

»Keine Ahnung, ich dachte, dazu könntest du mir etwas sagen.«

»Wolltet ihr nicht zusammen hierherkommen?«

»Oh, das war der Plan, bevor er mich auf dem Ball hat stehen lassen und verschwand. Ich bin einfach hierhergefahren, weil ich meine Abmachung mit ihm einhalten wollte. Ist er noch nicht hier?«

»Nein und er geht nicht an sein verdammtes Handy. Ich dachte, er würde mit dir zusammen erscheinen. Meine Brüder wissen auch nichts.«

»Was ist mit dem Fahrer? Er sollte mich abholen, ist aber nicht erschienen. Vielleicht ist er mit Evan unterwegs.«

Liam nickte nachdenklich und deutete auf den Eingang.

»Lass uns reingehen, dann werde ich versuchen, Alessandro anzurufen.«

Ich folgte ihm, wobei wir drinnen auf Logan und Christian trafen, die mich ebenfalls begrüßten. Auch von ihnen wusste niemand, wo Evan sich aufhielt oder warum er nicht aufgetaucht war wie verabredet.

»Ist das ein Grund, mir Sorgen zu machen?« Wobei die Frage vollkommen bescheuert war. Ich musste mir keine Sorgen um ihn machen, denn ich hatte nichts mit diesem Mann zu tun.

Wenn mein Herz nicht so laut etwas anderes behaupten würde, verdammt noch mal!

»Er war verdammt scheiße drauf in den letzten Tagen«, sagte Logan, was Christian mit einem Nicken bestätigte. Die beiden hatten auf der Arbeit Kontakt zu ihm gehabt, wobei sich wohl angedeutet hatte, dass es ihm nicht gut ging.

»Die Sache mit seiner Schwester geht ihm nah, was verständlich ist. Ich glaube nur, wir alle haben es unterschätzt.«

»Vielleicht sollten wir James anrufen. Es kann ja auch sein, dass er dorthin gefahren ist, oder?«

»Ich werde Alessandro anrufen«, sagte Liam sofort, während Christian James anrief und ich mit Logan in der Eingangshalle stehen blieb. Es war eine sonderbare Atmosphäre. Leute lachten, Musik spielte und wir standen hier und wurden immer mehr von einem unguten Gefühl eingenommen. Ich spürte, wie die Sorge in mir wuchs und verfluchte mich dafür.

»Worüber reden wir hier, Logan?«, fragte ich, was ihn aufblicken ließ. »Ich meine, Drogen, Alkohol, Frauen, was ist es, was in eurem Kopf vorgeht? Ich kenne ihn nicht gut genug, um überhaupt zu wissen, worum es hier geht, und ich sollte vermutlich auch gar nicht hier sein.«

»Es ist wunderbar, dass du hier bist, weil du der erste Mensch bist, der es geschafft hat, an Evan heranzukommen. Ich wünschte, ich könnte dir sagen, was gerade los ist, aber ich weiß es selbst nicht. Wir hatten alle von Anfang an das ungute Gefühl, dass er den Tod seiner Schwester nicht einfach so wegstecken wird – und so ist es auch. Aber Evan ist Evan. Er kann perfekt lächeln, während in ihm eine ganze Welt zusammenbricht. Deshalb waren Christian und ich in den letzten Tagen immer bei ihm. Wir haben die Alarmzeichen gesehen, aber wir wissen beide nicht, in welche Richtung sie gehen.«

Ich spürte, wie sich mein Magen schmerzhaft zusammenzog. Hätte ich diese Alarmzeichen auch sehen müssen? Wie hätte ich sie deuten sollen, wenn es nicht mal seine Brüder konnten. Außerdem war es nicht so, als hätten wir eine Beziehung oder würden uns unglaublich nah stehen. Da waren nur dieses Kribbeln und dieses Gefühl, dass diese Verbindung zwischen uns etwas Besonderes war.

Dinge, die ich mir vielleicht nur einbildete. Da er so gut lächeln konnte, obwohl etwas ganz anderes in ihm vorging, hatte er mich hinters Licht geführt.

Ich erinnerte mich an den Kuss. Nicht an die Küsse aus der heißen Nacht, sondern an jenen Kuss auf der Tanzfläche. Diesen echten Kuss, der mir so viel mehr über Evan und seine Gefühlswelt gesagt hatte, als er das selbst wohl je tun konnte.

Er war echt gewesen. Pur. Und genau daran musste ich gerade denken.

»Er ist nicht bei James und er hat auch nichts von Evan gehört in den letzten Tagen. Seine Anrufe hat er ignoriert.«

»Alessandro hat ebenfalls keine Ahnung, wo er steckt. Er wollte ihn abholen, um ihn zum Ball zu fahren, doch er war nicht da. Der Lamborghini fehlt.«

»Alles klar. Also klappern wir die Bars ab, in denen er sich gern aufhält, und hoffen einfach darauf, dass wir ihn nicht im Velvet Inn finden«, sagte Christian, während Logan kurz die Hände ballte. Es war eine so unübersehbare Geste, dass sie selbst mir auffiel. Ich hatte keine Ahnung, was das Velvet Inn war, allerdings hatte allein die Erwähnung dieses Namens dazu geführt, dass die Stimmung urplötzlich noch angespannter war.

»Ich habe noch eine Idee und ich hoffe, dass sie uns weiterbringen wird.« Liam holte sein Handy erneut hervor und sondierte sich einige Schritte von uns ab, während ich mir gerade die Frage zu beantworten versuchte, was ich in dieser Situation tun sollte.

»Kannst du in sein Appartement fahren? Falls er dort auftaucht?«, fragte Logan und ließ mich aufblicken. »Wir werden die Bars abklappern und brauchen dazu auch Alessandro.«

»Ich ... klar.«

»Gut, ich fahre dich hin.«

Aus dem Augenwinkel sah ich, wie Liam sich ungehalten durch die Haare fuhr und dabei den Kopf schüttelte. Er sah nicht glücklich aus mit den Nachrichten, die er gerade erhalten hatte.

Hoffentlich war Evan nichts passiert.

Ja, bis vor einigen Minuten hatte ich ihm alles Schlechte der Welt an den Hals gewünscht, weil ich so unglaublich wütend auf ihn war, aber ich hatte es nicht so gemeint ... rein gar nicht. Ich wollte nur, dass sich seine dunklen, gequälten Augen wieder aufhellten, während er freudig lachte. Genau das war es, was ich wollte.

Gepaart mit einem Kuss. Einem echten, schüchternen Kuss von Evan Knight, der mit mir absolutes Neuland betrat und dabei nicht das arrogante Arschloch sein konnte, das er gern verkörperte. Weil es ihn verunsicherte und weil er darauf angewiesen war, dass ich ihm zeigte, wie die wahre Welt funktionierte.

Ich würde es so gern tun.

Dafür musste er es nur zulassen.

Dass er es wollte, wusste ich mittlerweile. Doch es gab noch so viele andere Faktoren ...

Zuerst musste er wieder nach Hause kommen.

EVAN

Es war dunkel geworden um mich herum, während ich einen Schluck aus der Whiskeyflasche trank in der Hoffnung, meine Nerven und meine rasende Wut etwas unter Kontrolle zu bekommen.

Ich saß bereits seit Stunden hier und beobachtete den Eingang zu Vincent Stones kleinem Untergrundparadies, wobei ich nicht wusste, ob er da war oder nicht. Bevor ich das nicht herausfand, konnte ich nicht einfach mit meiner Knarre im Hosenbund dort reinlaufen. Ich hatte keinen wirklichen Plan, aber ich musste wenigstens wissen, dass ich den Mann, auf den ich es abgesehen hatte, auch wirklich antraf.

Der Moment der Überraschung, den musste ich nutzen. Wenn er erst einmal gewarnt war, würde ich wahrscheinlich nicht mehr an ihn herankommen.

Ich presste meinen Hinterkopf gegen den Sitz und versuchte, nachzudenken. Was mir seit Tagen nicht gelingen wollte. Seit ich all die Informationen vom Privatdetektiv erhalten hatte. Fuck, gerade war es nicht das erste Mal, dass ich mir wünschte, keine weiteren Nachforschungen angestellt zu haben.

Was war ich nur für ein Arschloch, so zu denken ... und doch konnte ich sie nicht mehr retten, ganz egal, was ich jetzt auch tat.

Normalerweise hätte ich den Abend heute mit Kathy verbringen sollen, doch das würde sie wahrscheinlich gar nicht mehr wollen. Weil ich ein verdammter Feigling war und zu viel Angst vor meinen eigenen Gefühlen hatte.

Danke, Dad.

Ich zuckte zusammen, als jemand gegen die Scheibe meines Wagens klopfte. Innerlich stellte ich mich darauf ein, dass es ein Cop war und ich gleich mächtig Ärger wegen der illegalen Waffe in meinem Hosenbund bekam, doch stattdessen blickte ich in Augen, die mir bekannt waren.

Mit einem Seufzen ließ ich die Scheibe runter und musste überrascht feststellen, dass dort nicht nur Liam stand, sondern auch Logan und Christian.

»Dieser Privatdetektiv ist das hinterletzte Arschloch«, murmelte ich, denn nur er konnte mich verraten haben. Es würde mich auch nicht wundern, wenn Liam ihn genau darauf angesetzt hatte. Ich traute meinem Bruder alles zu ... vor allem aber die Entscheidung, mich vor mir selbst zu schützen.

Seit jener Nacht, als schon so viel nicht mehr zu retten gewesen war, hatte er immer ein Auge auf jeden Einzelnen von uns.

»Er hat uns jedenfalls die Arbeit erspart, in jeder gottverdammten Bar und jedem Klub dieser Stadt nach dir zu suchen«, erwiderte Liam und öffnete die Autotür. Meine Brüder trugen ihre schicken Smokings, was sie in dieser Gegend wirklich surreal wirken ließ. Genau wie mich in diesem Lamborghini.

»Komm, wir fahren nach Hause. Steig in meinen Wagen, du darfst mit Sicherheit nicht mehr fahren«, sagte Logan, doch ich schüttelte nur den Kopf. Ich war hier noch nicht fertig und würde nicht einfach abhauen.

»Was willst du denn machen, Evan? Erklär es mir. Du willst da jetzt reingehen, dich mit Vincent Stone und seinen Leuten anlegen und was tun? Sie abknallen mit der Waffe, die du dir besorgt hast, nur um dann den Rest deines Lebens im Knast zu verbringen? Was willst du tun?« Liam hatte mich nach hinten geschubst, sodass ich gegen meinen Wagen geprallt war. In seinen Augen loderte Wut, weshalb Logan ihn am Arm fasste, doch Liam schüttelte seine Hand sofort ab. »Ich höre, Evan. Was ist dein verdammter Masterplan?«

»Ich werde ihren Tod nicht einfach so gut sein lassen.«

»Du kannst aber nicht mehr rückgängig machen, was geschehen ist. Ganz egal, was du jetzt auch machst.«

»Ich ...« Meine Stimme versagte, denn meine Gefühle überkamen mich. Was ich dringend unter Kontrolle kriegen musste. Es geschah zu oft. Mit Kathy, mit Erin. Das alles war zu viel für mich. Normalerweise verlief mein Leben nach einem klaren Plan, auch wenn das jeder bestreiten würde.

Für mich war es eine Sicherheit: jeden Tag zur Arbeit, abends feiern, mich mit Frauen abreagieren ...

Fuck!

Logan zog mich mit einem Ruck an sich, während ich alles versuchte, um nicht die Kontrolle zu verlieren – beziehungsweise um sie nicht noch mehr zu verlieren. Für alles andere war es bereits zu spät.

»Wir werden das jetzt zusammen durchziehen. Wir gehen da rein und werden diesen Kerl mit dir zur Rede stellen«, sagte Christian entschlossen, nachdem ich mich wieder genug gefangen hatte, um von Logan zurückzutreten.

»Okay«, erwiderte Logan und zu meiner absoluten Überraschung nickte auch Liam.

»Leute, ich weiß nicht, was uns da drin erwartet.«

»Tja, dann ist es besser, wenn wir alle zusammen reingehen. Tu mir nur einen Gefallen und lass die scheiß Knarre hier. Ich hab keinen Bock, Blut an meinen Händen zu haben.«

Mit einem Seufzen griff ich in meinen Hosenbund und verstaute die Waffe anschließend im Handschuhfach meines Wagens.

Was wohl ohne meine Brüder passiert wäre? Vielleicht war es besser, dass ich genau das niemals erfahren würde.

Wir betraten das heruntergekommene Gebäude geschlossen, wobei wir natürlich sofort gemustert wurden, als wir eintraten. Hierher passte kein Smoking. Es war das reinste Dreckloch. Die Eingangshalle zur Hölle. Wie tief mussten Menschen gesunken sein, um hierher zu gehen?

Wie tief war Erin gesunken, um hier anschaffen zu gehen?

»Vincent Stone«, sagte ich mit lauter Stimme, während die Musik runtergedreht wurde. Es erfolgte keine Antwort.

»Vincent Stone«, wiederholte ich laut, während eine Tür hinter der Bar, oder was dieser Bretterverschlag auch immer darstellen sollte, geöffnet wurde.

Ein Kerl, etwa fünfzig, trat durch die Tür und musterte uns mit einem belustigten Blick auf den Lippen.

»Was wollt ihr Kasper denn hier? Habt ihr euch vielleicht im Viertel geirrt?« Er entblößte goldene Zahnkronen.

Wenigstens passte er zu diesem Ort – oder der Ort zu ihm.

Ich ging auf ihn zu, wobei ich ihn mit einem Schubs unsanft in sein Büro beförderte. Das hatte zur Folge, dass sich seine Bodyguards näherten, und schon war das Chaos perfekt.

»Wir sind nur hier, um zu reden, Mann. Ich brauche einfach nur ein paar Infos von dir!«, rief ich, während ausgerechnet Liam einem Kerl einen rechten Haken verpasste, der sich gewaschen hatte.

Ich wusste nicht, dass mein Bruder so kämpfen konnte.

»Okay, aufhören, bevor wir gleich die Bullen bei uns stehen haben.« Vincent pfiff seine Leute zurück und deutete uns an, mitzukommen. Der Raum war so klein wie meine Abstellkammer, weshalb es mit uns vieren, Vincent und seinen drei Wachhunden wirklich kuschelig wurde in seinem Büro ... wenn man es denn wirklich so nennen wollte.

»Erin Cosgrove«, sagte ich, doch er starrte mich nur an, weshalb ich ihren Namen wiederholte.

»Du kannst mir das noch zehnmal sagen. Wer soll das bitte sein?«

»Eine Frau, die hier in diesem Drecksloch für dich gearbeitet hat.«

»Süß. Weißt du, wie viele Schlampen hier andauernd ein- und ausgehen?« Ich schoss nach vorn, doch Christian und Logan zogen mich bereits zurück. Die Stimmung in dem kleinen Raum war aufgeladen, denn auch Vincents Wachhunde hatten sich bereits wieder in Bewegung gesetzt.

»Erin Cosgrove. Vielleicht hilft dir das ja auf die Sprünge.« Ich ging bei Liams Worten davon aus, dass er ihm Geld auf den Tisch werfen würde, doch stattdessen hielt er ihm sein Handy entgegen.

»Ach die. Drogensüchtiges kleines Flittchen, was sich in der Gosse vor meinem Laden den goldenen Schuss gesetzt hat.« Gut, dass Logan seinen Arm noch immer um mich gelegt hatte, sonst wäre ich spätestens jetzt nach vorn geschnellt.

Es kostet ihn seine gesamte Kraft, mich zurückzuhalten.

»Kleiner, du solltest dich mal ein bisschen besser unter Kontrolle haben. Du bist viel zu unentspannt. Und dann wegen eines Flittchens, das schon seit Jahren tot ist.«

»Sie war meine Schwester.«

»Hättest du ihr besser mal vorher helfen sollen.«

Logan verstärkte seinen Griff bereits, doch in mir regte sich gar nicht der Impuls, diesem Kerl an die Gurgel zu springen. Er hatte recht, so gern ich ihn auch für den Tod meiner Schwester verantwortlich machen würde. Ich konnte ihm nicht mehr nachweisen, dass er sie an die Drogen herangeführt hatte. Vielleicht war es auch gar nicht so. Es war vollkommener Irrsinn, dass ich überhaupt hierhergekommen war.

Ohne ein Wort zu sagen, drehte ich mich um und verließ den Raum, dicht gefolgt von meinen Brüdern. Ich wollte nur weg von hier.

»Was hast du ihm da gerade gezeigt?«, fragte ich Liam, als wir wieder auf der Straße angekommen waren. Die frische Luft tat gut, half mir allerdings nicht dabei, wirklich klarer zu werden.

»Nichts, was du sehen solltest.«

»Was, Liam? Hast du ein Foto von ihr?«

»Es ist kein Foto von deiner Schwester, sondern von ihrer Leiche. Und ich werde einen Teufel tun, es dir zu zeigen.«

»Ich muss wissen, wie sie ausgesehen hat.«

»Evan.«

»Zeig es mir, verdammt noch mal.« Ohne dass ich ihn weiter bequatschen musste, holte er sein Handy hervor und zeigte mir ihr Foto. Eine Frau mit weit aufgerissenen Augen und dunklen Haaren, im Rinnstein einer Straße liegend. So grauenvoll es auch war, nun wusste ich wenigstens, wie sie ausgesehen hatte. Wir sahen uns ähnlich. Die gleichen dunklen Augen. Die gleichen dunklen Haare. Nur dass sie in ihrem Leben einen anderen Weg eingeschlagen hatte, weil ihr keine andere Chance gegeben wurde.

Ich nickte, spürte aber zeitgleich, wie sich meine Kehle zuschnürte, und ich versuchte, Luft zu bekommen. Erfolglos.

Ich konnte nicht atmen.

Liam zog mich in seine Arme, während ich bittere Tränen vergoss. Tränen, die so unglaublich weh- und gleichzeitig so unglaublich guttaten.

»Wir sind alle hier für dich. Zu Hause in deinem Appartement wartet eine wundervolle Frau darauf, dass du dir, ihr und euch eine Chance gibst.« Ich blickte auf bei Logans Worten, der neben mir gestanden hatte. »Kathy ist zum Ball gekommen, obwohl du sie wie den letzten Dreck behandelt hast. Weil sie an dich glaubt, genau wie wir. Also schwing deinen Arsch jetzt in meinen Wagen, damit ich dich nach Hause fahren kann.«

Ich folgte ihm, während Liam mir meinen Schlüssel abnahm. Ich wollte weg von hier. Weg von diesem Platz, weg von der Gosse, in der meine Schwester gestorben war. Weg von diesem Drecksloch, dieser Hölle, diesem Kerl.

Die Frage danach, ob er irgendwas mit ihrem Tod zu tun hatte oder nicht, würde mich für den Rest meines Lebens begleiten. Doch nach allem, was ich vom Privatdetektiv erfahren hatte, bestand auch die Möglichkeit, dass Erin schon vor ihrer ersten Begegnung mit diesem Mistkerl abhängig gewesen war.

Ich starrte aus dem Fenster, während Logan mich nach Hause fuhr und mich dort sogar bis zu meinem Appartement brachte, wo Kathy direkt die Tür aufriss.

Dort stand sie. In ihrem Abendkleid. So perfekt, so wunderschön. In der Tür zu meinem Appartement. Ich kam nach Hause und würde dort nicht allein sein. Weil sie auf mich wartete.

Ein Gefühl, das ich auf diese Art und Weise noch nie zuvor gespürt hatte.

Auch in meiner Kindheit nicht, denn ich wusste nie, ob meine Eltern uns an dem Tag sehen wollten oder ob nur wieder irgendeine der wechselnden Nannys unsere Grundbedürfnisse erfüllte.

Sie sagte kein Wort, sondern schlang einfach ihre Arme um mich, obwohl ich das gar nicht verdient hatte.

Schließlich hatte sie alles Recht der Welt, einfach stinkwütend auf mich zu sein. Doch selbst wenn sie das war, ließ sie es mich nicht spüren. Ganz im Gegenteil. Sie nahm mir mit ihrer Umarmung so viel Last von den Schultern, wie ich es gar nicht beschreiben konnte.

KATHY

Ich war gestorben vor Sorge. Seitdem Logan mich hier abgesetzt hatte und weggefahren war, hatte ich keinen klaren Gedanken mehr fassen können.

Eine Tatsache, die mir noch einmal mehr vor Augen geführt hatte, dass meine ganzen Bemühungen, Evan Knight zu hassen, fehlgeschlagen waren.

Ich hasste ihn nicht. Ich konnte es nicht mal probieren, denn das, was er in mir ausgelöst hatte, war einfach unbeschreiblich.

Und so war es für mich auch keine Frage, ob ich nun einfach ging, als ich ihn erblickte. Darüber hatte ich mir zugegebenermaßen davor den Kopf zerbrochen. Weil ich nicht wusste, ob ich hierhin gehörte.

Doch jetzt, als ich ihn sah, als mir wirklich klar wurde, wie sehr er litt, wollte ich einfach nur versuchen, ihm Halt zu geben.

Halt, den er so sehr brauchte. Das zeigte mir die Art und Weise, wie er sich an mir festklammerte. Eine Umarmung, in der wir minutenlang verharrten. Erst als er von mir zurücktrat, ließ ich ihn komplett los. Logan war schon längst gegangen, doch davon schien Evan nichts mitbekommen zu haben, da er sich kurz suchend nach ihm rumdrehte, bevor er mir ins Appartement folgte.

»Ich mache dir einen Kaffee, okay?« Evan nickte und ging zur großen Fensterfront, während ich mir einen kleinen, leisen Kampf mit dem Kaffeevollautomaten lieferte, bevor sich die verdammte Maschine endlich in Gang setzte und das tat, was ich wollte.

Als ich mich wieder umdrehte, stand Evan noch immer am Fenster, drehte sich aber zu mir um, als ich die Kaffeetasse auf den Küchentresen stellte.

»Ich ... Kathy, das alles ...«

»Du brauchst nichts zu sagen und dich auch nicht zu rechtfertigen, okay? Nicht heute Abend. Ich glaube, du hast gerade genug Kämpfe auszufechten.«

»Ich möchte mich aber rechtfertigen, weil ich mich wie ein verdammtes Arschloch verhalten habe. Und dafür möchte ich mich entschuldigen. Auch wenn es wahrscheinlich nicht zu entschuldigen ist, dass ich dich auf der Party stehen lassen habe. Genau wie am heutigen Abend. Aber ... ich hatte einfach Angst, okay?«

Genau das hatte ich vermutet. Bereits nach dem Kuss.

»Als du mir gesagt hast, dass ich dir nicht wehtun soll ... ich will dir nicht wehtun. Das ist das Letzte, was ich will, aber ich weiß nicht, ob ich es kann. Weil ich ein so kaputter Mensch bin, dass ich einfach nichts versprechen möchte. Diese ganze Sache mit meiner Schwester tut so unglaublich weh und ich weiß nicht, wie ich damit umgehen soll.«

»Wir kennen uns kaum, Evan, aber ich kann mir denken, dass dich die Idee nicht begeistern wird, mit einem Psychologen aufzuarbeiten, was in deinem Leben alles geschehen ist. Meiner Meinung nach ist das dringend notwendig. Nur so wirst du es irgendwann schaffen, klare Schlussstriche zu ziehen und nach vorn gucken zu können. Du kannst auch mit deinen Brüdern reden oder mit mir, aber Hauptsache du versuchst nicht länger, das alles mit dir auszumachen.«

»Womit habe ich es eigentlich verdient, dass du ausgerechnet jetzt in meinem Leben auftauchst, Kathy?« Ich seufzte bei seiner Frage und all dem Schmerz, den ich in seinen Augen erkennen konnte.

»Weißt du noch? Du hast mich gerettet. Vielleicht ist es jetzt meine Aufgabe, dir eine starke Schulter zu geben, so wie du mir in dieser Nacht.«

Evan legte seine Hand in meinen Nacken und wollte

mich an sich ziehen, doch ich stemmte mich dagegen, weshalb er mich sofort losließ und begann, sich zu entschuldigen.

»Nein! Du musst dich nicht entschuldigen. Ich will einfach nur ... vielleicht ist es jetzt nicht der richtige Zeitpunkt für uns, weil du nicht weißt, was du willst. Ich leide, Evan. Weil ich dir schon viel zu sehr verfallen bin.«

»Ich glaube, ich weiß ganz genau, was ich will. Gerade, als du in der Tür standest und mich in diese Umarmung gezogen hast ...« Er schüttelte den Kopf, während es jetzt ich war, die ihn küsste. Er musste nicht weiterreden, mir nichts mehr erklären, denn ich hatte ihn verstanden.

So wie bei dem Kuss an jenem Abend auf der Tanzfläche.

Die Frage war nur, ob ich auch genug Geduld hatte, alles, was diese Beziehung zu Evan Knight mit sich brachte, auch auszuhalten.

Er floh, wenn er sich in die Ecke gedrängt fühlte. Das wusste ich nun. Es gab nur mit Sicherheit noch so viele andere Dinge, auf die ich noch nicht eingestellt war. Reaktionen, die für mich vielleicht keinen Sinn ergaben – so wie seine Flucht – die für ihn aber den einzigen Ausweg darstellten.

Die Zeit würde es zeigen müssen und ich war bereit, diese Herausforderung anzunehmen, weil ich diesem Mann viel zu sehr verfallen war.

»Bleibst du heute Nacht bei mir?« Seine Frage kam überraschend, doch es fiel mir nicht schwer, darauf zu antworten.

»Natürlich«, erwiderte ich und strich ihm sanft über seine unrasierte Wange, was ihn kurz die Augen schließen ließ.

»Du siehst übrigens wunderschön aus in diesem Kleid.«

»Ich war mir eigentlich noch komplett uneinig mit mir selbst, ob ich dir eine saftige Ohrfeige verpassen soll oder nicht.«

»Feel free. Verdient hätte ich sie jedenfalls.«

»O ja und wie du das hättest. Aber hey, wir fangen jetzt am besten einfach noch mal von vorn an. Wie klingt das?«

»Dann müsste ich ja aus meinen Gedanken streichen, dass du die erste Frau bist, die in meinem Bett geschlafen hat.«

»Okay, dann vielleicht nicht mehr ganz so weit vorn. Es wäre wirklich eine Schande, diesen Sex zu vergessen.«

»Wirst du mit mir klarkommen, Kathy?« Evans Frage überraschte mich, deckte sich aber mit dem, worüber ich auch schon nachgedacht hatte.

»Ich denke, wenn wir offen reden, dann wahrscheinlich schon. Aber wenn du mich noch mal irgendwo stehen lässt, dann wirst du die Ohrfeige bekommen, verstanden?«

»Klar und deutlich verstanden.«

»Vielleicht solltest du den Kaffee nicht trinken, sondern einfach ins Bett gehen, du siehst vollkommen fertig aus.« Evan nickte leicht, bevor er sich von seinem Barhocker erhob. Er umfasste meine Hand und zog mich zu seinem Schlafzimmer, doch in dieser Nacht hatten wir keinen Sex. Wir ließen uns nicht von diesem Verlangen zwischen uns steuern, obwohl es so unglaublich einnehmend war. Die Magie konnte man nicht wegdiskutieren. Doch heute Nacht zählte etwas anderes.

Ich hielt Evan fest, bis er in einen unruhigen Schlaf fiel. Einen Schlaf, der es mir mit Sicherheit nicht erlauben würde, selbst ein Auge zuzumachen, doch das war okay. Ich würde auf ihn aufpassen. Weil er genau das gerade brauchte.

Dieser große, starke, selbstbewusste und autoritäre Mann.

Das war dann wohl seine andere Seite. Seine ehrliche Seite, mit der wir gerade beide lernen mussten, umzugehen.

Mein Handy vibrierte auf dem kleinen Beistelltisch, doch Evan wurde davon Gott sei Dank nicht aufgeweckt. Es war eine Nachricht von Liam, der mich an unsere Verabredung am morgigen Tag erinnerte.

Ich hatte keine Ahnung, wie Evan darauf reagieren würde.

Hoffentlich war es nicht zu viel für ihn, wenn er davon erfuhr.

EVAN

Ich schlug die Augen auf und atmete den Geruch von Kathys Parfüm ein. Sie lag noch immer in meinen Armen, während ihr Kopf mittlerweile auf meiner Brust ruhte. Keine Ahnung, ob wir die ganze Nacht so hier gelegen hatten, denn ich war nicht einmal aufgewacht. Und das nach allem, was gestern geschehen war.

Ob es an ihrer Anwesenheit lag, dass ich mich so unglaublich ruhig fühlte? Vielleicht war ich aber auch noch nicht richtig wach. Die Bilder, die Erinnerungen, die Schuldgefühle, das alles würde gleich mit Sicherheit wieder Besitz von mir ergreifen.

Ich versuchte mich nicht zu bewegen, denn ich wollte sie nicht wecken, doch ihre Haare kitzelten so sehr unter meiner Nase, dass ich mir ein lautes Niesen nicht verkneifen konnte.

Kathy war aufgeschreckt und sah mich vollkommen überfordert an.

»Komm her, ich musste nur niesen«, sagte ich und zog sie zurück in meine Arme, damit sie in Ruhe wach werden konnte. Sie war mitten aus dem Schlaf gerissen worden.

»Das war unsanft.«

»Deine Haare sind schuld. Ich rieche das Apfelshampoo ja wirklich gern. Sehr gern. Aber nicht, wenn sich deine Haare quasi auf meinem gesamten Gesicht befinden und in meiner Nase.«

»Ach so ist das also. Zweite Nacht und schon genug von mir, was?«

»Von deinen Haaren in meiner Nase auf jeden Fall – sagt

zumindest meine Nase.«

»Geht es dir besser?« Kathy blickte mich noch immer verschlafen an, während ich ihr einen sanften Kuss auf den Mund gab.

»Ich fühle mich klarer«, gab ich zu. Es war noch viel zu früh, um von besser zu reden.

»Klarer ist ein Fortschritt. Wie viel Uhr ist es?« Kathy warf einen Blick auf den Wecker neben meinem Bett. Es war Wochenende, sie musste nicht arbeiten.

Es war bereits kurz nach elf. Unglaublich, wie tief ich geschlafen hatte. Allerdings waren wir erst spät im Bett gewesen. »Du musst dich anziehen«, sagte sie, was mich die Augenbrauen heben ließ.

»Wieso? Ich habe ...«

»Noch was vor. Stimmt. Außerdem will ich etwas anhaben, bevor Pawel mir wieder die Bettdecke wegzieht.« Ich grinste bei dem Gedanken an den Vorfall, von dem Pawel sich noch immer nicht erholt hatte. Jedenfalls klopfte er jetzt lange und ausgiebig, bevor er irgendwelche Räume betrat.

»Du trägst mein schönstes T-Shirt.«

Kathy blickte an sich herunter und betrachtete das ausgewachsene Bandshirt, das ich ihr gestern Abend als Ersatz für ihr Abendkleid gegeben hatte, in dem sie natürlich nicht schlafen konnte.

»Es wäre unglaublich traurig, sollte das stimmen. Los. Spring unter die Dusche, wir müssen noch bei mir zu Hause vorbei, ich müsste mich kurz umziehen.«

»Um was zu tun?«

»Das kann ich dir nicht erklären, okay? Vertrau mir einfach.«

»Du hast die zweite Nacht in meinem Bett verbracht.« Mehr brauchte ich nicht zu sagen, um ihr in Erinnerung zu rufen, dass genau das für mich sehr viel mit Vertrauen zu tun hatte. Vermutlich mehr, als ich es mit Wörtern je rüberbringen könnte.

»Na also, dann weiß ich auch nicht, warum du noch nicht angezogen bist.«

Ich erhob mich, allerdings nicht, bevor ich sie noch einmal geküsst hatte.

Es war ein leidenschaftlicher Kuss, denn jetzt, wo ich wieder klarer war, fiel es mir schwer, ihren nackten Körper, der unter diesem schäbigen Shirt verborgen lag, nicht mit Küssen zu bedecken und dort weiterzumachen, wo wir beim letzten Mal aufgehört hatten.

Doch bei Kathy wollte ich zumindest versuchen, alles richtig zu machen. Auch wenn ich nicht wusste, was dieses Richtig eigentlich bedeutete. Dafür fehlte mir die Erfahrung. Aber Kathy wusste was richtig war. Und wenn eine Frau mich in die richtige Richtung schieben konnte, dann vermutlich sie.

Nachdem ich meinen Bart von einem ungepflegten, zotteligen Haarmonster in einen gepflegten Dreitagebart verwandelt hatte, nahm ich eine ausgiebige Dusche und zog mich an, für was auch immer auf mich zukommen würde. Tief in meinem Inneren hatte ich schon fast die Befürchtung, Kathy würde mich zu einem Psychologen schleifen oder Gott weiß was, doch ich wusste, dass sie das ohne meine Zustimmung nicht tun würde. Davon ging ich jedenfalls aus.

Im Esszimmer wartete kein opulentes Frühstück auf mich, sondern lediglich ein schwarzer Kaffee und eine Schale Müsli. Genau wie ich es mochte. Und Kathy anscheinend auch.

»Willst du mich jetzt einweihen? Ich bin übrigens nicht der Typ, der auf Überraschungen steht.«

»Weil du dann die Zügel und somit die Kontrolle abgeben musst. Wundert mich also nicht. Aber heute musst du mir vertrauen.«

Immer wieder tauchte dieses Wort zwischen uns auf. Ein Wort, das mir eigentlich nichts als ein müdes Lächeln entlockt hatte. Jahrelang. Denn Vertrauen gab es in meiner Welt nicht. Schon gar nicht, was Außenstehende anbelangte. Doch Kathy hatte diese Grundsätze nicht nur ins Wanken gebracht, sie hatte auch meine Mauern eingerissen und mich direkt vom Gegenteil überzeugt. Ich wusste, dass ich ihr vertrauen konnte.

Das wurde mir mit jeder Minute, die wir zusammen verbrachten, bewusster.

»Ich würde dich gern zu einem Date einladen«, sagte ich, was Kathy von ihrem Müsli aufblicken ließ.

»Ein Date? Also ich war in der letzten Woche bei einem Date mit dir, da wurde ich allerdings stehen lassen. Oh, und gestern …«

»Ich meine kein bezahltes Date. Nichts, was wir für irgendwelche Pressemitteilungen oder die Öffentlichkeit tun müssen. Einfach ein Date für uns beide.«

»Beziehungskunde, Stufe eins: Erst ein Kennenlernen, dann ein Date, dann weitere Dates, dann Sex, dann irgendwann die Entscheidung, wie es weitergeht, und dann das Kennenlernen der Familie. Nicht erst Kennenlernen, dann Streiten, dann bezahlte Dates, davor aber doch Sex, dann Familie kennenlernen bei bezahlten Dates, die aber gar nicht bezahlt werden sollten, weil Sex und …«

Ich musste schallend auflachen, weil das so herrlich zutraf. »Aber ja, du bist Evan Knight. Du hattest noch nie eine Beziehung und wir fangen dann halt mal in einer ganz kontroversen Reihenfolge an. Also ein Date, so wie ein richtiges Date?«

»Ein richtiges Date. Nur wir zwei. Fernab von meinem Bett, wobei uns heute Nacht erstaunlich gut gelungen ist, einfach nur nebeneinander zu schlafen.«

»Du warst ja auch viel zu erledigt für alles andere. Dauerhaft würde das für uns beide wahrscheinlich eine Herausforderung.«

»Wer redet denn von dauerhaft?«

»Dauerhaft was jetzt genau?« Kathy sah mich fragend an.

»Na dauerhaft ohne Sex nebeneinander im Bett schlafen. Das wäre …«

»Ja, vergiss es direkt«, pflichtete sie mir bei, was mich

noch einmal auflachen ließ. Es tat so gut, zu fühlen, wenn es nicht nur Schmerz war, der einen überrollte. »Wir müssen jetzt wirklich los.« Ich blickte auf, tief in meinem Inneren fühlte ich mich nicht bereit. Ich hasste Überraschungen. Aber in diesem Fall musste ich Kathy wohl oder übel vertrauen.

Wir fuhren in einen eher unschönen Teil dieser Stadt. Weg vom Reichtum der Upper East Side in die Nähe der Bronx, wo Kathy mein Auto auf einem freien Platz parkte.

Ich hatte noch nie jemandem meinen Lamborghini anvertraut, außer meinen Brüdern, aber das passte ins Bild. Mit Kathy war alles anders und vor allem alles möglich.

»Was um alles in der Welt tun wir hier? Ich weiß nicht mal, wo wir sind«, gab ich zu. Doch wir hatten das Ziel scheinbar erreicht, da Kathy bereits ausstieg.

Ich tat es ihr gleich, wobei mir erst jetzt auffiel, dass vor meinem Wagen auch Liams Auto parkte.

»O Kathy, bitte sag mir, dass du mich jetzt nicht zu irgendeiner Therapie schleifst. Ganz ehrlich, das brauche ich nicht! Ganz ehrlich, ich brauche dich, keinen Psychologen. Auch wenn sich das jetzt wahrscheinlich ein bisschen pathetisch anhört, aber es ist die Wahrheit.«

Sie gab mir Hoffnung.

»Warte erst mal ab.« Klasse, ein Nein hörte sich anders an. Andererseits, wenn sie mich schon zu einem Therapeuten schleiften, dann doch wohl nicht in diesem Stadtteil. Ich konnte mir nicht vorstellen, dass sich jemand Renommiertes hier ansiedeln würde.

Wir liefen an einer hohen Hecke vorbei zu einem Eisentor, wobei ich sofort einen Schritt zurückwich, als ich sah, dass es sich um einen Friedhof handelte.

Mein Herz setzte einen Schlag aus, als ich meine Brüder sah. Sie waren alle versammelt. Alle! Selbst James war gekommen.

»Was …?« Ich blieb stehen.

»Du kannst keine Antworten mehr auf deine Fragen bekommen, aber du kannst dich verabschieden. Deine

Schwester wurde hier begraben. Anonym, da keine Verwandten ausgemacht werden konnten. Aber das ist der Ort, an dem sie ihren Frieden gefunden hat.«

Ich spürte den Kloß in meinem Hals, das Gefühl, nicht atmen zu können, was mir so bekannt vorkam. Doch dieses Mal war Kathy da. Sie strich mit kreisenden Bewegungen über meinen Rücken. »Wir sind alle da, Evan. Nicht nur heute, sondern immer.« Ich nickte und ging langsam weiter zu meinen Brüdern, wobei James der Erste war, der mich in den Arm nahm.

»Ich kann nicht glauben, dass du gekommen bist«, sagte ich ehrlich, denn ich hatte es nicht nur für unmöglich gehalten, dass er jemals nach New York zurückkehrte, sondern erst recht, dass er sich mit uns allen traf.

»Ich auch nicht. Aber wenn mein kleiner Bruder mich braucht, dann bin ich da.« Ich nickte, bevor Christian mich in seine Arme zog.

»Das gilt auch für mich, wenn mein großer Bruder mich braucht.«

Ich war nicht allein. Ich war nie allein gewesen. Egal wie schwierig es innerhalb unserer Familie oder in meinem Leben im Allgemeinen war.

Sie waren da und sie würden immer für mich da sein.

Ich blickte auf die kleine Plakette, die Liam mir überreichte.

»Die Friedhofsverwaltung sagt, dass es okay wäre, eine kleine Plakette anzubringen«, sagte er, während ich andächtig mit den Fingern über ihren Namen strich. Ab jetzt wäre sie nicht mehr anonym hier begraben. Nicht mehr allein. Ich musste irgendwie damit abschließen, sie nicht mehr kennenzulernen, aber vielleicht konnte ich ihr an diesem Ort ein wenig nah sein.

Meine Schuld begraben, im wahrsten Sinne des Wortes. Doch zuerst musste ich lernen, sie ganz langsam loszulassen. Es würde ein langer Weg werden. Ein Weg, auf dem ich nicht allein war.

Dank Logan.

Dank Christian.
Dank James.
Dank Liam.
Dank Kathy.

»Sollen wir dich ein paar Minuten allein lassen?«, fragte James, doch ich schüttelte sofort den Kopf. Ich wollte nicht allein sein. Nicht heute. Dafür war ich viel zu froh, sie alle bei mir zu haben. Außerdem war ich selbst noch nicht bereit, noch nicht stark genug. Und scheiße, es bereitete mir gar keine Probleme, mir genau das auch einzugestehen.

Wir verharrten alle zusammen am Grab, wobei ich versuchte, mir ihr Gesicht vorzustellen. Die Art und Weise, wie sie gelächelt hatte.

»Gehen wir noch etwas trinken?«, fragte ich, wobei Liam sich sofort mit der Arbeit rausredete und auch James mir versicherte, dass er gern sofort zurück nach Treboka fahren würde, bevor die Paparazzi noch irgendetwas von ihm mitbekamen. Gründe, die ich gut verstehen konnte. Auch wenn wahrscheinlich noch viel mehr dahintersteckte.

Die Distanz zwischen Liam und James war deutlich zu spüren, aber dass sie es überhaupt schafften, auf demselben Friedhof zu stehen, war ein deutlicher Fortschritt.

»Ich bleibe bei dir und gehe auch mit dir was trinken, wenn du das willst«, versicherte Kathy mir, wobei ich ihr einen vielsagenden Blick schenkte. Ich konnte mir gerade tausend andere Dinge vorstellen, die ich lieber mit ihr tun würde, um mich von allem abzulenken.

»Darf ich mal eine Frage stellen? Sehen wir dich jetzt öfter, Kathy?«, fragte Logan, wobei seine Mundwinkel zuckten. Dieser Arsch, es war so klar gewesen, dass er diese Frage stellte.

»Ich habe sie heute Morgen offiziell gefragt, ob sie mich daten würde«, erwiderte ich, was Christian auflachen ließ. Mit meinem Arm um ihren Rücken zog ich Kathy ein Stückchen näher und hauchte einen sanften Kuss auf ihre Wange. Hoffentlich war es für sie okay, dass ich das ausgeplaudert hatte. Ich wusste echt nicht, wie man mit so einer Situation umging, um ehrlich zu sein. Aber das war allen klar.

»Fällt dir ja verdammt früh ein, diese Frage zu stellen. Du hast echt keine Ahnung von Beziehungen, oder?«

»Ach komm schon, Christian, nur weil du es als Einziger von uns mal geschafft hast, so was wie eine Beziehung zu führen«, mischte Logan sich ein, was Christian sofort den Kopf schütteln ließ.

»James hatte auch schon mehr als eine Frau, mit der er öfter als eine Nacht zusammen war. Nicht wahr James?«, Christian ritt meinen Bruder rein, der sofort die Hände hob.

»Ich sag gar nichts dazu. Aber ich denke, wir können uns alle darauf verständigen, dass außer Christian niemand im Knight-Clan wirklich weiß, was eine Beziehung ist. Deshalb hab ganz viel Geduld mit Evan, Kathy. Er ist ein guter Kerl.«

»Das habe ich irgendwo schon mal gehört.« Kathy schenkte Logan ein Grinsen, was mich kurz den Kopf schütteln ließ.

Ich wollte lieber gar nicht erfahren, was hinter meinem Rücken bereits alles geredet worden war und vor allem, von wem. Von Liam hätte ich es am allerwenigsten erwartet, aber von Logan eigentlich genauso wenig.

Ich wusste, dass es mit Sicherheit Liam zu verdanken war, dass wir jetzt hier standen. An der eigentlich anonymen letzten Ruhestätte meiner Schwester. Er hatte viele Beziehungen, die er wahrscheinlich spielen lassen hatte, um etwas über ihren Verbleib herauszufinden. Und verdammt, ich war ihm so unendlich dankbar dafür, dass ich es nicht in Worte fassen konnte.

Aus dem Grund nahm ich ihn zum Abschied vor seinem Auto für einige Sekunden in den Arm. Es war eine herzliche Umarmung, die hoffentlich mehr sagte als tausend Worte.

Wir Knights redeten schließlich nicht über Gefühle.

Auch von meinen anderen Brüdern verabschiedete ich mich mit Umarmungen, wobei es mir besonders leidtat, dass James schon wieder fahren wollte, doch ich konnte ihn verstehen.

Es war für mich so oder so kaum zu glauben, dass er überhaupt gekommen war. Vermutlich weil er wusste, wie viel es mir bedeutete – und wie sehr ich gerade die Unterstützung meiner Familie brauchte.

KATHY

Ich stand ein wenig abseits und beobachtete, wie sich die Brüder voneinander verabschiedeten. Für Evan war es nicht nur unglaublich schön, sondern auch so wichtig, dass sie alle zusammengekommen waren, um ihn in dieser wirklich schwierigen Zeit zu unterstützen.

Eine Zeit, die wir hoffentlich gut zusammen meistern würden. Ich konnte mir ein Grinsen noch immer nicht verkneifen, wenn ich darüber nachdachte, wie er seinen Brüdern gerade von unserem geplanten Date erzählt hatte.

Evans Verlegenheit und die Reaktionen seiner Brüder waren süß gewesen.

Vor allem, weil ich erneut gesagt bekommen hatte, dass ich Geduld mit ihm brauchte.

Vielleicht würden wir es schaffen, es ganz ruhig angehen zu lassen. Ein paar Dates, ein entspanntes Kennenlernen. Keine Ahnung, ob das jetzt noch möglich war, nachdem wir schon deutlich zu spüren bekommen hatten, wie groß die Leidenschaft zwischen uns war.

Außerdem hatte ich seine dunkle Seite bereits besser kennengelernt, als seine ausgelassene. Es würde spannend werden. Trotzdem ging ich fest davon aus, dass wir es schaffen konnten.

Weil so viel zwischen uns war, auf das wir aufbauen konnten. Nicht nur, was die Leidenschaft und die gegenseitige Anziehung anging, sondern auch im Hinblick auf das gegenseitige Vertrauen, das sich langsam, aber sicher entwickelte.

»Ich glaube, ich werde jetzt arbeiten gehen«, sagte Evan,

was mich die Augenbrauen heben ließ. Es war Wochenende, doch wenn man in der eigenen Firma arbeitete, machte das wahrscheinlich keinen Unterschied.

»Bist du dir sicher?«

»Ja, absolut. Ich glaube, ich muss ganz dringend wieder in meinen geregelten Rhythmus zurückfinden, denn ich will wirklich, dass das zwischen uns klappt, Kathy.« Seine Worte ließen mich schmelzen. »Wenn wir jetzt in mein Appartement fahren, werde ich über dich herfallen, mich ablenken und dich dafür benutzen. Und genau das möchte ich nicht, verstehst du?«

Ich nickte, denn ich fand es gut und plausibel, was er gerade sagte. »Darf ich dich morgen Abend zum Essen ausführen?«

Meine Mundwinkel zuckten, während ich langsam nickte. »Dann hole ich dich um neunzehn Uhr ab. Deine Adresse kenne ich ja.« Er zwinkerte mir zu und deutete auf den Wagen, mit dem er mich vor meinem Appartement absetzte.

Keine Paparazzi.

»Kann es eigentlich sein, dass die Aasgeier die Lust an mir verloren haben?«

Evan lachte.

»Es wird ihnen wahrscheinlich langweilig, dass ich nicht mehr für irgendwelche Schlagzeilen sorge, also sind sie hoffentlich einfach weitergezogen zum nächsten Opfer, das ihnen das liefert, was sie haben wollen.«

»Ich hätte nichts dagegen, wenn es so bleiben würde«, gab ich zu. Die Paparazzi und diese schreckliche Aufmerksamkeit, die mit Evan einhergingen, wären etwas gewesen, womit ich Probleme bekommen hätte.

»Ich habe nicht mehr vor, für negative Schlagzeilen zu sorgen«, sagte er und beugte sich zu mir, um mir einen sanften Kuss zu geben. »Aber ich kann nichts versprechen. Es wird nicht alles glatt laufen und ich werde wahrscheinlich meine Momente haben ...«

»Die ich ja schon kennenlernen durfte. Wir schaffen das zusammen, oder?«

»Wenn du Geduld mit mir hast.«

»Habe ich. Solange du mich nicht ausschließt oder irgendwo einfach stehen lässt.«

»Ich kann nichts versprechen.«

»Ich kann dir aber etwas versprechen. Nämlich dass ich dir so richtig in den Hintern treten werde, wenn es passiert.« Auf Evans Gesicht breitete sich ein Lächeln aus, während er mich noch einmal küsste.

»Das klingt nach einem richtig guten Plan.«

Nach einem Plan, der es hoffentlich schaffen würde, uns in die richtige Richtung zu führen.

Manchmal wünschte ich mir, naiv genug sein zu können, um wirklich daran zu glauben, dass alles ganz einfach gut würde, doch so war ich nicht. Ich stellte mich innerlich bereits darauf ein, dass es einige Rückschläge geben würde.

Ein Kampf, den ich bereit war zu kämpfen. Für Evan.

Auch wenn es vielleicht verrückt erschien.

»Du bist verrückt!«, waren Sues ehrliche Worte, nachdem ich ihr offenbart hatte, dass ich es mit Evan versuchen wollte. »Kannst du dich noch an die Tränen und die vielen Packungen Eis erinnern, weil der Typ ein Arschloch ist?«, fragte sie und ließ mich kurz auflachen.

»Ein Arschloch, das eine Chance verdient hat.«

»Für was? Um dich noch mal zu verletzten? Um dir richtig das Herz zu brechen?«

»Um geliebt zu werden«, erwiderte ich, ohne zu zögern, was Sue ein leises »Awwww« entlockte.

»Verdammt, ich würde dir diese ganze Sache wirklich gern ausreden, weil du meine beste Freundin bist und ich dich beschützen möchte. Aber ich befürchte, in dem Fall habe ich einfach keine Chance, oder?«

»Du hattest von der ersten Sekunde an keine Chance, als er in mein Leben getreten ist.«

»Das stimmt nicht – da hatte ich noch viele Chancen, du warst schließlich stinkbesoffen.«

»Und trotzdem war mir vollkommen bewusst, wie unglaublich attraktiv ich diesen Mann finde.«

»Das stimmt allerdings. Meinst du, er wird dich glücklich machen?«, fragte Sue, was ich mit einem Nicken beantwortete.

»Ja, das wird er. Das weiß ich«, erwiderte ich ehrlich. Ich konnte mir so sicher sein, weil ich bereit war, alle Hürden mit ihm gemeinsam in Kauf zu nehmen. Aber erst einmal mussten wir uns kennenlernen. Wirklich kennenlernen. Mit allem, was dazugehörte.

Das Date war erst der Anfang einer hoffentlich langen Zukunft.

Und wenn nicht?

Dann würde es mir hoffentlich eine Lehre sein, die Finger von Bad Boys zu lassen, um mir diese nicht noch einmal zu verbrennen.

EVAN

Ein Date. Ich hatte ein Date mit einer Frau, die mein Leben auf den Kopf stellte – und es ängstigte mich noch nicht einmal.

Ganz im Gegenteil. Ich freute mich sogar darauf, sie gleich abzuholen und mit ihr Essen zu gehen, denn ich genoss ihre Gesellschaft. Am liebsten hätte ich sie gestern direkt mit nach Hause geschleift, doch das hätte kein gutes Ende genommen.

Der Tag war aufwühlend gewesen, doch ich hatte es geschafft, meinen Dämonen die Stirn zu bieten. Ich war in keiner Bar gelandet, hatte nicht mal einen Schluck Alkohol angerührt und mich stattdessen ganz einem neuen Projekt in der Firma gewidmet.

»Was stimmt mit dir nicht?«, fragte ich überrascht, als ich in den Fahrstuhl einstieg und Liam dort drin entdeckte. Für ihn war es noch viel zu früh, um Feierabend zu machen.

»Meeting, außerhalb«, erwiderte er knapp. Okay, das konnte ich nachvollziehen, denn das sah ihm definitiv ähnlicher, als um diese Uhrzeit die Firma zu verlassen, um seine Freizeit zu genießen.

»Hast du gestern noch mit James geredet?« Liam blickte mich finster an, statt zu antworten. Als wäre es die abwegigste Frage der Welt.

»Was? Es wäre doch möglich gewesen, dass ihr die Chance genutzt hättet.«

Hatten sie wohl nicht.

»Und du? Datenight?« Ich grinste bei seinen Worten.

»Jap. Wir gehen essen. Neidisch?«

»Als wenn ich für so was Zeit hätte. Deshalb nein. Absolut nicht neidisch.«

»Bist du eigentlich einsam, Liam?« Mein Bruder blickte mich mit hochgezogenen Augenbrauen an, bevor wir den Aufzug in der Tiefgarage verließen. Ich musste an das Gespräch mit Kathy denken, in dem wir über ihn gesprochen hatten. Er konnte nur einsam sein.

»Danke, ich komme schon klar. Viel Spaß heute Abend.« Mit diesen Worten schwang er sich in seinen Sportwagen und ließ den Motor nur Sekunden später aufheulen. Entweder hatte er es eilig, zu dem Termin zu kommen, oder aber er wollte so schnell wie möglich weg von mir.

Um Liam und sein Leben würde ich mich ein anderes Mal sorgen. Nun musste ich erst mal zusehen, meine eigenen Sachen auf die Reihe zu kriegen. In der letzten Nacht hatte ich wieder von Kathy geträumt. Unglaublich, wie sie es immer schaffte, durch meine Träume zu geistern.

Doch dieses Mal war es nichts Sexuelles gewesen. Ich hatte von ihrem Lachen geträumt. Von der Art, wie sie mich immer ansah und meine Hand hielt. Und dann von einem absolut katastrophalen Date, welches total schiefgelaufen war. Vermutlich hatte mein Unterbewusstsein schon damit angefangen, mich auf das Schlimmste vorzubereiten.

GANZ UMSONST, wie sich an diesem Abend herausstellte.

Bereits als ich Kathy abholte, war meine Nervosität verflogen, als sie mich mit einem strahlenden Lächeln empfing.

Ganz im Gegensatz zu ihrer Mitbewohnerin Sue.

»Nur kurz zur Info – und diesen Part wollte ich mir auf gar keinen Fall nehmen lassen: Tust du ihr weh, werde ich dir wehtun«, sagte sie, was Kathy schallend auflachen ließ. »Verdammt, das wollte ich schon immer sagen.« Auf Sues Gesicht hatte sich ein Lächeln ausgebreitet, während die beiden Frauen sich in den Arm nahmen.

»Es stammt aus unserer Lieblingsserie. Ändert allerdings nichts daran, dass ich es ernst meine. Nur für dich zur Info.

Kathy ist der wundervollste Mensch, den ich kenne, und niemand, absolut niemand sollte es jemals wagen, ihr das Herz zu brechen.«

»Ich werde alles tun, um es ihr nicht zu brechen«, versicherte ich und meinte diese Worte ernst. Ich würde alles versuchen, ich konnte nur nicht garantieren, es auch zu schaffen.

Aber wer konnte das schon?

»Entschuldige. Sue ist nicht ganz so begeistert von meiner Entscheidung, dir eine Chance zu geben. Dafür habe ich eindeutig zu viel geheult, nachdem du mich stehen lassen hast.« Wenigstens war Kathy ehrlich zu mir.

»Ich habe ihre Worte verdient und es ist schön, dass sie sich so sehr um dich sorgt.«

»Ja, das ist es. Andersherum wäre es genauso. Also, wohin entführst du mich heute Abend?« Ich zog Kathy an mich, bevor ich meine Hand in ihren Nacken legte, um sie zu halten, während ich ihr einen leidenschaftlichen Kuss gab. Ich wollte ihr zeigen, dass ich es ernst meinte. Ich war so was von bereit, diese Frau kennenzulernen.

»Bist du bereit für mein erstes Date?«, fragte ich atemlos, während ich meine Stirn gegen ihre presste.

»Ich bin bereit. Wir kriegen das schon hin.« Lachend öffnete ich die Tür und führte Kathy zum Wagen.

Wir würden es hinkriegen.

Egal wie schwierig es auch werden würde.

Ich war mir einfach unglaublich sicher, denn diese Frau gab mir alles, was ich mir nie erträumt hätte, was ich allerdings so dringend gebraucht zu haben schien.

Sie gab mir Halt, Zuneigung, eine Schulter zum Anlehnen, offene Arme und ein offenes Ohr. Ganz zu schweigen von der Art, wie ich sie seit der ersten Sekunde begehrte. Der Sex mit ihr war anders als mit all den anderen Frauen zuvor. Weil er ehrlicher war. Hingebungsvoller. Etwas, das wie eine Droge auf mich wirkte, von der ich nicht genug bekommen hatte. Nur dass mir klar war, wie sehr es auf die richtige Dosierung ankam.

Ich durfte mich nicht an ihr abreagieren.

Es sollte mehr sein.

Anders.

Voller Liebe.

Und genau das würde ich lernen müssen. Mit Kathy zusammen.

Ab jetzt und hoffentlich für immer.

ENDE

DU HAST NOCH NICHT GENUG von Evan und Kathy? Keine Sorge, sie werden auch im nächsten Band eine große Rolle spielen.

Bist du bereit, nach Treboka Hights zurückzukehren und das Geheimnis rund um Liam und James zu lüften?

Dann kannst du das Buch HIER vorbestellen.

Ich lasse dich auch nicht zu lange warten, versprochen. Es erscheint bereits am 01.02.2023!

JAMES KNIGHT

Es ist egal, wie schnell oder wie weit du läufst – die Vergangenheit holt dich ein!

Immer!

Etwas, das James Knight zu spüren bekommt, als er zum ersten Mal wieder in die Augen der einzigen Frau blickt, die ihm jemals etwas bedeutet hatte: Ally Monroe.

Die Schwester seines besten Freundes, dessen Blut an seinen Händen klebte. Er war verantwortlich, für den Schmerz in ihren Augen, für das Leid und den Hass. All die Zeit, die vergangen war, all die Einsamkeit auf seiner Farm in Treboka Hights, es änderte nichts an seiner Schuld, seinem Verhalten oder seinen Taten. Als James durch einen Schicksalsschlag innerhalb seiner Familie gezwungen wird, nach New York zurückzukehren, gibt es keinen anderen Ausweg mehr, als sich der Wahrheit zu stellen. Es beginnt ein gefährliches Spiel mit seiner dunklen Seite, mit den Dämonen, die nur Ally kennt – doch wieso sollte ausgerechnet sie an seiner Seite sein und ihm helfen, nach allem, was er ihr angetan hatte?

Liebe – Schuld – Hass – Verlangen – Leidenschaft – der zweite Band der Knight Reihe. Bist du bereit für James Knight?

ÜBER DIE AUTORIN

Freya Miles ist das Pseudonym einer deutschen Bild-Bestseller-Autorin, die sich selbst als »reiseverrückte Gute–Laune-Tante« beschreibt.

Ein Lächeln auf den Lippen ist bei ihr Programm und genau dieses Lächeln gibt sie mit ihren Büchern an ihre LeserInnen weiter.

Und das, obwohl ihre Geschichten nicht nach dem »Friede – Freude – Eierkuchen« Prinzip verlaufen. Denn hey, so ist das Leben ja auch nicht.

Aber ein Happy End – das ist bei ihr immer garantiert!

Bei vielen Büchern haben ihre LeserInnen ihr schon geheime Verträge mit einem großen Taschentuchhersteller unterstellt, da Freya auch keine Scheu davor hat, schwierige Themen in ihren Büchern zu behandeln.

Die studierte Diplom Sozialpädagogin schaut nicht nur auf

die Menschen, sondern nimmt die LeserInnen auch mit in die Gefühlswelt ihrer Protagonisten.

Freyas Geheimnis: Sie weint und lacht immer mit ihren Protagonisten. Egal ob an einem öffentlichen Ort oder in ihrem gemütlichen Büro mitten im Sauerland.

Spannung, Leidenschaft, die ganz große Liebe, Irrungen, Wirrungen und Umwege – bist du bereit? Dann tauche jetzt ab in die Welt von Freya Miles!

Besuche die Autorin auch auf ihrer Website: www.freyamiles.com